정미경

1960년 경남 마산에서 태어났다. 1987년 《중앙일보》 신춘문예에 희곡 「폭설」이 당선되고, 2001년 《세계의 문학》에 단편소설 「비소 여인」을 발표하며 작품 활동을 시작했다. 저서로 소설집 『나의 피투성이 연인』 『발칸의 장미를 내게 주었네』 『내 아들의 연인』 『프랑스식 세탁소』 『새벽까지 희미하게』, 장편소설 『장밋빛 인생』 『이상한 슬픔의 원더랜드』 『아프리카의 별』 『가수는 입을 다무네』 『당신의 아주 먼 섬』 등이 있다. 오늘의 작가상, 이상문학상 등을 수상했다. 2017년 별세했다.

나의 피투성이 연인

나의 피투성이 연인

정미경
소설

오늘의
작가 총서
30

민음사

차례

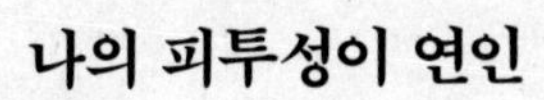

나의 피투성이 연인

오래된 시계

"됐습니다."

유선이 치켜들고 있는 옷자락 아래로 처음엔 배를, 그리고 등까지 유심히 살펴본 의사는 티셔츠 한 자락을 살짝 아래쪽으로 내려 주며 의자에 등을 기댄다. 유선은 옷을 내리기 전 배를 한번 내려다보았다. 질감이 두드러진 단색 추상화처럼 부풀었던 피부는 어느새 가라앉아 유선의 손톱자국만 선명하게 어지럽다.

"어젯밤엔 붉게 부풀어서 제 살 같지 않았어요."

유선은 제 목소리가 변명처럼 들린다고 생각한다. 어지러운 손톱자국만 아니라면 배는 말짱해 보인다.

"언제부터 그랬어요?"

"이틀 전요."

"그날 특별한 걸 드신 게 있나요? 붉은살생선이라든가 돼지고기, 치킨, 피자나 햄버거 같은."

"아니요."

"근래에 야외에 나가시진 않았어요? 풀밭에 앉았다든지."

"아니요."

"이전에 비슷한 증세가 나타난 적은요?"

"없어요."

의사는 고개를 끄덕이며 처방전을 기록하고 나서 문득 생각났다는 듯 물어보았다.

"최근에 갑작스러운 정신적 충격이나 지속되는 스트레스를 받은 적이 있나요?"

"아니요."

유선은 고개까지 저었다. 의사의 물음에 자신의 머릿속에 순간적으로 떠오른 문장을 털어 내기라도 하듯.

모든 게 좋아, 너의 모든 것.

그렇게 많이?

이틀 전이었다.

"혹시 저를 기억하실지 모르겠습니다."

수화기 속에서 그의 목소리를 듣는 순간 유선은 반사적으로 이마를 찌푸렸다. 불과 열흘 사이에 세 번이나 전화를 해 놓고는 혹시 저를 기억하실지, 라니.

제발 나 좀 가만히 놔둬요, 목구멍으로 넘어오는 말을 삼키며 도서관 창밖의 숲을 바라보았다. 이 사람은 죽어도 모를 것이다. 서른하나에 혼자 된 여자의 부끄러움에 대하여.

"도서관 앞에 와 있습니다. 오래된 시계. 여기서 잠시만 뵙고 가겠습니다."

난감했다. 오늘 거절한다 해도 이 사람은 다시 전화를 할 것이다. 혹시 저를 기억하실지, 물어보며. 그렇다면…….

"10분 후에 그리로 나가죠."

"기다리겠습니다."

전화를 끊고 앞에 놓인 책을 들었다. 책은 이제 더 이상의 손질이 필요 없을 만큼 깨끗하게 마무리되었다. 테이블 왼편의, 손질이 끝난 책들의 더미 위에 그걸 올려놓고 훼손된 책들을 쌓아 놓은 곳에서 새로 한 권을 집어 들었다.

남편의 장례를 치른 지 겨우 두 달이 지난 여자에게 퇴근 무렵에 걸려오는 낯선 남자의 전화는 상중의 여자가 거리에 입고 나선 빨간 외투처럼 불순해 보인다. 유선은 그 남자의 전화에 매번, 다음에요 하면서 미루다가 오늘 갑자기 마음을 바꾸었다. 그 빨간 외투를 얼른 벗어 버리고 싶었다. 실제로도 유선에게 빨간색 겉옷을 입는 취미는 없었다.

유선의 옆에 나란히 앉아 도서 목록을 정리하고 있던 미스 오는 벨 소리조차 들은 적이 없다는 듯 과장된 무심함 속에 궁금함을 감추고 있지만, 그녀의 호흡이 호기심으로 달콤하게 부풀어 오르는 것을 유선은 느낄 수 있었다. 대개 단순한 일을 하는 사람들은 극단적인 상상을 즐기는 편이다. 남편이 죽은 것을 안 옛날 애인이 매일 전화하는 것이라고 짐작하거나 혹은 매번 다른 남자가 전화하는 것이라고 생각할 수도 있을 것이다.

열람실과의 사이에 세워진 칸막이 너머로 목소리가 넘어가지 않게 혼잣말처럼 중얼거렸다.

"알 수 없는 사람이네. 무슨 일인지 자꾸만 만나서 얘기하겠다고 그러니. 그쪽에선 남편을 아는 모양인데."

"혹시 김주현 선생님 책 낸 곳 아니에요? 어제 제가 받았을 땐 무슨 출판사라고 하는 것 같던데."

미스 오는 단박 눈을 빛내며 그렇게 되물었다.

"아니에요. 그쪽 사람들이야 목소리만 들어도 금방 알아. 미안하지만 미스 오, 정리 좀 해 줄래요? 한 번은 나가 봐야 할 거 같아."

"그래요, 언니. 퇴근 시간도 다 됐는데 뭘."

친절에 대한 보답으로 내일은 남자와 만나 나누었던 대화 내용을 다 들려주고서야 일과를 시작하게 될 것이다.

밀 때마다 지나치게 무겁다는 생각이 드는 큰 유리문을 밀고 나오자 언덕 아래까지 길을 따라 펼쳐진 숲이 머리 위로 쏟아질 듯 가까이 출렁거린다. 바람의 방향이 바뀌는 시간이다. 하루의 일을 끝내고 가파르게 경사진 이 언덕길을 내려가는 시간을 유선은 좋아했다. 구에서 세운 이 도서관은 야트막한 산기슭의 숲 언저리에 있는 데다 도로에서 걸어서 5분쯤의 거리에 있어 교외에 세워진 요양소처럼 늘 한가하고 조용했다.

등 뒤에서 바람이 분다. 어둑해진 숲속에서, 갈퀴가 여럿 나 있는 크고 기다란 손 하나가 불쑥 튀어나와 유선의 숱 많은 머리를 미친 여자의 그것처럼 휘저어 놓곤 사라진다. 유선은 걸음을 멈추고 숲속의 어둠을 잠시 들여다본다.

그의 손길을 닮았어. 가끔 장난스럽게 긴 머리를 마구 휘저어 놓곤 하던 그의 손. 아니다, 그의 손은 훨씬 따스했지. 그리고 늘 손가락으로 다시 빗질을 해 주었는데……. 성급한 아카시아 이파리 몇 개는 벌써 노랗게 변해 바람이 불 때면 팔랑거리며 떨어져 내렸다. 그러고 보니 달아나는 여름의 긴 꼬리가 숲의 어둠 속으로 사라지는 것이 환각처럼 보이는 듯도 해. 유선은 제 손으로 머리를 빗어 내리고는 종종걸음으로 언덕을 내려갔다.

숲이 끝나는 곳에서 오른쪽으로 돌아서면 상점들이 늘어선 번화한 거리가 나타나고 그 거리의 입구에 오래된 시계라는 카페가 있다. 이름처럼 그 카페에 앉아 있으면 나무로 된 낡고 커다란 벽시계 속에 들어가 있는 기분이 되었다.

숲을 향해 나 있는 북쪽의 창가에 철 이른 바바리코트를 걸친 남자가 혼자 앉아 있었다. 무거운 나무 문이 닫히며 내는 삐걱 소리를 들으며 주춤하는 사이 남자가 손을 들어 올렸다.

먼저 저 테이블로 가야겠지.

유선은 걸음을 떼는 게 용기를 필요로 하는 일이라도 되는 듯 자신에게 일렀다. 그랬다. 그가 떠난 후 처음 외출했을 때, 익숙하던 도시는 다른 얼굴로 유선을 맞았다. 낯선 도시에 유효 기간이 지난 낡은 지도를 들고 버스에서 내린 것처럼 막막했다. 텅 빈 극장에서 우울한 영화를 보고 나온 한낮의 거리와도 같은 비현실감이 아직까지는 유선을 놓아주지 않았다.

"김주현 선생님의?"

"그렇습니다."

남자는 지갑에서 명함을 꺼내 건넸다.

"얼마나 힘든 시간이었습니까?"

유선은 달리 할 말이 없었으므로 그걸 유심히 들여다보

왔다. 들어 본 적이 있는 출판사 이름이 한글과 영문으로 적혀 있었다. 차현구, 가 남자의 이름이었다. 무슨 일이냐고 묻는 대신 유선은 남자의 눈을 쳐다보았다. 눈썹 사이로 피곤이 몰려 있는 그의 눈은 충혈되어 있었다. 유선은 눈을 깜박거렸다. 쳐다보는 사람의 눈까지 씀벅거리게 할 만큼 그의 눈은 지나치게 붉었다.

"김주현 선생님은 정말 좋은 작가였습니다."

바보같이. 이런 말이 지금 무슨 소용이 있단 말인가. 유선은 고개를 숙여 버린다.

끝이 노랗게 바랜 머리를 하나로 묶은 여자가 와서, 차 뭘로 하시겠어요? 묻는다. 뜨거운 우유라도 한 잔 마시고 싶지만 유선은 그냥 커피, 라고 말해 버린다. 사소한 것에 기호와 취향을 주장하기엔 스스로 자격이 없다고 생각하는 이 근거 없는 열등감은 아무래도 그가 떠난 후에 생긴 병이다. 여자는 너무 연해 보리차 같은 커피 두 잔을 금세 가져다주었다.

"무슨 일인지 궁금하실 겁니다."

지독하게 맛없는 커피를 꿀꺽 소리 나게 한 모금 마시며 그는 단숨에 말해 버린다.

"김주현 선생의 책을 한 권 내고 싶어서요."

"그 얘기라면, 제 권한 밖이군요. 아시겠지만 그 사람 원고는 다원출판에서 모두 가지고 있고, 이미……."

"압니다. 이미 나온 일곱 권의 책 중에서 대표작들을 모아 유작집을 준비 중인 것도."

유작집, 이란 얘기에 유선은 갑자기 눈알이 아파 오고 숨이 헝클어져 버린다. 얼른 커피를 한 모금 마시고 눈을 크게 떠 본다. 눈 속으로 차오르던 물기가 가까스로 콧속으로 가라앉는다.

"컴퓨터로 작업하셨죠?"

"그랬어요."

"그렇다면 그 안에 쓰고 있던 원고라든가, 마무리 중인 단편도 있을 것이고, 혹시 그분이 남긴 일기나 메모도 있을 겁니다. 그리고, 아마 편지 같은 건 그것만으로도 분량이 꽤 될 텐데요."

유선은 고개부터 저었다. 머릿속에 어릴 때 시골 외가에서 보았던, 갈라 놓은 암탉의 배 속이 갑자기 떠올랐다. 한 점 그늘도 없던 우물가. 목이 잘린 채 깨끗하게 씻긴 배를 열고 있던 닭. 크고 작은 노른자들이 조랑조랑 엉겨 있던 배 속. 어린 나이에도 너무 잔혹하다는 생각을 했었다. 고춧가루를 듬뿍 넣어 맵고 달콤하게 끓인 닭국 냄비 속에서 외할머니는 유선의 그릇에 특별히 크기도 다양하던 그 노른자 덩어리를 담아 주었는데 유선은 그걸 삼킬 수가 없었다. 기어이 안 먹고 있으면 외할머니는 유선의 가는 손목을 쥐며, 쯔쯔…… 이렇게 입이 짧으니, 혀를 차곤 했었다.

그의 머릿속에 미성숙한 난황처럼 엉겨 있던 생각들을, 단단함도 껍데기도 만들어지지 않은 그것들을 꺼내 놓자고? 그의 배를 쪼개서?

"출판하는 사람의 입장이 아니라, 독자로서도 김주현 선생은 이대로 묻혀 버리기엔 너무 아까운 작가입니다. 그것들을 모아서 꼭 묶어 보고 싶습니다."

"그런 자료들이 남아 있는지도 모르고, 있다 하더라도 그건, 그 사람의……."

"압니다. 그 글들은 그의 내밀한 기록들이고 그걸 누군가에게 보일 수 있는 건 본인만의 고유한 권한이라는 것."

당신은 모르는 게 없군요. 그렇지만……. 유선은 말을 목구멍으로 삼킨다.

"그리고 이제 그 권한은 부인께 상속된 것입니다."

유선의 눈을 들여다보며 자신만이 알고 있던 걸 일러준다는 표정으로 또박또박 얘기하곤, 이제 당신이 말할 차례라는 듯 그는 의자에 등을 기댔다.

그가 앉은 쪽의 뒤편 벽에 커다란 액자가 하나 걸려 있었다. 흔하게 볼 수 있는 클림트의 프린트였다. 황금빛 광채 속에서 목이 부러지도록 격렬하게 포옹하고 있는 두 남녀. 한없이 뜨거운 사랑의 느낌을 어쩌면 저토록 황홀한 색채로 나타낼 수가 있는 것일까. 황금조차 녹아 흐르게 만들어 버리는 그 열정의 온도를. 아버지가 금 세공사였다는 클림트는 고온에 녹아 흐물거리는 액체 상태의 황금을 보며 자란 게 틀림없다.

"그가 쓴 편지라면, 대부분 우리가 연애할 때 주고받은 사적인 것들이고, 일기에 관해서라면 그이가 생전에 저에게 그걸 보여 준 적도, 저도 그걸 보려 한 적도 없어요. 무슨 얘긴지 아시겠지요? 그리고 그 사람이 남긴 글들, 몇몇은 연필로 노트에 구상만 해 놓은 것도 있을 테고 몇 편은 컴퓨터에 이런저런 분량으로 남아 있을 수도 있지만 일기와 마찬가지로 발표하기 전에는 제게조차 그걸 보여 준 적이 없어요."

유선은 유리컵에 담긴 미지근한 생수를 한 모금 마셨다. 당연한 말을 하는 게 왜 이렇게 힘이 들까.

"그게 그 사람 성격이에요."

"말씀하시는 뜻은 잘 알겠습니다. 그렇지만 그의 일기나 편지를 세상에 내놓자는 것이 천박한 호기심에 기대겠다는 것이 아니라는 것은 알아주셨으면 합니다."

"그렇겠지요."

열어 놓은 창에서 바람이 들어왔다. 이마에 찬 손이 닿은 듯 선득하다. 땀을 흘린 모양이다. 그의 등 뒤, 액자 속의 금빛이 공간 속으로 따스하게 풀려나온다.

끝날 것 같지 않던 여름도 이젠 가고 아무래도 가을이 오나 봐. 따스한 느낌이 정겹게 느껴지니. 반소매 아래로 드러난 유선의 팔뚝에 소름이 돋아난다.

"마르크스의 서간집이나 중세를 살았던 아벨라르와 엘로이즈의 편지를 지금 우리가 읽을 수 있다는 건 놀라운 일 아닙니까? 그들이 남긴 편지가 아직도 전율을 줄 수 있는 건 그것들이 오히려 대중에게 보일 것을 의식하지 않았기에, 뜨거운 마음으로 쏟아 낸 것들을 냉철한 이성의 시선으로 다시 수정하지 않았기 때문이 아닐까요? 김주현 선생의 글은 아름답습니다. 그가 쪼개 놓은 삶의 단면들은 생생한 슬픔을 전해 줄 것입니다. 다듬어지지 않은 대신 그의 체온과 호흡을 느낄 수 있는 글들일 것입니다. 사소한 것에 걸려 하지 말고 길게 보십시오."

"생각해 보지 않은 일이라…… 그리고 아직은."

"무서운 속도의 시대입니다. 비정한 얘기지만, 한 달이 지나면 사람들은 그를 잊기 시작할 것입니다. 올해가 지나면 아주 가까웠던 사람들 외엔 그를 기억하지 않게 될 것입니다. 사랑하는 대상을 잃었을 때의 격렬한 애도 기간은 대체로 3개월이라 하더군요."

남자는 거기서 말을 끊는다. 유선은 남자를 쳐다보았다. 그가 떠난 지 아직 3개월이 지나지 않았다. 그의 말은, 애도 기간이 끝나기 전에 책을 내자는 말일까. 책을 내기로 한다면, 아마 그의 말은 맞을지도 모르겠다. 우주 속에 존재하는 모든 것들과 마찬가지로 망각에도 가속도는 붙으니까. 그 재빠르게 비워 버린 기억의 공간 속에 사람들은 무엇을 담고 싶은 것일까.

"사람들이 그를 기억하고 있을 동안, 아직은 따끈한 그 글들을 책으로 한번 만들어 봅시다. 그 책이 나온다면 그의 아홉 번째 책이 될 것입니다. 『최초의 인간』이라는 책을 혹시 읽어 보셨나요?"

유선은 고개를 저었다.

"알베르 카뮈의 사후 30년 만에 미발표 원고를 모아서 낸 책이죠. 거친 대로 그의 생생한 체취를 느낄 수 있습니다. 육필로 된 교정 흔적을 바라보고 있으면 가슴속에 싸한 슬픔이 밀려옵니다."

시간은 조금 더 어둠 쪽으로 옮겨 앉는다. 숲은 어둠의 입안으로 삼켜져 버렸다. 바람의 자락에 눅눅한 비 냄새가 실려 온다. 남자의 프로필이 유리창에 떠올랐다. 정면에선 보이지 않는 강인함이 턱과 광대뼈의 선을 따라 드러나 있다.

"많이 여위셨네요."

"네?"

"2년 전, 프레스센터였죠. 시상식에서 인사를 나눈 적이 있습니다. 김주현 선생, 내 대학 2년 후뱁니다. 그보다는 그의 글을 좋아하는 독자였죠. 따님은 지금?"

"일곱 살이에요."

"벌써."

안 돼. 이 사람이 아무리 그럴듯한 이유를 들이대더라도. 그 사람은 화를 내고 슬퍼할 것이다. 혹 그럴 수 있다면. 일기나 사적인 편지를 남에게 보인다는 건 뺨이라도 후려치고 싶을 만치 뻔뻔스러운 일이라고 생각할 것이다. 유선은 오래 매를 맞고 난 것처럼 등이 아프고 피곤했다. 빨리 이 사람과 헤어지고 싶었다.

"생각해 보고, 제가 전화를 드리겠습니다."

탁자 위의 명함을 집어 들며, 유선은 그러나 이 남자를 다시 만나는 일은 없을 것이라고 생각한다. 그의 2년 선배라면 서른일곱. 요즘 사람답지 않게 그는 겉늙어 보였다.

"좋은 방향으로 결정해 주시리라 믿습니다. 그리고 이건."

남자는 안주머니에서 봉투를 하나 꺼내서 탁자 위에 내려놓았다.

유선이 무어라 말하기도 전에 남자는 짧은 목례를 하곤 재빨리 일어나 카운터에서 찻값을 계산하고 나가 버렸다. 봉투는 부피감 없이 아주 얇았다. 유선은 그걸 손에 들고 거리로 나왔다. 남자는 흔적이 없었다. 멍청하게 이걸 받고 말다니.

유선은 눈을 한번 꾹 감았다 뜬다. 결정적인 순간을 놓쳐 버린 흐리멍덩한 자신에게 짜증이 난다. 삶은 이렇게 차갑고 날카롭게, 파도처럼 끊임없이 맨살에 부딪쳐 올 모양이다.

퇴근 시간의 거리는 놀랍도록 생기가 넘쳤다. 희미한 가을의 기색쯤은 무시해 버리겠다는 듯 커다란 꽃무늬의 민소매 원피스를 입은 여자가 빠른 걸음으로 지나간다. 흘러내릴 듯 통이 넓은 청바지를 입은 소년들이 도서관의 경사진 언덕을 스케이트보드를 타고 내려오면서 기름진 비명을 질러 댔다. 그중의 하나와 거의 부딪칠 뻔했던 오토바이 탄 청년이 욕설을 노래처럼 뱉으며 달아나는 소년을 노려보았다. 건너편의 유리로 된 건물 벽에 밤의 풍경이 심해처럼 일렁이며 매달려 있다. 낯선 활기는 유선을 벨 것처럼 사방에서 도도하게 밀려온다. 유선은 왜 바깥으로 달려 나왔는지도 잊고 홀린 듯 오가는 사람들을 바라보았다.

살아 있는 사람의 생기가 이토록 아름다운 것이었던가. 유선은 건물 모퉁이에 가까스로 서 있는 자신이 죽은 자들의 세계에서 온 것처럼 어색하고 부끄럽다. 걸어간다면 자신의 관절에서만 삐걱거리는 소리가 날 것 같다. 자신과 세상 사이에 투명하고 두꺼운 유리, 자신은 통로를 찾을 수 없는 유리 칸막이가 놓인 것 같다.

혹을 떼기는커녕, 이제는 그 사람의 전화를 기다려야 하는 형편이 돼 버렸어.

유선은 손에 쥐고 있던 봉투를 핸드백 속에 넣었다. 한

숨이 나왔다. 힘든 것일까.

아직은, 지금은 아니야. 당신이 없어서 힘들다고 말하고 싶진 않아. 아직은 당신이 그립지 않아. 아직은 당신, 밉기만 해. 당신 알아? 그리움보다 강한 미움 말이야. 슬픔보다 더한 미움. 그런 게 있어. 사람들은 날 괴롭히는 게 그리움과 슬픔이라고 생각하겠지만 아니야. 지금은, 미움과 부끄러움이야. 왠지는 몰라. 그런데 당신은 밉고 난 부끄러워. 왜 밉고 부끄러운지는 내가 되어 봐야 알 거야. 그렇게 갑자기 떠나면서, 그것도 다른 사람에게서 그 소식을 들어야만 했어. 내가 뭘 잘못했기에?

세 번의 벨이 울린 후에야 전화를 받는 건 유선의 오래된 습관이었다.

그날 밤 2시가 지난 시각에 벨이 울렸을 때, 그러나 유선은 설핏 든 잠에서 끌려 나와 처음 신호가 울리자 바로 수화기를 들었다. 그는 모임이 있어 좀 늦을 거라고 아침에 얘기하고 나갔었다. 감기 기운이 있는 아이를 끌어안고 일찍 잠이 들었었다. 불길한 예감 같은 건 없었다. 수화기 속에선 자동 응답기의 기계음과 흡사한 목소리가 들려왔다. 여자였고 기계음은 아니었다.

"김주현 씨 댁입니까?"

"그런데요?"

"김주현 씨…… 사망입니다."

그 목소리는 너무도 비현실적이어서, 현실적인 어떠한 질문도 할 수 없게 만드는 목소리였다. 병원 이름과 위치를 얘기하고는 전화는 끊어졌다. 어쩌면 한 사람의 죽음을 그런 식으로 알려 줄 수 있는 것일까. 아니 어쩌면 그 사람은 그런 식으로 가 버릴 수 있단 말인가. 그 시각에 그는 왜 문호리에 갔던 것일까.

수화기를 내려놓는 순간, 벨 소리를 듣기 직전에 꾼 꿈의 마지막 장면이 기억났다.

파티가 열리고 있었다. 넓은 홀에는 사람들이 넘쳐났다. 음료수와 음식 접시를 담은 카트를 밀고 다니는 남자들은 무섭도록 무표정했다. 유선은 아무것도 입에 대지 않았다. 아는 사람도, 모르는 사람도 있었다. 유선은 들고 있던 작고 검은 핸드백을 잃어버렸다. 그걸 찾으려 건물의 여기저기를 헤매고 다녔다. 파티에 온 것을 후회하며. 핸드백 하나를 잃은 것치고는 너무 절망적인 기분이었던 것 같다. 그토록 방이 많은 줄 몰랐다. 여자들이 많이 모인 어떤 방에서 아는 사람을 만났다. 오래전에 암으로 죽은 여자였는데, 하는 생각을 꿈속에서도 했었다. 눈자위가 퀭하고 보랏빛으로 변해 있었다. 그 여자에게 얼굴이 왜 그러냐고 묻진 못했다. 핸드백을 찾지 못한 채로 벨 소리에 잠을 깼었다.

혼자서, 그것도 술을 조금 마신 상태였다고 한다. 굴곡이 심한 국도 변의 가로수를 그가 탄 차가 정면으로 들이받았다 했다. 여름 새벽이면 그곳은 늘 한 치 앞이 보이지 않는 상습 안개 지역이라고 경관이 일러 주었다.

그가 누워 있는 병원에 도착했을 때, 주차장은 어둡고 추웠다. 아니, 추웠을까? 한여름이었는데. 아무래도 추웠던 것 같다. 안경이 달아나 버린 그의 얼굴은 낯설었다. 한 번도 본 적이 없는 피투성이의 얼굴 때문인지도 모르겠다. 그의 얼굴을 보고 나서 푸르스름한 복도로 나왔을 때부터 어쩐 일인지 제 모습이 유선에게 자꾸 보였다. 핸드백을 잃어버렸던 꿈속의 파티장에 여전히 서 있는 것 같았다. 가족들에게 전화를 하며 자꾸만 엉뚱한 번호를 누르는 손가락이 눈에 보이게 떨리고 있었다. 집에서 걸치고 있던 그대로, 추리닝 바지와 흰 티셔츠를 입은 여자 하나가 어리둥절한, 눈을 깜박이는, 꿈에서 깨어나고 싶어 하는 표정으로 통화를 하고 있었다. 옷을 갈아입고 왔어야 되는데, 저 옷은 너무도 초라한데. 유선을 바라보는 유선이 그런 생각을 하는 것 같았다. 올해는 비가 많이 와서 과일이 맛이 없어, 누군가 지나가며 하는 말이 유선의 목소리와 뒤섞였다. 말할 수 없는 연민으로 유선은 전화를 하는 유선을 바라보고 있었다. 흰 티셔츠는 흰빛을 잃었고 추리닝은 무릎이 튀어나와 있었다. 옷을 갈아입고 왔어야 되는데. 누워 있는 그의 얼굴을 보았는데도 조금의 현실감도 없었다. 누군가에게 무언가를 물어보아야 할 것 같은데 새벽의 병원은 적막했다. 통화를 하는 유선의 목소리도 손가락처럼 눈에 보이게 흔들렸다.

무언가 잘못됐어. 이건 아니야. 뭔가가. 전화를 하면서도 제 목소리의 의미를 확신하지 못하는 유선을 유선이 바라보고 있었다. 누군가 올 때까지 유선은 주차장에 나와 서 있었다. 그때 유선은 세상에 혼자 서 있었다. 여린 가로등 불빛 뒤로 겹겹의 어둠이 등등했다. 서늘한 바람을 쐬자 잠에서 깨듯 그제야 눈물이 나왔다. 눈물을 흘리는 유선을 유선이 바라보고 있었다. 어둠 속에서 상향등을 켠 앰뷸런스 한 대가 달려 들어왔다. 조수석 문이 열리고 남자 하나가 튀어나왔다. 침대에 실려 나오는 사람은 온통 피투성이였다. 말 없는 수선스러움 속에 그들이 유리문 안으로 사라지자 주차장은 다시 어둠과 고요함으로 채워졌다. 유선은 아주 잠깐 주현의 죽음을 잊고 있던 자신을 보며 깜짝 놀랐다. 그 놀라는 유선을 유선이 뚫어지게 바라보고 있었다. 시동생 재현의 차가 주차장에 들어설 땐 짧은 여름밤이 병원 뒤편의 엉성한 숲 언저리로 슬금 밀려가고 있을 때였다.

여전히, 그 새벽의 주차장에 서 있는 것 같아.

등 뒤의 건물 쪽으로 한 걸음 물러서며 유선은 저도 모르게 부르르 떨었다. 터질 듯 습기를 가득 머금었던 그 여름 새벽은 확실히, 추웠다.

차현구와 헤어져 바로 아르바이트하는 학생의 집으로 가서 수업을 마치고야 집으로 돌아왔을 때 미진은 텔레비전을 켜 놓고 소파에서 잠들어 있었다. 아이를 안아서 방에 눕히고 유선은 남자가 주었던 봉투를 열어 보았다. 수표를 싼 흰 종이에 한글로 계약금이라고 적혀 있었다. 종이 안에 100만 원권 다섯 장이 들어 있었다. 주현의 서랍을 정리할 때 유선은 통장을 하나 찾아냈다. 27만 원의 잔액이 남아 있었다. 작은 원고료도 전부 유선에게 주었는데. 서랍 구석에서 찾은 그의 증명사진을 보고도 울지 않았는데 그 통장을 들고는 한참을 울었었다. 수표를 물끄러미 바라보다 도로 싸서 봉투를 핸드백 속에 넣고 유선은 주현의 컴퓨터 전원을 넣었다. 초기 화면에 흑백의 가족사진이 떠올랐다. 유선과 미진의 얼굴 뒤에서 이를 드러낸 채 활짝 웃고 있는 그의 얼굴빛은 두 사람 사이에 낀 탓인지 조금 어두워 보였다. 앞니 하나가 빠진 미진이 손가락으로 그리고 있는 브이 자 때문에 그의 턱선은 둘로 나누어져 있다. 그가 떠난 후 한 번도 그의 컴퓨터를 열어 볼 생각은 하지 못했다.

한글 프로그램을 꺼내자 최근에 작업했던 순서대로 몇

개의 문서가 떠올랐다. '밤의 플랫폼'이라면 계간지 가을호에 그의 유고작으로 발표되었던 글이다. 마감일보다 열흘이나 일찍 보냈는데, 무슨 예감이라도 있었던 것 같다고, 장례식에 왔던 유 주간이 그랬다. '모래 아래서'라는 다음 파일을 클릭하자 단편의 초고인 듯 120매 분량의 원고가 나왔다. 그는 먼저 써 놓고는 하염없이 잘라 내는 스타일이다. 그는 아마 여기서 20매 정도를 잘라 내려 했을 것이다.

그의 수영복은 파란색이었어요. 사각형의.

시계를 차고 있었나요?

모르겠어요.

마우스로 죽 훑어 가는 중간쯤에 그런 문장들이 보였다.

다음 파일을 열어 보았다. 꽤 여럿 되는 주인공의 이름들, 캐릭터, 그리고 그 아래쪽으로 구체적인 스토리 라인이 이어졌다. 언젠가 그가 쓰고 있다며 생각과 달리 진전이 잘 안 된다던 장편의 자료일 것이다. 사보에 연재하는 콩트의 파일도 있었다. 발표하지 않은 단편이 세 개, 책 한 권을 만들기엔 부족한 분량이었다. 발표한 것들만 모아 놓은 폴더도 있었고 반쯤, 혹은 몇 줄만 기록된 원고들을 모아 놓은 폴더도 있었다.

원고를 하나씩 열어 보는데 암호가 걸린 파일이 하나 있었다. 제목은 '오월생'이었다. 오월생이 뭘까, 5월이라면 그의 생일이 있는 달인데. 왜 암호를 걸어 놓았을까. 자기가 잘못해서 파일을 한번 날린 후론 절대로 컴퓨터에 손대지 말라고 애꿎은 유선에게 짜증을 내는 바람에 그 뒤로 유선은 그의 컴퓨터를 사용한 적이 없었다. 암호라면, 유선은 숫자를 입력해 본다. 2293. 통장과 카드의 비밀번호로 쓰는 그의 핸드폰 번호는 아니었다. 그렇다면, 그렇게 쓰지 말라고 유선이 말했던 주민등록증의 앞 번호? 680510.

파일이 열렸다. 화면에 떠오른 건 파일의 마지막 페이지였다. 날짜가 적혀 있었다.

7. 21.

7월 21일이라면, 그가 떠나기 하루 전의 날짜였다. 그날 그는 일찍 돌아왔다. 저녁을 같이 먹었는데 무엇을 먹었는지는 기억나지 않는다. 책을 읽다 메모해 둔 구절일까. 몇 줄 되지 않았다.

……루즈몽은 그랬다. 우리의 생에는 두 개의 윤리가 있다. 하나는 결혼의 윤리며, 다른 하나는 열정의 윤리다. 인생에 밤과 낮이 있듯 태양 아래의 윤리와 달빛 아래의 윤리가 있을 것이다. 어느 것이 더 무거운 것인지에 대해선 말하지 않는다. 삶은 어느 순간까지 선택을 강요할 것인가. 날마다 숨 쉬는 순간마다 선택을 강요하는 삶이여,

나는,

메모는 그렇게 쉼표에서 뚝 끊어져 있었다. 어디서부터 어디까지가 루즈몽이라는 사람의 얘기일까.

기록은 일주일에 두 번 혹은 세 번, 그 정도였다. 사적인 기록으로 보이는 문장과 다른 책이나 기사에서 옮겨 놓은 것으로 보이는 것들이 뒤섞여 있었고 그 구분이 모호한 것들도 있었다.

7. 5.

술과 담배가 사람에게 유익한 건 아니다. 다만 다리가 불편한 사람에게 목발이 필요하듯, 영혼이 아픈 어느 순간에 술과 담배가 목발이 되어 줄 때가 있는 것이다. 내 인생의 어느 한때, 근원적인 허무주의자인 내게 술과 담배는 나의 목발이 되어 주었다.

다른 부분과 마찬가지로 출전이 적혀 있지 않아 누구의 글인지 알 수 없었지만 그건 주현의 진술은 아니다. 그는 담배를 피우지 않았으니까. 그런데, 행을 바꾸어 쓰인 글이 유선의 시선을 붙들었다.

때로 M이 내 영혼의 목발 같은 존재라는 생각이 드는

순간이 있다. 그를 알기 전엔 내 영혼이 목발이 필요한 상태라는 걸 스스로 알지 못했다. M은 술도 담배도 아니다. M이 내 생에서 술과 담배, 영혼의 목발, 그 지점에서 멈추어질 수 있을까.

이건, M에게도 Y에게도 공정치 못한 일이다.

그날의 기록은 거기서 끝나 있었다. 유선의 머릿속이 단숨에 뒤집어엎은 술잔처럼 텅 비워졌다. Y는, 유선의 이니셜일 것이다.

유선은 스스로 사람이나 상황에 대한 안테나가 무딘 편은 아니라고 생각해 왔다. 그렇다면, M은 누구일까. 유선은 고개를 젓는다. 그러고 보니 이 글들은 단순한 일기가 아니다. 발췌해서 적어 놓은 글들까지 모두 하나의 뚜렷한 초점을 향하고 있다. 그건 M이라는 여자다. 성별에 대한 기록은 없지만 눈으로 본 것보다 확실하게 알 수 있는 것들이 있다. 글을 읽다가, 혹은 떠오르는 생각들 중 M과 연결되는 모든 것들을 여기 기록해 놓은 것이다. 아니면 이것을 기록하던 날들 동안 주현은 M이라는 인물에 대한 강박증에 사로잡혀 있었을 것이다. 어떤 사물도 어떤 단어도 그와 연결되어 버리는 지독한 강박증. 그것도 기꺼이. 일생에 한 번 꿀까 말까 한 깨어나기 싫은 꿈과도 같이. 그는 그 강박을 마지막 순간까지 즐기고 있었을 것이다.

레스토랑 이름과 약속 시간만 적힌 날도 있었다.

4. 30.
레드 클라우드. 7시 30분.
뜨거운 어니언 수프.

기억하고 싶은 건 수프의 뜨거움뿐이었을까.

그의 기록에는 극도의 절제와 결코 절제할 수 없는 과잉된 정서가 행복하게 불화하고 있었다.

몇 줄의 뜬금없는 대화체로만 된 기록도 있었다.

6. 13.
나의 어디가 좋아?
모르겠어.
말해 줘.
모든 게 좋아. 너의 모든 것.
그렇게 많이?
고개를 갸웃하며, 믿을 수 없다는 듯.

나의 어디가 좋아? 그 질문은 유선이 기억하는 질문이다. 아주 오래전,, 둘이 처음 안았던 날, 유선이 했던 질문이다. 그렇지만 *그렇게 많이?*는 유선의 질문이 아니었다. 모

든 여자들은 그렇게 묻는 것일까. *나의 어디가 좋아?* 그때 도 그는 *너의 모든 것*, 이라고 말했던가, 잘 기억나지 않는다. 너무 오래전의 일이었다. 다만 유선은 주현의 입술에 가만히 제 입술을 대었을 뿐이다. *그렇게 많이?* 라고 묻지 않았다. 믿을 수 없다는 듯, 고개를 갸웃하지도 않았다. 그의 사랑은 너무도 견고해서 일생을 끌로 긁어도 닳지 않을 바위 같았으므로.

언제부턴가 유선은 제 몸을 긁고 있었다. 젖가슴 아래쪽부터 가려워 오기 시작했다. 처음엔 제 가슴을 긁고 있는 줄을 몰랐다. 가려움은 가슴속의 분노처럼 처음엔 미약하게, 나중엔 스스로 걷잡을 수 없이 그렇게 폭발했다. 왼손을 옷 속으로 집어넣어 배를 긁어 대며 오른손으로 마우스를 움직였다.

최초의 기록은 4월부터 시작되었다. 그것은, 그러니까 냉정하게 얘기하자면 100일 동안의 사랑의 기록이었다. 그리고 그 기록 속에 유선은 Y라는 이니셜로 딱 한 번 등장했다. M이라는 이니셜도 한 번 등장한다. 그러나 그 글을 온통 지배하고 있는 것은 Y가 아니라 M이다. Y와 M은 아득히 먼 두 지점에 있는 존재였으며 온도계의 가장 먼 곳에 위치하는 두 지점이었다. 하나는 그에게 구심력으로, 하나는 우울한 원심력으로 존재하고 있었다. 주현이라는 우주의 대척점에 둘은 존재하고 있었으며 인생에 두 개의 윤리가 있음을 그에게 가르쳐 준 상반된 존재였다. Y가 새벽 2시에 처음 듣는 여자의 목소리로 남편의 죽음을 차갑게 선고받기 30분쯤 전에 M은 그와 함께 있었을 것이다. 간단히 말해서 Y는 그에게 차갑고 멀어지고 싶은 낡은 행성의 이니셜이었다.

아아, 인생을 일천 번이라도 살아 보고 싶다. 이처럼 세상이 아름다우니까.

한 줄만 적혀 있는 어느 날의 기록을 읽을 때 유선은 매달리는 심정이 되었다. 이 문장은 주현의 말이 아니다. 베토벤이 사랑하는 줄리에타에게 피아노 소나타 「월광」을 헌정하면서 했던 말이다. 어쩌면 이 파일의 모든 글들은 이것처럼 출전을 밝히지 않은 다른 사람의 글들일 수도 있을 것이다. 그럴 것이다. 그럴 것이다. 그럴 것이다. 아닐 것이다.

날짜를 적지 않은 채 토막토막 적어 놓은 문장들도 있었다.

고뇌의 근원은 연(緣). 연을 맺으면 보고 싶어 괴롭고 보고 싶은데 보지 못해 괴롭고 나는 보고 싶은데 너는 아니어서 괴롭고.

출전까지 자상하게 적어 두었다. *법구경.*
어떤 날은 뜬금없는 팝송 가사가 적혀 있기도 했다.

태양이 머리 위에서 뜨겁게 이글거리는 낮, 거리에서 그와 이별하는 것은 세상에서 가장 슬픈 일. 멜라니 사프카, the saddest thing.

커서를 움직이며 유선은 한 번도 만난 적이 없는 M의 목소리를 듣는다. 그건 5월의 어느 날, *조근조근 속삭이듯 비가 내렸다,* 라고 특이하게 날씨까지 적어 놓은 날의 기록이었다.

……목이 긴 물새들은 이렇게 잠든대요. 모래밭에서, 바람 부는 쪽을 향해 한쪽 발로 선 다음, 몸통을 웅크리고 머리를 뒤로 돌려 깃털 사이에 묻고, 이렇게, 자는 거야. 눈을 감고 그 풍경을 한번 상상해 봐. 너무 아름답지 않아? 그렇지?

이렇게, 라는 부사를 읽으며 유선은 그의 시선 속에서 사랑스러운 한 여자가 잠든 물새를 흉내 내고 있는 모습을 떠올린다. 바람 부는 모래벌판 위에서 하얀 깃털 속에 작은 부리를 묻고 잠든 물새처럼 희고 사랑스러운 여자.

새벽이 올 때까지 그 파일을 전부 읽고 또 읽었지만 그의 글 속에는 죽음으로 달려가는 자의 어떠한 기미도 없었다. 죽음이라니, 그는 말하고 있지 않은가.

아아, 인생을 일천 번이라도 살아 보고 싶다. 이처럼 세상이 아름다우니까.

이 남자는 누구일까. 4월부터 7월까지의 날들을 적어 놓은 이 파일의 기록자는 누구일까. 내가 알았던, 그 사람의 파일이 맞긴 한 것일까. 이 사람이 나와 함께 살고 아이를 낳고 웃고 때로 울며 함께 살아왔던 그 사람일까.

이건 아니야. 엉망으로 취해서 들어온 날이면 중얼거리던 그의 말처럼, 이건 아니야. 이제는 그의 침묵까지도 점자처럼 더듬어 읽을 수 있을 정도로 서로에게 투명하다고 믿었는데.

시동생의 차를 타고 사고 현장에 가 보았을 때, 그의 차가 부딪쳤던 수양버들 나무둥치 뒤로, 이른 저녁부터 불야성을 이루며 크리스마스트리 장식처럼 서 있던 강 건너의 러브호텔과 그의 죽음은 아무런 상관이 없었다. *너의 모든 것,* 하고 말했을 때 *그렇게 많이?* 하며 깜짝 놀랐을 여자와 헤어져 돌아오던 길이었음을 상상조차 하지 않았다.

유선은 잡고 있던 마우스를 들어 방바닥에 패대기쳤다.

그를 향해 전화기를 집어 던질 수도, 얼굴에 손톱자국을 낼 수도 없는 곳에 존재하는 사람에게 분노를 느껴야 하는 자신. 분노를 폭발시킬 상대는 존재하지 않는데 살갗이 벗겨지도록 제 살을 긁어 대야만 하는 자신만이 혼자 남아 있었다.

그가 있었고 내가 있었다. 둘 사이엔 깊은 우물이 있었다. 그가 옆에 있을 땐 우물의 존재를 몰랐다. 너무 가까이 있는 건 보지 못하는 게 인간의 시력이니까. 그 심연 속에 많은 것들이 있었다. 사랑도, 결핍도, 원심력도, 구심력도, 피로한 감정의 순간도, 은닉된 삶의 조각들도. 그 조각들을 다 맞추어도 기어이 떠오르지 않는 지난 생의 밑그림. 끝내 찾을 수 없는 몇 개의 조각들이 여기 있다. 둘 사이의 우물은 너무 깊고 어둡고 그리고 차갑다.

인생은 생각이 있는 놈이기라도 한 듯 종종 숨겨진 현실을 일깨워 주곤 한다. 문제는 그 방식이 너무 잔인하다는 것. 차현구를 만나지 않았다면 언제까지 이 파일을 열어 보지 않고 지냈을까. 유리창에 비치던 남자의 강인한 옆얼굴이 선명하게 떠올랐다.

이건, 일기가 아닌 픽션이 아닐까. 이젠 스스로도 설득할 수 없는, 질문이 될 수 없는 바보 같은 질문만을 가까스로 떠올리며 유선은 일어섰다. 이건 제 팔에 스스로 칼을 꽂은 자의 비명이 가득한 기록. 스스로 그 비명을 즐기는 자의 기록일 뿐이었다. 온몸의 수분이 말라 버린 듯, 무릎이 입안이 어깨가 눈알이 파삭거리며 함부로 발굴된 미라처럼 한순간 삭아 내렸다.

그 밤부터 죽은 숙주 속에서 살아가는 에일리언처럼 가려움이 유선의 몸속을 떠돌아다니기 시작했다.

모든 게 좋아. 너의 모든 것.

그렇게 많이?

끊임없이 떠오르는 두 개의 문장처럼 가려움도 그 시간 이후 끊임없었다. 절망적인 가려움이, 손 닿지 않는 시린 우물 속에서 꾸역꾸역 밀려 올라왔다. 유선의 의지와는 상관없이 유선의 삶 속에 파고든 것처럼, M이라는 알 수 없는 존재는 유선의 피부 한 꺼풀 아래서 끊임없이 속삭였다.

그렇게 많이?

남아 있는 날들

미진은 소파에 드러누워 과자를 먹으며 연속극을 보고 있었다. 머리가 긴 여주인공이 소주병을 깨서 흔들며 악을 쓰고 있다.

그렇겐 못해. 누구 좋으라고.

요즘은 만화영화도 애들 보여 주기 무서운 판인데, 막가는 일일 연속극에 넋을 놓고 있는 애를 보자 화가 치밀었다. 전자레인지에 데워 먹으라고 떠 놓은 국도 싱크대에 그대로 놓여 있다. 마루는 만화책과 레고 조각이 흩어져 폭탄 맞은 자리처럼 엉망이다.

"너. 김미진."

유선은 날 세워 불러 놓곤 거기서 그만둔다. 저도 견뎌야 할 것이 있을 것이다. 마지막 인사도 없이 아빠는 홀연히 사라져 버렸다. 늘 집에 있던 엄마마저 출근해 버리고 하루 종일 혼자 지내야 하는 현실에 적응하기가 쉽진 않을 것이다. 혼자 저녁을 먹느니 차라리 과자를 씹으며 버티고 싶은 무언가가, 소주병을 깨서 흔들며 악을 쓰는 탤런트를 보며 대신 폭발시키고 싶은 무언가가, 오후 내내 친구네 놀러 가지도 않고 혼자 외롭게 지냈음을 기어이 엄마에게 시위하며 견뎌야 할 무엇인가가 있을 것이다.

밥을 담고 콩나물국을 데워 놓고 보니 국은 쉴 듯 말 듯한 경계에서 아무 맛도 느껴지지 않는다. 봉지 김을 하나 꺼내고 참치 캔을 꺼내 찌개를 할까 하다 뚜껑만 열어 그대로 식탁에 올려놓았다. 차려 놓고 식탁 위를 보니 있던 입맛도 달아나게 생겼다.

"밥 먹자."

"나 배 하나도 안 고파."

"그래 놓고 나중에 엄마 설거지하고 나면 그때 또 배고프다고 그럴 거지. 어서 와."

미진은 식탁 위를 쓱 훑어보더니 혼잣말처럼 중얼거린다.

"나, 갈치 먹고 싶은데."

식성은 꼭 닮아 가지고.

"내일 구워 줄게. 지금은 없어."

"지금 먹고 싶어."

"너 참치 좋아하잖아."

"질렸어. 매일 참치 캔이야."

한숨을 폭 내쉬더니 모진 말을 내뱉는다.

"내가 요즘 왜 안 크는지 알겠어."

"엄마가 집에서 노니?"

"명희 엄만 선생님 하면서도 도넛까지 만들어 줘."

"그럼 그 집에 가서 살아."

이런 식의 대답은 유선 자신도 싫다. 미진은 아무 말 없이 유선을 노려본다.

"너 왜 그러니? 왜 너까지 이래? 너라도 좀 알아서 하면 안 돼?"

너 왜 그러니? 까진 괜찮았다. 알아서 하면 안 돼? 에서 유선은 느닷없이 악을 쓰고 있는 자신을 보았다. 아이의 표정이 단단해진다. 어린것이 짓는 저런 표정은 무섭다. 윗도리를 들추고 붉은 손톱자국으로 금간 유리창처럼 보이는 등과 앞가슴을 보여 준다면 쉬어 가는 콩나물국과 참치 캔이 놓인 식탁 앞에 서서 악을 쓰는 엄마를 딸은 이해해 줄까.

피부과는 5층에 있다. 이 시간의 대기실은 퇴근한 직장인들로 늘 붐빈다. 여름이 한풀 꺾이면서 병원에 들어설 때마다 살이 타는 노린내에 찌푸리게 된다. 레이저실 앞엔 여름내 생긴 반점이나 기미를 없애려는 사람들로 앉을 자리가 없다. 기미나 잡티를 제거하기 위해 잡지를 뒤적거리며 앉아 있는 여자들을 어느 순간 한없는 부러움으로 바라보고 있는 자신을 본다. 그들이 가진 고민의 현기증 나는 가벼움에 질투를 느끼며.

가려움의 증세는 매우 특이했다.

낮에는 아무렇지도 않다가 밤이 되면 스멀스멀 시작하는 것이다. 통증보다 견디기 괴로운 것이 지독한 가려움이란 걸 알게 되었다. 가려운 곳은 피부가 아니다. 몸속 어딘가, 피부 한 꺼풀 아래의 어느 지점이다. 캄캄한 어둠 속에 혼자 일어나 앉아 손톱이 살을 파고들도록 긁어 대면 가려운 곳은 점점 더 깊은 데로 내려간다. 미친 여자처럼 집중하여 제 살을 긁어 대다 보면 각성제를 먹은 것처럼 정신까지 맑아졌다. 잠들지 못하고 깨어 있을 때면, 차라리 아픈 게 낫겠어, 중얼거리며 창밖이 훤해질 때까지 청승스럽게 울 때도 있다. 붉게 부풀어오른 살갗을 쳐다보면 피부 아래 이상한 벌레가 꿈틀거리는 것 같았다. 유선은 가려움을 증오했다.

주사를 맞고 약을 꼬박꼬박 먹는데도 자다 일어나 점점 가려워지는 피부를 피가 나도록 긁어 대는 밤이 이어졌다. 배와 가슴에는 예리한 채찍으로 맞은 듯한 붉은 줄이 겹쳐졌다. 긁은 지 오래된 곳은 검게 변색이 되었다. 의사는 고개를 갸웃하며 매번 새로운 약을 처방해 주었다.

이틀 전에 새로 받은 처방은 조금 더 강해진 듯했다. 약을 먹고 30분이 지나면 모든 것이 몽롱해졌다. 칼끝처럼 뾰족하던 신경줄이 말랑말랑하게 풀려나가고 못 견디게 잠이 쏟아졌다. 때론 그 잠의 언저리로 야습하는 적처럼 불쑥 가려움이 덤빌 때도 있지만 몽롱하고 나른한 기분으로 몇 번 뒤치다 보면 이윽고 끈끈한 잠의 바닥속으로 가려움마저 익사하고 마는 것이다.

"요번엔 어땠습니까?"

"좀 잤어요."

"가려운 건요?"

"가려운 건, 뭐랄까요. 가려움이 없어진 건 아니에요. 그냥 약이 그걸 덮어 누르고 있는 것 같아요."

차트를 기록하던 손을 멈추고 의사는 고개를 갸우뚱했다. 손가락 위로 푸른 정맥이 도드라진 손이다. 지나치게 청결해 보이는 손 때문에 흰 가운의 소매 깃에 살짝 얹힌 하루치 더러움이 선명해 보인다.

"체질에 따라 개인차가 있긴 하지만 이상하군요. 알레르기가 쉽게 완치되는 병은 아니지만 약을 쓰는 동안은 보통 증상이 사라지거든요. 혹시……."

의사는 펜을 내려놓고 두 손을 깍지 끼며 등받이에 몸을 기댄다. 조심스러운 말투다.

"한번 생각해 보세요. 최근에 심한 스트레스를 받거나 한 적이 있습니까? 정신적인 충격이 신체적인 현상으로 나타날 수 있거든요. 그런 경우엔 몸이 약에 반응하지 않을 수도 있다는 임상 사례 보고가 있긴 하지요."

"아니요. 그런 일은."

아무런 표정의 변화 없이 유선은 그렇게 잘라 말한다. 지나치게 빨리. 정신과 의사가 물었다 해도 유선은 그렇게 대답했을 것이다. 인생은 당신이 공부한 교과서와는 다른 부분이 많아요. 아무리 두껍다 한들 몇 권의 의학 서적으로 사람의 몸과 영혼을 전부 읽을 수 있을 거란 생각은 말아요.

"그렇겠지요."

잠시 옆길로 벗어났다는 듯, 빈주먹에서 꽃을 피워 내는 마술사 같은 과장된 동작으로 깍지 낀 손을 풀고는 처방전을 기록했다.

"사실은 요즘이 알레르기 환자들에겐 가장 괴로운 시기예요. 환절기가 지나면 꿈속에서 그랬던 듯 거짓말처럼 나을 수도 있습니다."

의사는 자상하게 이미 알려 주었던 몇 가지 음식이나 환경의 금기들을 일러 주었다.

"등푸른생선이나 달걀, 우유 혹은 유제품, 계절적으로 복숭아나 토마토도 알레르기를 일으킬 수 있어요. 냉기 알레르기일 땐, 좀 우습긴 하지만 양말을 두어 켤레 신고 주무시는 게 도움이 될 수도 있습니다."

"네."

지난번에도 그는 똑같은 말을 해 주었지만 유선은 하나도 신경 써서 지켜보질 못했다. 그래도 유선은 순간적으로 응석처럼 그와 몇 마디 더 나누어 보려는 자신을 본다. 냉온욕을 해 보면 도움이 될까요? 채식은 어떨까요? 절전 모드로 돌려놓은 가전제품처럼 근근이 움직이는 듯한 몸의 느낌은 약 때문인가요? 아니면 이것도 정신과적 질환일까요? 제게만 들리는 복화술처럼 그 말들은 유선의 목구멍 아래서 멈칫거린다.

의사의 말이 아니더라도, 유선은 자신의 감정이 알레르기 상태에 빠져 있음을 알고 있다. 기쁨과 즐거움을 빼 버린, 너그러움과 행복감을 제외한 모든 감성이 유선의 마음 속에서 미친 파도가 되어 출렁거린다. 단단하게 비끄러맨 의식의 틈으로 그것들은 어느 순간 해일처럼 터져 나와 유선을 죽도록 외롭게, 죽도록 슬프게, 죽도록 부끄럽게 몰아붙인다.

유선은 가슴속에 담긴 그 날카로운 감정의 파편들 때문에 제대로 숨을 쉴 수조차 없다. 조금만 몸을 기울이면 그것들은 함부로 쏟아져 살을 베고 발등을 깨고 핏줄을 잘라 놓을 것 같다.

"알레르기는 뭐랄까, 분만통과도 비슷합니다. 가라앉고 나면 흔적이 없으니까요. 무엇보다 분만통보단 덜 아프지 않아요? 초조해하지 말고 계절이 바뀌기를 기다려 봅시다."

가려움은 계절이 바뀌어도 쉬 낫지 않을 것이다. 의사의 말처럼 그것의 원인이 정신적인 것이라면 더욱. 그저 이 약이 있으면 되는 것이다. 점액질의 잠 속으로 가라앉아 버리면 끔찍한 가려움조차 힘을 못 쓰듯 머릿속에서 회오리처럼 맴도는 상처의 조각들도 같이 잠들어 줄 것이다. 분만통처럼, 언젠가 내 속에 있는 아픈 덩어리가 날 찢고 나가는 순간 이 모든 가려움도 같이 데리고 가 주겠지.

“선생님, 엄마한텐 오늘 수업 일찍 마쳤다고 얘기해 줘요.”

“일주일에 한 번 있는 수업인데.”

“전부 일주일에 한 번이에요. 바이올린도 한 번, 피아노도 한 번, 논리 사고 훈련 한 번, 작문 한 번, 영어 회화 한 번, 미술 실기 한 번, 일주일에 종합반 사흘 가면서 그 많은 걸 그럼 한 번 하지 두 번씩 어떻게 해요.”

“무슨 일인데?”

“영화 보려고요.”

“남자 친구랑?”

“100일째거든요.”

“왜 하필 이 수업이야?”

“내가 테스트를 해 봤어요. 무슨 얘기든 했다 하면 하루가 가기 전에 엄마가 다 알고 있어요. 선생님만 빼고.”

“나도 안 돼.”

“선생님도 설마 이 수업이 제 작문 실력 향상에 도움이 된다는 생각을 하고 계신 건 아니죠? 이건 할수록 글 읽기도 쓰기도 지겨워지는 수업이에요.”

제 할 말을 조금도 거리낌 없이 뱉어 내는 하영의 얼굴을 유선은 홀린 듯 쳐다본다. 못난 영혼일수록 사소한 말에 상처받는다. 누구에게도 귀하지 않은, 도움이 안 되는, 우습게 보이는, 지겹게 발목을 붙드는 인간 이유선.

하영은 벌써 튀어나갈 만반의 준비를 하고 있었다. 콧등엔 분 자국이 뽀얗고 상큼한 시프레 향이 방에 가득하다. 중3인데 네 번에 한 번꼴로 별 핑계를 다 대고 수업을 보이콧한다. 이번 달엔 벌써 두 번째다. 엄마 마음에도 들어야 되지만 애하고 사이가 나빠도 과외는 끊긴다. 일주일에 한 번 수업하고 도서관에서 받는 월급의 절반쯤 되는 수업료를 받는다. 어린 소녀다운 가는 팔과 아기처럼 보드라워 보이는 입술을 가졌지만 이 순간 하영은 유선에게 절대 권력자다. 다음 주까지 숙제로 해 놔. 아니면 엄마한테 말씀드린다. 하영은 입으로만 네, 네, 하고선 선생님 저 먼저 가요, 하며 뛰쳐나가 버린다.

가방을 챙겨 들고 내려와 어둑한 아파트 마당을 걸어 나오는데 내가 왜 요즘 안 크는지 알겠어, 잔망스럽게 내뱉던 딸의 목소리가 새삼스럽게 속을 후볐다. 늦을 줄 알고 저녁때 먹으라고 김치찌개와 밥, 김만 차려 놓고 나왔었다. 갑자기 마음이 급해져 택시를 탔다. 집 앞 마켓에서 갈치 한 마리와 토막 친 닭과 도넛 가루까지 사서 뛰어 올라와 초인종을 눌렀는데 응답이 없다. 핸드백을 뒤져 열쇠로 문을 열고 들어오니 미진은 텔레비전을 켜 놓은 채 소파에서 털 빠진 모포를 빨며 잠들어 있었다. 김치찌개 뚝배기와 김, 빈 밥공기가 식탁에 올려져 있었다. 늦게 온댔더니 아예 일찍 먹어 버렸구나. 볼에 묻은 김 가루를 문질렀더니 눈을 반짝 떴다.

"엄마, 아침이야?"

이것하고 싸우다니.

"아니야. 저녁이야. 엄마가 도넛 해 줄까?"

"아니. 엄마 피곤한데 됐어."

또 판정패.

보온밥통에서 밥을 담아 와 차갑게 식은 찌개와 남은 김 몇 장으로 한 그릇을 다 먹었다. 배는 고프지 않았는데 밥 한 그릇을 다 먹었다. 어두움, 차가움, 배반당한 정절, 만져지지 않는 존재감, 익숙했던 만큼 낯설어져 버린 남자, 지독하게 가려운 육체, 가슴에 가득 찬 그것들 위로 미지근한 밥을 밀어 넣었다. 밥을 씹을 때마다 몸 안에 고인 그것들이 제 존재를 주장하며 출렁거렸다. 싸늘한 찌개를 입 안에 떠 넣으며 유선은 자신이 스스로 알아 왔던 것보다 강인한 사람이라는 생각이 들었다. 저녁을 먹고 일찌감치 약 한 봉지를 먹었다.

딸아이를 안아서 침대에 눕히고 옆에 누웠다. 눕자마자 맨살에 털옷을 입은 듯 살갗이 스멀거리기 시작했다. 옷 위로 옆구리를 슬슬 문질렀다. 어서 잠들어야 되는데. 손을 대자마자 가려움이 휘발유를 끼얹은 불길처럼 확 번져 나간다. 지점토 조각을 가져다 붙인 듯 살점이 툭툭 부풀어 올랐다. 모든 감각이 사라지고 가려움만 남는다. 전쟁이다. 유선은 벌떡 일어나 반짇고리를 꺼냈다. 바늘을 하나 뽑아 부풀어 오른 살에 콕콕 찔러 본다. 아무런 감각이 없다. 꾹 눌러 본다. 아프지 않다. 너무해. 미친 여자처럼 일어나 부엌으로 나왔다. 싱크대를 열고 식칼을 꺼내 들었다. 네가 이기나 내가 이기나 해 볼까. 어둠 속에서 식칼을 움켜쥐고 붉게 부풀어 오른 살을 도려낼 듯 노려보다 유선은 식칼을 던져 놓고 약 한 봉지를 꺼냈다. 미량이긴 하지만 극약 처방이니까 가렵다고 연달아 드시진 마세요, 의사가 그런 말을 했던 것 같다.

"개자식. 가려움 하나를 못 고쳐."

유선은 숨을 몰아쉬며 공연히 의사에게 욕을 퍼부었다. 물을 머금고 반만 먹을까 하다 한 봉지를 다 털어 넣었다. 잠을 자야만 했다.

"여보세요?"

그 남자였다. 이제는 혹시 저를 기억하실는지, 따위의 말은 하지 않았다. 자신이 오래된 시계에 와 있으며 퇴근 시간까지 기다리겠노라는 남자의 목소리는 약간 느긋한 것처럼 느껴졌다. 미스 오가 매점에서 사 온 과자와 커피를 마시느라 정기 간행물 코너의 미스 리까지 와 있을 때였다. 미스 리는 결혼한 지 5년인데 직원들은 그냥 미스 리로 불렀다. 유선과는 동갑이고 같은 층에서 근무하다 보니 간식을 먹을 땐 꼭 셋이 어울렸다. 난 여기 그만두면 안 돼. 누가 날 미스 리로 불러 주겠어. 언니, 아이섀도를 새로 사야겠어. 갈색으로. 왜 찬바람이 불면 여름 색조는 초라해 보일까. 그런 얘기들을 하고 있었다. 전화를 끊고 지난번 만났던 일을 대충 설명하자, 둘은 똑같이 펄쩍 뛰었다.

"어머, 언니. 생각할 게 뭐 있어? 그러자는 사람 없으면 도시락 싸 들고 다니며 언니가 해야 할 일 아냐?"

"그렇게 생각해?"

"유선 씨, 이럭저럭 세월 지나 버리면 내 돈 들여서 출판하기도 힘들어. 공짜로 대출해 주는데도 판타지나 실용서 아니면 빌려 보지도 않는 거 알잖아. 고마운 사람이지. 계약금까지 줬다고? 자비로라도 출판해야 하는 거 아냐?"

"편지하고 일기를? 본인의 허락도 없이? 그건 의식을 잃고 쓰러진 사람을 남들 보는 데서 발가벗기는 것과 다를 게 없잖아."

"그게 그 글의 운명이야. 유선 씨."

그 글의 운명. 남은 자의 영혼을 전복시켜 버리는 것도 그 글의 운명?

"나로선,"

유선의 목소리가 이상했는지 둘이서 눈을 크게 뜨고 유

선을 쳐다보았다.

"나로선, 내가 갑자기 죽어 버렸을 때, 내 일기장이 어떤 이유로도 공개되는 걸 원치 않아."

미스 리가 조심스럽게 말했다.

"일기를 쓸 때 사람들은 누군가가 볼 것을 무의식 속에서 인식하고 있는 것 같아. 말하자면 일기란 어떤 면에선 자기 검열을 이미 거친 글이야. 난 그런 거 같아."

검열을 거친 글이라고? 유선의 머릿속으로 파일 속의 문장들이 날카롭게 박혀 왔다.

그렇게 많이?

바닷가의 새들은 이렇게 잠이 든대.

뜨거운 어니언 수프.

아아, 인생을 일천 번이라도 살아 보고 싶다.

그가 선택한 열정의 윤리. 버림받은 혼인의 윤리. 그걸 내가 읽어도 된다고 생각했단 말인가.

유선은 고개를 저었다. 그는, 적어도 그토록 잔혹한 사람은 아니었다.

"어머, 언니 아직도 일기 써?"

미스 오가 눈을 동그랗게 뜨고 물었다. 미스 리가 유선을 먼저 쳐다보곤 미스 오에게 하얗게 눈을 흘겼다. 미스 오가 입을 쑥 내밀고 중얼거렸다.

"책 찢어 가도 좀 잘 찢어 가면 누가 뭐래? 제본까지 죄다 뜯어지게 이게 뭐야? 어떤 여자는 나하고 눈을 딱 맞추고는 손으로 찢는다니까."

찻집 안은 사람들로 가득했다. 차현구는 통화 중이었고 눈인사를 하며 앞자리를 가리켰다.

금요일 저녁이었고 대부분 연인들이었다. 옆 테이블에 앉은 남자는 키가 작고 지나치게 말라서 볼품이 없었고 여자애도 그다지 예쁘지 않았다. 둘은 서로를 한순간도 놓치기 싫다는 듯 바라보고 있었다. 남자가 연인의 얼굴에 천천히 담배 연기를 불어 보낸다. 담배 연기가 여자의 얼굴을 어루만진다. 발암 물질로 가득한 연기 속에서 여자는 행복한 듯 웃고 있다. 연기 속에서 웃고 있는 여자는 볼이 붉고 맹해 보인다. 남자가 순간 뺨을 세게 때리더라도 여전히 여자는 웃고 있을 것 같다.

두 사람이 사랑에 빠졌을 때는 확실히 그런 순간이 있어. 사랑이란 어떤 것에 대해서는 너무 예민하게, 어떤 것에 대해서는 너무 둔감하게 만들어 버리는 감정의 알레르기 상태 같은 것이니까.

모든 게 좋아, 너의 모든 것.

그렇게 많이?

"자료를 좀 찾아보셨습니까?"

유선은 대답 대신 핸드백 속에서 봉투를 꺼내 남자 앞으로 밀어 놓는다. 남자는 봉투를 내려다보지 않는다.

"아직요."

"집필실이 따로 있었나요?"

"그렇진 않아요."

"여전히, 그가 원하지 않을 것이라고 생각하고 있군요."

"센세이셔널리즘은 그 사람이 가장 싫어했던 거예요. 그 사람의 죽음을 책 광고로 쓰고 싶진 않아요."

유선의 목소리는 폐허의 건물 속, 낡은 배관에서 배어 나오는 녹물처럼 띄엄띄엄 흘러나온다. 그 목소리는 컴퓨터 파일을 열어 보기 이전의 진실만을 말하고 있다.

너의 모든 것.

그렇게 많이?

유선은 한순간 그에게 모든 걸 말해 버리고 싶다. 그의 이면, 그의 열정의 윤리, 그의 M에 대해.

그는 내 남자가 아니었어요. 난 상속권이 없다고요.

유선의 속에서 뜨거운 덩어리가 밀려 올라와 목구멍을

틀어막는다.

그의 모든 걸 까발리고 조롱거리가 되게 하고 스캔들의 가운데 놓이게 하고 싶어. 어떠한 변명도 하지 못하는 그의 무력함을 한껏 비웃으며.

"이유선 씬, 그 사람의 죽음을 믿고 싶지 않은 거예요. 그 사실을 거부하고 있어요."

유선은 침을 삼킨다. 목구멍을 막은 덩어리는 꼼짝하지 않고 그 자리에 걸려 있다. 유선의 목소리는 뻔한 거짓말을 하는 소녀처럼 억눌려 있다. 더듬지 않으려 애쓰는 말소리가 제 귀에도 겨우 들린다.

"모르겠어요. 어떻게 해야 할지."

"자기가 쓴 글을 통해서만 존재하는 것이 글 쓰는 사람들의 운명입니다. 손에 잡고 있는 끈을 놓아주십시오. 상처도 부끄러움도 결점조차도 역사가 되어 버린 사람입니다."

이 남자는 새로 친 옹벽처럼 단단하다. 물 샐 틈 같은 건 없다.

남자는 제 앞에 놓인 봉투를 유선 쪽으로 밀어낸다.

"주제넘은 얘긴지 모르겠지만, 구립 도서관에 근무하면서 따님과 살아가기가 수월하진 않을 겁니다."

남자는 늘 그랬듯 유선의 대답은 듣지도 않고 휘적휘적 걸어가 찻값을 내고는 나가 버렸다.

아니야.

유선은 고개를 가로저었다.

아직은, 아니야. 그가 없어서 힘들다고 말하고 싶지 않아.

유선의 마음속에 이름 붙일 수 없는 감정들이 지나치게 많이 섞여 있었다. 그에 대한 제 감정이 어떠한 것인지, 무엇인지, 정확히 이름 붙일 수만 있다면 그것이 외로움이든, 슬픔이든, 부끄러움이든, 미움이든, 박탈감이든, 배반이든, 모멸이든 견뎌 낼 수 있을 것 같았다. 너무 많은 감정이, 쏟을 길 없는 상대를 향해 간헐천처럼 뜨겁게 예고 없이 솟아올랐다. 매번 소스라쳤고 매번 화상이었다.

그것은 지난여름의 사흘 동안 유선이 겪어 내야 했던 혼란과는 또 다른 것이었다.

대부분의 빈소가 그러하듯, 급하고 준비되지 않은 채 차려진 그의 장례식에서 유선이 느꼈던 그 감정들, 그때 제 속에서 들끓던 감정들을, 그러나 유선은 이름 붙일 수 없어 더 혼란스러웠다. 왜, 이토록 갑자기, 떠나면서도 다른 사람에게 그 소식을 듣게 한 사람에 대한 복잡한 감정, 슬픔보다 더한 어떤 감정이 그때에도 있었다.

한숨도 못 잔 아침부터 조문객들이 밀려왔다. 잠이 오진 않았는데 몸은 꿈속인 듯 둔하게 움직였다. 구석에 잠시 앉아 있을 때 누군가 유선의 손에 피로 회복제 병을 하나 쥐여 주었다. 누구인지는 기억나지 않았다. 놓치면 안 되는 어떤 것인 듯 유선은 그것을 오른손에 꼭 쥐고 있었다. 단단히 쥐고 있었는데도 그것은 자꾸만 손에서 미끄러져 내렸다. 옆에 있던 누군가가 그걸 주워서 뚜껑을 비틀어 열고 다시 손에 쥐여 주었다. 이거라도 마셔야지, 그 사람은 그렇게 말했던 것 같다. 유선은 고개를 끄덕였다. 그걸 꼭 쥐고 있으려 했는데 또 손에서 미끄러져 바닥으로 굴러떨어졌다. 확실히 기억나는 건 없다. 유선은 검은 테두리 안에서 활짝 웃고 있는 그의 얼굴을 보지 않으려 필사적으로 바깥으로 얼굴을 돌렸다.

그 사이사이로 누군가가 와서 끊임없이 말을 시켰다.

관은 무엇으로 주문하시겠습니까?

무엇으로 해야 되나요?

뭐, 대략 세 가지쯤 됩니다. 오동나무가 가장 비싸지만 홍송도 괜찮습니다. 가격은 여기 적혀 있습니다. 오전 중으로 빨리 결정해 주셔야 합니다.

그 남자가 가고 나자 또 다른 누군가가 왔다. 아니 똑같은 남자였는지도 모르겠다. 목소리도 얼굴도 기억할 수 없었으니까.

음식을 주문해 주시겠어요? 준비할 수 있는 음식은 이렇습니다. 메뉴판을 두고 갈 테니까 체크해서 주세요.

책받침처럼 코팅된 그 판에는 음식 이름이 빽빽하게 적혀 있었다.

어떻게 해야 하나요?

난감한 표정으로 쳐다보자 그는 유선의 옆으로 바짝 다가서서 책받침을 뺏었다.

세 가지나 다섯 가지 정도가 괜찮아요. 전은 삼색전으로 하시면 모양이 나지요. 마른안주는 따로 준비하셔야 되고요.

그렇게 해 주세요.

여름이니까 돼지머릿고기는 조금만 주문하세요. 술이나 음료수는 박스 단위로만 공급됩니다. 아이스박스는 저희가 대여해 드리고 얼음 비용은 따로 계산해야 합니다.

유선은 고개만 끄덕이고 있었다. 삼색전, 도라지무침, 육개장. 반듯하게 적혀 있는 음식 이름들을 보자 처음엔 어지러웠고 곧 토할 것 같았다. 유선은 드링크 병을 쥔 오른손에 힘을 주었다. 작고 단단한 그 병 외에는 아무것도 현실감을 주지 않았다. 이렇게 슬픔을 잊게 하는구나. 유선은 눈으로 시동생을 찾았다. 사람들이 꿈속에서처럼 둥둥 스쳐 지나갔다. 손을 내밀어도 만져질 것 같지 않았다. 누군가 다가와서 손을 붙들었을 때, 남편이 죽었는데 음료수를 마시고 있는 여자가 이상하게 보일 것 같아 병을 나무 탁자 위에 내려놓았다. 손이 비자 불안해졌다. 무엇이든 붙들고 있고 싶었다.

이틀간 눈을 붙이지 못하다가 발인하기 전, 새벽녘에 상모서리에 기대어 잠시 졸았다. 유선은 그 짧은 사이에 꿈을 꾸었다.

꿈속에서 주현은 완벽하게 건강했고 그의 죽음은 꿈속의 꿈이 되어 있었다.

아, 당신이 죽은 꿈을 꾸었어.

그 말을 할 때, 여태껏 살아오면서 그토록 다행한 기분을 느껴 본 적이 처음인 듯했다. 가슴이 터질 듯한 행복감에 전율하는 순간 눈을 떴다. 왼쪽 이마에 얹고 있던, 형광등 불빛에 파리한 제 손을 내려다보며 그것이 꿈이었다는 걸 깨달았을 때, 그때에야 비로소 절대로 변경될 수 없는 현실에 대한 미칠 듯한 절망감이 밀려왔다.

나는, 당신에게 무엇이었지?

그 여름날의 절망과는 또 다른 빛깔의, 제 삶이 어느 순간 전복되어 버린 듯한 혼란스러움이, 남자를 따라 나갈 생각도 하지 못한 채 흰 봉투를 무연히 바라보며 앉아 있도록 어깨를 내리눌렀다.

스피커에서 마이 블러디 밸런타인(My bloody valentine)의 노래가 흐르고 있었다. 나의 잔혹한 연인. 주현과 전등사에 갔던 날 들은 노래였다.

어느 핸가의 초파일이었다. 절에 가서 밥 먹고 오자. 오늘은 아무 절에나 가도 밥을 주니까. 점심을 세 번이라도 먹을 수 있어. 어디로 가? 강화도로 가자. 바다도 보고 절밥도 먹고 소금 창고가 있는 염전도 보러 가자. 주현이 씩씩하게 외쳤다. 강화도, 좋아. 전등사 가서 밥 먹고 카페리 타고 석모도 들어가서 염전을 구경하자고. 즉흥적으로 출발한 게 10시가 넘어서였다. 전등사 아래의 주차장은 만원이었고 차선 하나를 빼곡히 차지한 차량들 사이에 가까스로 차를 세우고 나니 1시가 가까웠다. 전등사로 올라가는 길은 세일할 때의 백화점 에스컬레이터처럼 사람들로 발디딜 틈이 없었다. 주현이 고개를 저었다. 절에 와서까지 줄 서고 싶지 않아. 왼쪽으로 접어드는 산길로 방향을 돌렸다.

새로 난 이파리들은 아직 연두였고 지난해의 마른풀 사이로 솟아난 풀잎들은 여렸다. 길에서 조금 들어간 곳에 자리를 잡고 세 번의 점심 대신 보온병에 담아 간 커피를 세 잔씩 마셨다. 가까운 곳에서 목청이 작은 새가 울고 있었다.

어디서 점심을 세 번 먹지? 대답 대신 유선의 머리카락에, 볼에, 목에 주현의 입술이 닿았다. 젖은 목덜미에 머리카락이 엉켰다. 재킷을 벗어 마른풀 위에 깔고 주현이 유선을 눕혔다. 전등사에 가야지. 꼭 전등사엘 가야만 할까. 오른손으로 그는 유선의 바지를 내렸다. 그래도 전등사에 가려고 왔잖아. 언젠가 한번 다시 전등사에 오자. 그의 몸이 유선의 몸속으로 들어왔다. 등이 아파. 나도 무릎이 아파. 유선은 웃었다. 엉덩이에 모래가 박혔어. 내 팔꿈치에도 모래가 박혔어. 유선이 다시 웃었다. 그의 몸이 흔들렸다. 누가 보겠어. 상관없어. 그가 몸을 움직이자 경사진 비탈 아래쪽으로 몸이 쏠렸다. 고요했고 작은 이파리들 사이로 봄빛이 눈을 찔렀다. 어느 순간 등에 박히는 모래도, 자꾸만 비탈 아래로 미끄러지던 엉덩이도, 눈을 찌르던 햇살도 아득히 멀어져 갔다. 몸을 빠르게 움직이며 그는 속삭였다. 넌 모르지? 뭘? 내가 얼마나 널 좋아하는지. 그때 그의 눈빛은 모든 것을 주고 싶은 자의 눈빛이었다. 햇살이 꺾일 때까지, 뼛속으로 스미는 봄바람을 더 이상 견딜 수 없을 때까지 숲속에 누워 있었다.

초파일이 돌아오면 가지 못했던 전등사와 등에 박히던 돌, 경사진 비탈에 자꾸만 미끄러지던 엉덩이, 잔가지 사이로 눈을 찌르던 봄 햇살과, 넌 모르지? 간절히 묻던 그의 목소리를 떠올리곤 했었다. 그 후로 전등사는 한 번도 가보질 못했다. 그날을 기억할 땐, 우리가 전등사에 갔던 날, 이라고 말했다. 우리가 전등사에 갔던 날. 전등사를 보지 못했던, 전등사에 갔던 날.

돌아오는 도로는 주차장이었다. 길이 그렇게 막힐 줄 알았으면 강화도에서 자고 돌아왔을 것이다. 봉천동까지 네 시간 반이 걸렸다. 주현의 차 안엔 두 장의 시디뿐이었다.

마리아 칼라스의 「카스타 디바」와 「마이 블러디 밸런타인」을 번갈아 네 시간 반 동안 들었다. 노래를 다 외웠어. 차량이 꼬리를 문 도로에서 하염없이 서 있을 때 주현은 유선의 볼을 두 손으로 꼬집으며 말했다. 마이 블러디 밸런타인. 사랑을 주지 않는 나의 냉혹한 연인, 유선이여.

그때의 블러디는 서로의 손목을 날카로운 면도칼로 긋고 너의 동맥 속에 내 피를 흘려 넣고 싶었던, 혀를 깨물어 흘러나오는 너의 피를 삼키고 싶던 블러디였어. 델 만큼 뜨거웠던 39도의 블러디였고 너는 나의, 나는 너의 심장 자체를 원했던 블러디였지.

병원에서 마지막 보았던 그의 얼굴이 떠올랐다. 피로 얼룩졌던 그 얼굴. 차갑게 식어 버리긴 했지만, 손목을 그어도 더 이상 피를 흘려 넣을 수 없었지만, 그의 멈추어 버린 심장 속에 내 뜨거운 피를 전부라도 흘려 넣어 주고 싶은 블러디 밸런타인이었다. 지금은…….

유선은 고개를 돌려 유리창 위로 떠오르는 자신의 얼굴을 가만히 들여다보았다. 마이 블러디 밸런타인. 유리창 위의 입술이 움직이며 그렇게 중얼거려 본다. 집의 오래된 시디를 모아 둔 곳에 그 앨범도 있을 것이다. 재킷 그림은 기억나지 않았다.

이제는 모서리가 부드럽게 닳아 가는 흰 봉투를 호주머니에 넣고 그것이 구겨질 만큼 꼭 쥔 채, 언젠가 드링크 병을 쥐고 있었던 그날처럼, 유선은 삶이 여전히 현실감이 없다는 생각을 했다.

외상 후 스트레스 증후군

늦었는데 다행히 병원은 진료 시간을 넘기고도 문을 열어 놓았다. 접수를 마치고 기다리는 환자가 많았다.

"좀 어땠습니까?"

"그냥 여전히."

"그래요?"

의사는 피로한 얼굴로 유선을 쳐다본다. 그가 실망스러워하는 것 같아 유선은 얼른 덧붙였다.

"좀 나은 것 같기도 하고요."

가려움증이 사라진 건 아니다. 잠이 질겨진 것뿐이다. 그저 끈적거리고 질긴 잠이 백혈구처럼 가려움을 감싸고 녹이고 삼켜 버린다. 약이 주는 잠은 폭염 속 한낮의 아스팔트처럼 뜨겁고 끈적거린다. 가려움뿐만 아니라 유선의 모든 감각을 망가뜨려 주었다. 미쳐 버릴 것 같은 불면도, 불면이 새끼 치는 깨진 유리 조각 같은 감정의 파편들도 고요히 덮어 주었다.

"가려움에 너무 관심을 주지 마세요. 병은 때로 응석받이 같거든요. 골똘히 생각해 주면 없던 가려움도 스멀스멀 생겨납니다. 특별한 원인 없이 생겨난 알레르기는 어느 날 씻은 듯이 사라지기도 하죠. 이유선 씨도 어쩌면 자신도 모르는 스트레스가 심한 정신적 억압을 가져왔는지 몰라요. 과도한 스트레스는 면역 기능을 떨어뜨리고 내분비기관을 교란시켜 호르몬 분비 장애를 초래하기도 하거든요. 그게 몸의 약한 쪽으로 표현되는 겁니다. 외상 후 스트레스 증후군이라고 부르긴 하지만 원인도, 증상도 너무나 다양하죠. 눈의 실핏줄이 터져 실명하는 사람도 있고 몸의 한쪽에 일시적인 마비 현상이 나타나기도 합니다. 그런 데 비하면, 가려움은 좀 낫다고 할 수 있을까요."

가려움은 낫다고? 유선은 표정 없는 얼굴로 의사의 입을 바라보았다.

전, 얼마 전에 남편을 사고로 잃었어요. 그와 2년을 연애했고 7년을 같이 살았어요. 그런데도 처음엔 그가 죽음 쪽으로 핸들을 꺾어 버렸는지, 아니면 어둠 속에서 갑자기 나타난 나무에 부딪혔는지 그것조차 알 수 없었어요. 지금은 심한 안개가 낀 여름밤에 그 사람을 그곳까지 불러낸 사람이 누군지를 알 수 없게 되었고요. 그 사람의 일기가 정말 자신의 검열을 거친 것인지, 제 자신의 열정의 윤리만을 고집하며 그 일기를 누군가가 읽어 주기를 원하는지, 아니면 다시는 돌아올 수 없는 어둔 창밖에서 안 돼, 고개를 젓고 있는지 그것도 알 수 없어요.

유선은 누군가에게 이 속을 꼭 한 번은 열어 보이고 싶다. 사람 없는 갈대숲을 맨발로 달려가 갈라진 벌판의 갈대 뿌리 틈으로, 나는요, 하고 소리 지르고 싶다는 생각을, 그러나 지워 버린다. 개인적인 고통을 증언하는 건 스스로 모자란 사람임을 광고하는 것이나 다름없을 것이다.

"가려움 때문에 죽는 사람은 없죠."

"그렇지요?"

유선은 조금 웃었다. 그 말은 위로가 되었다. 그럴 것이다. 가려움 때문에 죽는 사람은 없을 것이다. 그래서 유선의 몸은 죽을 것만 같은 고통을 가려움으로 바꾸어 버렸을 것이다.

유선은 의자에서 일어났다. 의사는 이제 더 이상 가려움을 하소연하는 소리 따위는 듣고 싶지 않다는 표정이었고, 유선도 그의 심정을 이해할 것 같았다. 열 시간 이상 누군가가 찌푸린 얼굴로 호소하는 고통을 계속 듣고 있어야 한다면, 히포크라테스 선서 따위를 하지 않은 보통 인간은 미쳐 버릴 것이다.

엘리베이터에서 내리자, 왼쪽에 있는 발레 학원의 출입문이 활짝 열리고 분홍색 튀튀를 입은 아이들이 와르르 몰려나왔다. 아직 소녀가 되지 못한 계집아이들은 아랫배가 볼록하게 나와 있었고 가슴은 젖살이 포동포동했다. 미진 또래였다.

봄꽃 잎을 한 움큼 따다가 흩뿌린 듯 눈이 부시다. 유선은 달려 나오는 아이들과 부딪히지 않게 뒤로 몇 발짝 물러났다. 오랫동안 헤어져 있기라도 한 듯 기다리던 엄마들이 팔을 벌려 아이들을 안았다. 어둑하던 로비가 무대 위처럼 눈부시게 어지럽다. 미진은 차가운 김치찌개와 미지근한 밥을 먹었을까. 엄마의 손을 잡은 아이들이 문밖의 어둠 속으로 달려 나갔다. 마지막 꽃잎마저 팔랑 사라져 버리자 유선은 비로소 낮게 한숨을 쉬었다.

살아 있는 모든 것들은 빛을 내는구나. 들리지 않는 탄성이 숨어 있었구나.

난 몰랐어.

줄지어 서 있는 서가 사이로 가을 햇살이 깊숙이 들어와 있다. 지난여름 들어왔을 때 햇살은 짧게 자른 소년의 머리처럼 창 아래서 깡동했는데. 그의 책들이 꽂혀 있는 칸 앞에 가서 그의 첫 번째 창작집을 뽑아 들었다. 처음 만들어진 그 책을 들고 집에 들어왔던 날의 그를 기억한다. 문을 열어 주었을 때 새 신발을 잃은 소년처럼 울 듯한 표정으로 현관에 서 있던 그. 자신의 서평이 실린 신문을 읽고 또 읽었던 그. 나란히 꽂혀 있는 그의 책들을 하나씩 꺼내 살펴본다. 사람들은 이제 그를 잊어 갈 것이다. "사람들이 그를 잊기 전에." 창에 비친 턱선이 완강하던 남자의 목소리가 떠오른다.

책을 제자리에 꽂아 놓고 유선은 복도로 나와 자판기 앞으로 갔다. 커피가 마시고 싶어서 나왔는데, 그런데 뜨거운 게 마시고 싶은지 아이스커피를 마시고 싶은지 알 수가 없다. 어느 것을 선택하든 하찮은 후회를 하게 될 것이다. 아이스커피 버튼을 누르는 순간 다시 남자의 얼굴이 떠올랐다. 자신이 망설이는 건 커피의 온도가 아니라는 생각을 했지만 자잘한 얼음 알갱이가 든 차가운 컵을 빼 드는 순간, 유선은 뜨거운 커피와 코끝에 번지는 온기를 그리워하고 있었다.

뜨거운 커피에 얼음을 넣어서 마시고 싶어. 차가움과 뜨거움이 동시에 혀에 감기는 그런 커피.

유선은 제 속에 갈피를 잡을 수 없는 그런 뜨거움과 차가움이 제각각의 온도를 유지한 채 엉겨 있음을 바라본다. 옆구리가 가려워 오기 시작한다. 요즈음은 낮에도 불쑥 가려움이 시작될 때가 있다. 귀 뒤, 젖가슴, 허리, 피부 한 꺼풀 아래의 손닿을 수 없는 곳들. 외상 후 스트레스 증후군. 외상(外傷)이라. 바깥에서 온 상처. 너에게서 온 상처. 피 흘리는 상처라면 차라리 빨리 아물 텐데.

M이니까

자리를 비운 미스 오의 모니터 초기 화면은 브래드 피트였다. 앞에 앉은 사람이 누구든 흐트러진 금발 아래로 오만한 나르시시즘으로 가득 찬 눈빛을 가차 없이 보내 주는 남자의 얼굴. 이틀쯤 깎지 않았을까? 선명한 턱수염을 보자 손바닥에 까슬한 촉감이 만져지는 듯하다. 유선에게 준다고 도넛 두 개를 들고 온 미스 오에게 물어보았다.

"왜 브래드 피트야? 재 어디가 좋아?"

그녀는 뭘 당연한 걸 물어? 하는 표정으로 대답했다.

"브래드 피트니까."

듣고 보니 그건 너무도 당연한 대답 같았다. 유선이 질문하고 싶은 건 다른 사람에게일 것이다. 그 여자의 어디가 좋은데? 물어보면 그도 그렇게 대답할까?

M이니까.

유선은 빈속에 약 한 봉지를 털어 넣는다. 물을 마셔도 시큼한 뒷맛은 가시지 않는다. 도넛 한 귀퉁이를 꼬집어 입에 넣어 본다. 빵 조각은 볼이 아프도록 달다.

M이니까.

M을 향한 자신의 감정은 무엇일까?

질투? 누구를 향한 질투? 한 번도 보지 못한, 앞으로도 보지 못할 사람에 대한 질투? 그래서 영원할 것 같은 질투?

유선은 눈을 감는다. 질투란 팽팽한 세 개의 힘에서 나온다. 하나가 없어진 지금 질투란 존재하지 않을 것이다. 이 정서는 다만 외상(外傷)일 뿐이다.

검은 사진 속에 남은 풍경들

빌려 온 만화책을 손에 들고 눈으로는 디즈니 비디오를 보고 있던 아이가 심각한 목소리로 물었다.

"엄마, 엄마는 오른쪽 눈으로 운전하면서 왼쪽 눈으로 텔레비전 볼 수 있어?"

"니 엄마가 그런 사이보그가 아닌 걸 다행으로 알아야 해."

"사이보그가 뭐야?"

"공상과학영화에 나오는 인조인간. 사람처럼 움직이며 생각도 하지만 사람은 아냐. 체온도 감정도 없어."

"터미네이터 아저씨? 눈물이 뭔지 모르는?"

"그래."

"엄마는 사이보그야."

가벼운 목소리인데 심상치가 않다. 아이는 시침을 떼고 화면을 보고 있다.

"왜?"

"엄만 왜 한 번도 울지 않아?"

까만 눈동자가 준엄하게 묻는다. 아빠의 부재를 슬퍼하지 않는 엄마. 냉혹한 사이보그.

딸에겐 완벽했던 아빠. 7년 동안 연인이 되어 주었던 아빠. 한 점의 실체도 없는 환영이란 결점이 없어서 위험한 것이다. 누추하고 비굴하고 무능한 인간의 모습을 목격할 기회를 더 이상 가질 수 없는 아이에게 아빠는 언제까지나 완벽한 남자로 남아 있을 것이다. 한 공간에서 숨 쉬고 밥을 먹고 타인에게 야비해질 수 있으며 사소한 일에 분노를 참지 못하는 치사한 모습을 보면서 아빠도 제 속에 있는 것들과 같은 문제와 결함을 가진 인간임을 알아 가게 될 기회를 상실해 버린 것이다.

대답이 되지 못할 것들이 유선의 가슴속에 깨진 유리 조각이 든 자루처럼 담겨 있다. 딸에게 영원히 완벽한 아빠로 존재하려면 그의 파일들은 유선의 가슴속에만 묻혀진 채로, 남아 있어야 할 것이다.

퇴근길에 도서관 앞의 사진관에서 사진을 찾았다. 그의 서랍 속에 있던 필름이었다. 잘못 나온 것도 전부 뽑아 주세요, 부탁하고 맡긴 거였는데 몇 장 나오지 않은 사진은 그나마 온통 깜깜했다.

"뭐가 잘못된 거 아니에요?"

"찍긴 찍었거든요. 필름의 끝부분을 보면 아니까요. 그러잖아도 인화를 할까 말까 하다 전부 해 달라고 부탁을 하신 게 생각나서."

아무것도 판독할 수 없는 필름과 온통 시커먼 몇 장의 사진을 받아 들었다. 무엇을 찍었던 것일까. 어둠 속에서 제 얼굴을 찍었을까. 그러고 보니 주현이 유선에게 주었던 것들은 이제 그다지 남아 있질 않다. 많은 것들이 빠르게 사라져 버렸다. 사진 속에서라도, 자신의 내면을 지나치게 들여다보던 그의 모습 하나쯤을 건지고 싶었는지도 모르겠다. 말라 버린 채 뒹굴던 플러스 펜과 날이 특이하게 길었던 일제 톰보우 가위 하나, 날카롭게 깎인 2B 연필 두 자루, 27만 원이 들어 있던 통장과 함께 서랍 속에 들어 있던 필름이었다.

컴퓨터 앞에서 밤을 새운 다음 날 오후면 호소하던 어깨 통증이나 끊임없이 반복되는 조울증처럼 자신의 글에 대해 가졌던 지나친 오만과 유선의 위로를 필요로 했던 침울한 콤플렉스, 술에 취한 날이면 늘 한 구절만 계속 반복해서 불러 대던 노래의 한 소절, 책상의 오른편 벽에 써 붙여 놓았던 소설의 제목들, 엎드려서 발톱을 깎느라 열중해 있던 수그린 이마, 슈퍼에서 돌아오다 보았던 퇴근하던 그의 뒷모습, 덥지도 않은데 늦은 저녁을 먹으며 이마에 땀이 배어 나오던 얼굴, 모니터를 노려보다 어느 순간 짧은 한숨을 쉬던 균은 옆얼굴, 마지막으로 보았던 피투성이의 낯선 얼굴, 어느 날 밤 술에 취해 들어와서는 가슴에 안겨 주었던 백합꽃 한 다발까지. 너무도 익숙한 그의 얼굴 대신, 그 모든 것들이 검은 인화지 위에 판독할 수 없는 암호처럼 엉기어 있었다. 눈물을 이해하지 못하는 사이보그처럼 유선은 의아한 표정으로 사진 속의 어둠을 오래 응시했다.

누가 알 수 있을까요

투명 테이프로 마지막 손질을 끝낸 책을 테이블 가운데 놓인 책 더미 위에 올려놓는다. 눈에 뜨이게 손상된 부분을 손질하긴 했지만 책들은 전체적으로 제 나이들만큼 늙어 있다. 반듯하게 손질된 부분은 그래서 금방 주름살 제거 수술을 받은 초로의 여인처럼 어색해 보인다. 훼손된 책을 쌓아 놓은 더미에서 한 권을 집어 와 살펴보고 있을 때 무음으로 해 놓은 휴대폰의 형광 빛이 깜박였다.

하영이 엄마였다. 수업을 시작한 첫날 외에는 제대로 얘기를 나눈 적이 없지만 수업료는 하루도 늦지 않고 유선의 통장으로 입금해 주었다. 동대문에서 옷 가게를 하느라 집에 없었지만 하나 있는 딸아이 공부는 전화로라도 늘 신경을 썼다.

"선생님, 저 하영이 엄마예요."

지난 시간 수업을 안 한 게 생각나 유선은 약간 더듬었다.

"아, 안녕하세요."

"하영이 수업을 좀 쉬었으면 하고요. 제가 워낙 바빠서 선생님이 알아서 해 주시겠지 하고 있었는데 어제 얘 노트를 한번 들춰 봤더니."

하영이 엄마는 한숨을 내쉰다. 유선은 작문 노트와 스케줄 노트 두 권을 사용한다. 아마 스케줄에 적힌 날짜보다 네 번쯤은 뒤늦은 작문 노트를 들춰 보았을 것이다.

"선생님, 잘 가르쳐 주시지만, 저로선 아이를 컨트롤해 줄 수 있는 선생님이 필요해요. 선생님 잘못하신 건 없어요. 애를 내가 알아요. 조금만 틈을 보이면 선생님 머리 위에 올라앉아 있을 애죠."

"죄송합니다. 제가 좀 더 신경을 썼어야 하는데. 아직 수업이 두 번 남았는데."

"괜찮아요. 그냥 지금 그만두죠. 그동안 고마웠습니다, 선생님."

"죄송합니다, 어머니."

중학생 아이 하나를 제대로 관리하지 못하고 잘리다니. 그나저나 어디서 과외 자리 하나를 다시 구하나. 유선은 막막하다. 아파트 부금은 넣은 것보다 앞으로 부어 나가야 할 게 더 많이 남았다. 퇴직금도 없는 도서관 임시직으로론 두 모녀가 가련한 모습으로도 살기가 어려울 것이다. 살고 있는 소형 아파트 단지엔 전단을 붙여 봐야 작문 과외까지 시킬 사람은 없을 것이고, 전직 학원 강사도 대학생도 아닌 자신에게 영어나 수학을 맡길 사람도 없을 것이다.

통화를 끝내자 기다렸다는 듯 차현구의 전화가 왔다. 오래된 시계에서 보자는 그의 말을 유선은 거절하지 못한다.

"언니."

미스 오가 작게 불렀다. 쳐다보았더니 유선의 손에 들린 책에 눈짓을 한다. 유선은 책을 내려다보았다. 수선용 테이프를 책의 펼친 부분에 붙이고 있었다. 그것도 세 겹, 네 겹.

"그날 밤 일은 사고였을까요?"

무슨 말인지, 하는 표정을 읽은 그는 유선을 빤히 쳐다보았다.

"그 무렵, 김 선생에게 무슨 특별한 고민 같은 건 없었나요?"

"고민이라뇨?"

유선은 거짓말을 들킨 것처럼 순간 얼굴이 붉어졌다.

"이를테면 글이 안 써진다든가, 혹 몸이 불편한 곳이라도. 프랑스의 어느 작가는 그렇게 말했더군요. 밤이면 자신에게 다가오는 자살의 충동을 이기기 위해 글을 쓴다고요. 존재와 창작의 고뇌 때문에 그는 안개 낀 새벽의 강가로 달려간 게 아닐까요? 길모퉁이에서 갑자기 나타난 나무에 부딪힌 게 아니라 그가 그 나무 쪽으로 달려간 건 아닐까요?"

남자는 유선 쪽으로 더 몸을 기울인다.

"그렇지 않아요? 아니라면 그가 그 시각에 혼자 그 길을 달려갈 아무런 이유도 없지 않습니까?"

"그렇지 않아요."

유선은 간신히 대답한다.

"누가 알 수 있을까요?"

남자의 눈빛은 간절하다. 그는 자신이 기획한 주현의 책에 새로운 드라마를 하나 더 첨가하고 싶어진 모양이다. 유선은 그의 시선을 피한다. 그의 눈빛과 마주친다면 어느 순간, 제 속에 있는 모든 걸 쏟아 내 버릴 것만 같다. 그가 선택한 열정의 윤리에 대해. 일천 번이라도 살고 싶었던 그의 생의 마지막 날들의 행복에 대해.

자살이라니. 천만에. 할 수만 있다면 일천 번을 살아 보고 싶었던 사람이에요, 그 사람은. 차라리 자살이었다면 내 머릿속이 이토록 복잡하진 않겠어.

"차 선생님은, 인생을 일천 번이라도 살아 보고 싶었던 순간이 없었나요?"

"네?"

머릿속이 가려워 오기 시작했다. 머리카락 하나하나가 천 개의 깃털을 가지고 두피를 간질여 대기 시작했다. 유선은 프로그래밍된 로봇처럼 거의 자동적으로 머리로 올라가려는 손을 무릎에 붙이고 주먹을 아프도록 꼭 쥐었다.

"토요일 오후에 다시 한번 볼 수 있을까요? 3시쯤?"

여자는 집을 마음에 들어 했다. 유선이 들어오면서 도배도 새로 했고 베란다에는 앵글로 짜 맞춘 수납장에 문까지 해 달았었다. 표시도 안 나게 비용이 꽤 들었다. 1년도 못 살고 집을 내놓으리라는 생각은 안 했으니까. 미안해하며 고개만 요리조리 돌려서 구경을 하던 여자는 결국 방문이랑 붙박이장까지 죄다 열어 보고야 토요일 오후에 남편과 같이 들러 봐야 하겠지만 계약을 하겠노라고, 다른 사람한텐 보여 주지 말라고 당부를 했다. 철 지난 샌들을 발에 꿰며 여자는 정색을 하고 유선을 쳐다보며 물었다.

"근데, 이렇게 손봐 놓고 왜 아파트 내놓으신 거예요?"

뭐라 대답하기가 어려워 사정이 있어서요, 얼버무리는데 미진이 불렀다.

"엄마, 가려워, 여기."

가렵다는 소리에 가슴이 덜컥하여 팔을 살펴보니 손목에서 팔꿈치까지 안쪽의 여린 살에 좁쌀만 한 붉은 것들이 온통 오돌토돌하니 솟아 있었다. 추석 전에 산소를 둘러보러 가면서 데리고 갔을 때, 아빠 준다며 노랗고 흰 들꽃들을 꺾어 꽃다발을 만들더니 풀독이 오른 모양이었다.

"아무 풀이나 만지면 안 된다고 그랬지?"

"그런 소리 한 적 없어."

"아무 풀이나 만지면 엄마처럼 이렇게 돼. 배에 이렇게 손톱자국이 생기도록 가려우면 좋겠어?"

연고를 팔에 바르는 걸 쳐다보며 미진이 물었다.

"엄마는 무슨 풀을 만졌는데?"

배란통

비가 시작되기 전에 먼저 바람이 불었다. 검은 구름이 겹겹이 모여들더니 저녁이 온 듯 갑자기 어두워졌다. 요즘이 겨울보다 썰렁해. 난방도 안 해 주고, 얇은 내의라도 입고 나와야겠어. 언니, 나 추워. 미스 오가 옆에서 어깨를 움츠리고 커피를 마시다가 먼저 들어가 버렸다. 종이컵의 따끈함과 입술에 닿는 커피의 온기가 좋아 유선은 핥듯이 조금씩 커피를 마시며 통유리창 바깥의 숲을 바라보았다.

보고 있는 사이 가로등에 불이 들어왔다. 유선은 처음엔 하얗게, 곧 주황색으로 변하는 가로등을 보며 시계를 들여다보았다. 5시 49분. 가로등은 5시 49분에 켜지는구나.

바람 끝에 마른번개가 쳤다. 일찍 온 어둠 속에서 번개는 하늘을 길고 선명하게 갈랐다. 쏴아, 소리부터 먼저 대기를 채우더니 비가 쏟아지기 시작했다. 처음부터 장대비였다.

아직은 잎이 무성한 숲이 거대한 여자의 음부 같다. 순식간에 숲의 한가운데로 내리꽂히는 번개는 여자의 속으로 파고 들어가는 기운 센 사내를 떠오르게 한다. 절박하고 집요하다. 천둥소리는 하늘이 아니라 숲이 내지르는 신음 소리 같다. 내리꽂히는 번개와 젖은 숲이 오래 그리워했던 연인처럼 서로의 품속으로 겹겹이 허물어진다. 유선은 홀린 듯 비 오는 풍경을 바라본다.

풍경은 눈보다 먼저 마음의 눈으로 들어오는 걸까. 그가 가고 두 달이 지났다. 유선의 몸은 남자를 안다. 남자의 몸만이 줄 수 있는 아득한 쾌락을 알고 있다. 비 오는 저녁의 풍경 속에서 유선은 그에게 안기고 싶은, 제 마음의 풍경을 읽는다.

잠든 물새처럼 그가 M을 향해 고개를 돌리고 있다 할지라도 지금은 그를 안고 싶다. 배와 배를 맞대고 눈을 감은 채 말없이 그의 움직임을 느끼고 싶다. 미친 파도처럼 밀려오는 쾌락에, 더 이상 견딜 수 없는 어느 순간에 번개처럼 자신을 쪼개 버릴 쾌감에 몸을 맡기고 저 숲처럼 온통 젖은 채 비명을 지르고 싶다. 손가락과 손가락을 하나씩 엇갈리며 이마에 떨어지는 그의 땀방울을 핥으며 누군가 목을 조르듯 숨을 쉴 수 없는 그 순간을 느끼고 싶다. 사랑이 의도적인 열정이 아니듯, 환멸도 마음대로 되지 않는 것이구나. 세상에서 가장 날카로운 칼을 그가 내 젖가슴에 겨눈다 할지라도 지금은 그를 안고 싶다.

안아 줘, 누군가의 이름을 부르듯 유선은 나지막이 중얼거렸다.

왼쪽 아랫배가 저릿하게 땅기면서 허벅지 안쪽까지 뻐근하게 아파 왔다. 습기가 최음제처럼 피부로 스며들었다. 배꼽 아래로 짚불이 타듯 열기가 번졌다. 배란통이었다.

나의 피투성이 연인

피부과에서 받은 처방전을 들고 엘리베이터를 내렸을 때, 다른 날보다 조금 일렀는지 발레 수업은 아직 끝나지 않았다. 유선은 환하게 불이 켜진 발레 스튜디오의 창가로 다가갔다. 방음이 잘된 유리 너머로 음악 소리는 아주 가냘프게 흘러나왔다. 집단으로 마임을 하듯 나비처럼 고요히 흔들리는 소녀들. 밤마다 식어 있는 찌개와 미지근한 밥만을 근근이 먹으며 살아가야 할 미진. 부실한 보살핌

속에서 움파처럼 연둣빛으로 자라 갈 미진. 딸아이는 결코 저런 옷을 입어 보지 못한 채 음지식물처럼 웃자라 버릴 것이다. 도무지 실용성과는 거리가 멀어서 더욱 매혹적으로 나풀거리는 저 반투명의 날개옷. 분홍빛 튀튀는 생명을 가진 존재인 양 잔잔히 떨리며 흔들리고 있다.

유선은 오래도록 스튜디오의 유리창 가에 서 있다. 여름이 끝날 무렵부터 입고 다닌 얇은 면 코트 주머니 속에는 이제 보풀이 많이 인 봉투가 젖은 손안에 구겨진 채 쥐어져 있다.

대답해 봐, 당신.

우리는 얼굴을 마주 보며 묻고 대답해야 할 게 아직 남아 있잖아.

당신이 내 인생 속으로 한 발짝씩 걸어 들어오며 보내기 시작했던 편지들, 발가벗은 영혼의 사진이 찍혀 있는 당신 마지막 날들의 기록, 그리고 당신의 또 다른 현실이었던 소설의 완성되지 못한 문장들, 당신이 한마디 얘기도 없이 떠나 버린 것처럼 나도 그것들을 당신의 동의 없이 호기심으로 반짝이는 사람들의 눈앞에 펼쳐 보일 수 있어. 그래도 되는 거야? 어느 쪽이 더 가혹한 거라고 생각해? 당신? 나? 밤마다 약을 삼키면 뜨거운 용암처럼 몰려오는 잠 속으로라도 와 줘. 대답해 줘. 암호를 가르쳐 줘. 검열받지 않은 진짜 일기를 보여 줘.

그런다면 낡고 손때 묻은, 나만큼이나 누추한 책들을 수선하며 하루하루를 견뎌 갈 수 있을 거 같아. 오후 2시의 열람실처럼 깨뜨리고 싶은 고요 속에 잠겨서. 이틀치씩 돈으로 살 수 있는 달콤한 잠 속에서.

활짝 팔을 치켜들자 타이츠에 감싸인 통통한 허벅지들이 드러난다. 한숨 쉬듯 팔을 늘어뜨리며 무릎을 굽히는 마지막 인사. 발레 레슨은 끝났다.

당신, 저 정도의 작별 의식은 있어야 한다고 생각하지 않아?

아이들이 달려 나왔다. 가을에 핀 봄꽃. 유선의 옆을 지나던 계집아이가 팔을 들어 올려 원을 만들고는 발끝으로 빙그르르 돌았다. 달려 나오던 아이가 갑자기 멈추려다 유선의 옆구리에 부딪친다. 말랑말랑하고 따스한 맨살. 어마, 아이는 놀란 백조처럼 발뒤꿈치를 반짝 든다. 유선의 핸드백이 바닥에 떨어지며 쏟아졌다. 아이는 놀란 표정 그대로 퇴장해야 하는 발레리나처럼 눈을 동그랗게 뜨고는 발끝으로 쪼르르 달려가 버린다. 무릎을 굽히지 않는 그 재빠른 걸음을 유선의 눈이 잠시 좇는다.

빠른 물살에 꽃잎이 쓸려 가듯, 분홍빛 튀튀들이 모두 사라져 버린 후에야 유선은 몸을 굽혀 백을 집었다. 립스틱과 볼펜, 굴러간 동전 두어 개를 뒤에 서 있던 남자가 집어 주었다. 동그란 거울엔 길게, 단 하나의 금이 가 있었다.

거울 속의 얼굴을 들여다보았다. 때때로 자신의 전화번호가 낯설듯, 깨진 거울 속의 얼굴이 유선에게 낯설다.

약국에 들러 약을 받고 건물 밖으로 나왔을 땐 바람이 제법 차가웠다.

도서관 입구의 공중전화 부스 옆에 통이 넓은 바지를 입은 사내아이 몇이 둘러서 있다. 경사진 언덕에서 늘 보드를 타는 애들이었다. 그들에게서 뿜어져 나오는 거친 기운이 손바닥으로 힘껏 떠밀기라도 한 듯 가슴팍에 느껴져 유선은 코트 깃을 여몄다.

"저기 저, 추하게 생긴 애 있지. 아주 추하게 생긴 애."

"재? 절름발이?"

정말 기분 나쁘다는 듯 그 애는 침을 찍 뱉었다.

"한번 패 주자."

도서관의 경사진 길을 한 사내아이가 걸어 내려오고 있었다. 다리를 조금 절었고 어둠 속에서 아주 조심스럽게 걷고 있었다. 보드를 타야 하는데 그 애가 걸어 내려오는 시간을 기다리기가 짜증이 난 것이다.

"볼 때마다 짜증 나. 저렇게 생겼으면 나다니질 말아야지."

사내애들에게서 나오는 불길한 힘의 파장이 유선의 가슴을 두근거리게 했다.

연약한 것은 추한 것. 이 아이들은 유선이 구에서 운영

하는 도서관에서 망가진 책을 수선하거나 분실된 도서 카드를 새로 적어서 끼워 넣는 따위의 일을 하고 있는 걸 알면 손가락질하며 이렇게 말할 것이다.

저 추한 여자 있지. 아주 추하게 생긴 여자.

유선은 어느 순간 청결하게 빛나는 스테인리스 쓰레기통에 약봉지를 집어넣어 버렸다. 외상 후 스트레스 증후군. 의사의 말이 맞다면 유선의 가려움은 이 약으로 낫지 않을 것이다. 핸드백을 뒤져 차현구의 명함을 꺼내 버튼을 꾹꾹 눌렀다.

"저, 이유선입니다."

"아."

그녀의 전화가 뜻밖이라는 듯 그는 짧게 내뱉었다.

"전화 괜찮으세요?"

"괜찮아요. 얘기하세요. 올림픽대로에 있어요. 도로가 막혀서 거의 서 있는 거나 마찬가지예요."

어두워지는 거리에 네온이 풀어진 조화 다발처럼 어지럽다.

어느새 절름발이를 패 준 사내애들은 경사진 길을 미끄러져 내려오며 보드 위에서 물구나무를 선다. 젊은 혈기가 그들의 목구멍에서 비명이 되어 터져 나온다. 아직 뜨거운 사랑에 빠져 있는 연인들은 맹인처럼 서로에게 의지하며 어디론가 천천히 걸어갔다. 삶의 어떤 단계에서는 강한 힘을 가진 자들이 연약해서 추한 것들을 압축기에 담긴 쓰레기처럼 제거해 줄 것이다.

유리문 옆에서 반짝이고 있는, 자신의 일용할 잠을 삼킨 쓰레기통을 노려보며 유선은 말했다.

"차 선생님, 그 사람이 남긴 것들 말이에요."

그는 유선의 말을 기다리고 있다. 그의 파일을 열어 봤어요. 차 선생님 말처럼 일기가 있더군요. 아주 재미있는, 읽는 사람을 단숨에 사로잡을 수 있는 일기. 아니, 그건 새로운 형식의 사소설일 수도 있어요. 그가 없으니 물어볼 수는 없잖아요. 이건 어떨까요. 절반의 진실과 절반의 픽션이 섞였다고 해 버릴까요. 그는 아무것도 항변할 수 없는 곳에 있으니까.

전화기 저편에서 차두현은 유선의 말을 간절히 기다리고 있다.

뭘 위해서? 내가 원하는 게 뭐지? 진실? 모독? 복수? 모독이라면 그것은 그의? 아니야. 모독은 나의 것. 그의 격정이 나를 향한 것이 아니었다는. 복수? 상처를 받을 수도 모독을 당할 수도 치욕을 갚아 줄 수도 없는 곳으로 그는 가 버렸는데. 뭘 위해서? 다섯 장의 수표?

"차 선생님."

"네. 말씀하세요."

"지난번에 그런 말씀을 하셨죠. 그의 죽음이 사고가 아닐 수도 있다는."

"제가 마음 상하게 해 드렸나 봅니다."

"그게 아니라, 확실한 건 이제 누구도 알 수 없는 거지만, 그 사람이 어떤 예감을 가졌던 건 아닌가 싶어요."

"무슨 말씀이세요?"

"그의 파일을 열어 봤어요."

널 위해서가 아니야. 당신은 내 속에서, 언제까지나, 마지막 보여 주었던 그 모습처럼, 나의 피투성이 연인으로 남아 있어야 해. 지나고 보니 어떤 일도 일어날 수 있는 게 인생이고 어떤 일도 견뎌 내는 게 인간이더라. 뭘 못 견디겠어. 오늘 밤 돌아가 당신 파일을 열어 하나하나 딜리트 키를 누르고 가려움도 딜리트 키를 눌러 버리고, 그렇게 견뎌 볼까 봐. 차갑긴 하겠지만 마지막 보았던 당신의 얼굴을 껴안고 말이야. 당신은 언제까지나 나를 물어뜯으며, 나의 연인으로 남아 있어야 해. 피투성이의 연인. 잔혹한 연인. 당신이 특별히 가혹한 사람이란 생각은 안 해. 모든 연인은 더 사랑하는 자에게 잔혹한 존재이니까.

사랑이 아름답고 따스하고 투명한 어떤 것이라고는 이제 생각하지 않을래. 피의 냄새와 잔혹함, 배신과 후회가 없다면 그건 사이보그의 사랑이 아닐까 싶어. 당신, 전등사 갔던 날 기억나? 사랑도 그런 거라는 생각이 들어. 전등사를 보지 못한 그날을 전등사 갔던 날, 하고 이름 지었듯 뭔가가 빠져 있는 그대로 그냥 사랑이라고 불러 주는 거지.

차두현은 대답 없이 다음 말을 기다렸다.

"말끔하게 정리가 되어 있었어요. 누군가가 열어 보길 기다리고 있었던 것처럼요. 이미 발표된 글들 외엔 일기도, 쓰고 있던 작품도 없었어요. 이상하지 않아요?"

유리창에 비친 제 얼굴에게 유선은 물어보았다.

"어떻게 그럴 수 있을까요?"

호텔 유로, 1203

밤의 신데렐라

"호텔 유로. 1203."

"유로 호텔. 1203이요?"

일생 동안 열등감 따위는 느껴 본 적이 없을 것 같은 그의 목소리가 마음에 들지 않았지만 나는 그의 말을 그대로 반복했다. 그에게 무언가를 제공하는 대가로 얻게 될 것에 대한 열망이 간절하다면 마음에 들지 않는 목소리 따위를 견디는 건 그다지 어려울 게 없다.

"밤 9시."

나는 내 왼쪽 손목에 채워져 있는, 무언가를 조잘거리듯 사랑스럽게 반짝이는 것들이 테두리를 따라 빼곡하게 박혀 있는 시계의 타원형 자판을 내려다본다. 시간을 확인할 수 있는 기능 이상의 것이 확실히 이 시계에는 존재하고 있다. 이 시계가 주는 느낌은 뭐랄까, 피눈물 나는 노력 끝에 이룬 땀 냄새 나는 부유함이 아니라 자생하는 귀족만이 소유할 수 있는 절대적인 부의 오만함 같은 것이다. 뭇별 속에서 항성처럼 스스로의 존재를 증명할 수 있는 어떤 것을 소유하고 싶을 때 다른 무엇이 있어 이걸 대체해 줄까.

"그럼, 9시에 거기서."

쓰던 원고를 마무리하고 유로 호텔의 지하 아케이드를 한 바퀴 돌면 딱 맞을 시간이었다. 나는 암전된 모니터 앞에 앉아 마우스를 흔들었다. 7년째 쓰고 있는 컴퓨터는 요즘 들어 화면이 떠오르는 속도가 점점 느려지고 있다. 어느 땐 커피를 한 잔 가져와 반쯤 마시고 있으면 그제야 게으르게 글자들이 나타날 때도 있다. 컴퓨터도 바꿔야 되는데.

……쿠바에서 노년을 보내던 헤밍웨이는 밤이면 오랜 친구들인 어부들을 불러 놓고 문맹인 그들을 위해 자신의 소설을 읽어 주었다지요. 밤바람에 검푸르게 일렁이는 풀사이드에서 끊임없이 독주를 마시면서 말이에요. 헤밍웨이가 자신의 소설을 연극배우처럼 읽어 내릴 때면 갈라파

고스의 거북처럼 검고 질기고 주름진 목을 가진 어부들은 그저 경외와 낡은 사랑만을 눈빛에 담고 그를 바라보았습니다. 노벨상을 탄 그는 상금을 아바나의 성당에 전액 기부하며, 당신이 무엇을 소유했음을 알게 되는 것은 그것을 누군가에게 주었을 때, 라고 말했다지요. 그 무렵의 그는 거의 글을 쓰지 않고 있었지만 자신의 삶의 서사시를 그렇게 마무리하고 있었습니다. 「밤의 작은 음악」을 사랑하는 여러분, 가진 것을 모두 누군가에게 줌으로써 스스로 충만해지는 삶의 비밀을 우리는 언제쯤 알게 될까요.

원고의 끝부분이다.

제 속의 진실 한 조각조차 나누어 주지 않아도 되는 이 방송용 원고의 스타일이 나는 마음에 든다. 내 주위 사람들은 시를 쓰는 일이나 방송용 원고를 쓰는 일이나 그게 그거 아니냐며 여전히 나를 시인으로 보아 주지만 이건 시를 쓰는 것과는 본질적으로 다른 일이다. 지금 내 손목에 있는 시계와 호텔 유로의 지하 아케이드 쇼윈도에 진열되어 있는 시계가 똑같아 보이지만 사실은 완전히 다른 것처럼.

시를 쓰는 일이 내 속에 있는 빈약한 샘에서 근근이 물을 길어 올리는 일이라면 이 일은 누군가에게 줄 한 컵의 물을 위해 개울이나 정수기나 유통기한이 지난 생수병에서, 혹은 하수구에서라도 마실 수 있는 것처럼 보이는 물을 무차별적으로 떠 오는 일이라고 얘기할 수 있겠다. 혹은 이 일은 조각 천을 모아 눈부신 꽃밭 형상의 베드 스프레드를 만들어 내는 퀼트와도 닮았다고 얘기할 수 있겠다. 그 조각 천을 어디서 주워 왔건 원래의 용도나 섬유의 원단 조성 비율이나 뒷면의 이어 붙인 자국 같은 건 문제 되지 않는다. 색상을 잘 배치하고 흔적 없이 꿰매어 현실의 꽃밭보다 더 매혹적인 걸 만들어 놓으면 되는 것이다. 내 영혼에서 퍼낸 샘물이거나 내가 밭 갈고 씨 뿌려 키워 낸 꽃이 아니라면 그것들에 대해 근거 없는 애정을 가지지 않아도 되었고 그 언어의 진실성에 대해 끝까지 책임지지 않아도 되는 편안함까지 덤으로 따라온다.

원효대사가 아니라 해도 어차피 샘물이든 해골에 담긴 물이든 갈증을 없애 줄 수 있다면 물 한 컵의 근원 따위를 가지고 고뇌할 필요는 없지 않겠어? 싶은 것이다. 조각 천으로 테디 베어를, 베드 스프레드를, 지갑을, 열쇠고리를 만들듯 나 역시 누군가의 시나 소설, 신문 기사나 수필, 하다못해 경제 이론서에서도 자료를 가져와 한 시간 분량의 원고를 만들어 내기만 하면 되는 것이다. 누군가는 흘려들을 것이고 누군가는 사소한 한 구절에 회심하여 ARS 버튼을 누를 것이며 누군가는 불현듯 떠오르는 지난 사랑의 추억에 캔 맥주의 뚜껑을 따기도 할 것이다. 다만 처음부터 끝까지 이 원고에서 나는 감추어져 있을 것이고 이 지독하게 낙천적이며 감상적인 원고는 윤미예의 목소리에 실려 새롭게 되살아날 것이다. 무슨 말이냐면 내가 쓴 글 속에는 나의 진실 따위는 담겨 있지 않다. 이 원고도 마찬가지다. 그러므로, 당신이 무엇을 소유했음을 알게 되는 것은 그것을 누군가에게 주었을 때, 라는 헤밍웨이의 말에 나는 본질적으로 동의하지 않는다. 달콤한 목소리로 이 원고를 읽어 나갈 윤미예 역시 동의하지 않을 것이다.

쓴 사람도 읽는 사람도 동의하지 않을 원고를 이메일로 전송한다.

무릎과 엉덩이가 앞뒤로 똑같이 튀어나온 회색 추리닝을 벗어 욕실 앞에 던져 놓고 있을 때 전화벨이 울렸다. D였다. 전화를 받지 않기로 한다. 그의 목소리를 듣고 싶지가 않았다.

전화를 한 건 D인데 울리는 전화벨 속에서 나는 아까 통화했던, 얼굴 모르는 남자의 목소리를 떠올린다. 일생 동안 열등감 따위는 한 번도 느껴 보지 않았을 그런 목소리. 나는 그의 생김새를 짐작할 수 있을 것 같다. 그건 D와는 아주 다른 느낌의 얼굴일 것이다. D는 뭐랄까, 실제로는 그렇지 않은데도 늘 말을 더듬는 듯한 느낌을 준다. 약간 주저하듯 첫 단어를 시작하는 그의 발성 때문일까. 어쨌든 말을 더듬지도 않으면서 듣는 사람에게 더듬는 것 같은 인상을 준다는 건 좋은 스타일은 아니다. 여러 사람이 모인 곳에서 그가 말하는 걸 지켜보고 있노라면 안쓰러울 때도 있지만 대부분 짜증스럽다. 나는 벨 소리가 멈추기 전에 문을 닫고 들어가 복숭아 향이 강한 클렌저로 샤워를 했다. 머리에 영양제를 듬뿍 바른 채 이를 닦으며 나는 거울 속의 내 눈을 들여다보고 중얼거렸다.

괜찮아.

좋지 않은 습관인데 옷장을 열 때마다 한숨을 쉬게 된다. 봄엔 더하다. 어떤 옷도 봄 햇살 아래서는 초라하다. 봄 분위기에 맞추어 보겠다고 고른 병아리털 빛깔의 니트나 신록을 닮은 그린 톤의 정장도 마찬가지다. 이놈의 봄.

옷장을 뒤적이다 결국은 겨울 코트 안에 입고 다니던 검은색 니트 투피스를 꺼냈다. 유행이 약간 지난 느낌이 있긴 하지만 지난 시즌에 구입한 지중해 물빛의 파시미나를 두른다면 그나마 때와 장소와 목적에 맞는 차림이 될 것 같다.

화장을 하면서 나는 화장이 너무 진해지지 않도록 조심을 한다. 특별한 모임이 있는 날엔 나도 모르게 파운데이션이 두터워진다. 어머 이런 제품이 있었어, 하며 몇 년 전에 샀던, 얼굴이 확대되어 보이는 거울을 장롱 속에 처박아 버린 지도 꽤 되었다. 그 거울이 아니더라도 이제 땀구멍과 잔주름쯤은 확실히 보이니까. 마지막으로 마스카라를 바르고 눈썹 성형기로 속눈썹을 집어 올린다. 너무 욕심을 부렸는지 눈썹이 지나치게 꺾여 좀 우습긴 했지만 돌아다니다 보면 자연스럽게 내려올 것이다. 조심스럽게 옷을 갈아입고 옷장 구석에서 반원형의 토드 백을 꺼냈다. 연갈색과 짙은 갈색으로 된 사각 패턴 바탕의 백은 이 로맨틱한 니트와 그렇게 어울리는 디자인은 아니다. 투박해 보이기까지 하는 이 핸드백을 그러나 나는 약간 망설이다 들기로 한다. 이것처럼 자신의 존재를 극명하게 외치는 소품은 찾아보기 드무니까. 아니다. 스케줄에 쫓긴 윤미예가 화장도 고치지 못한 채 스튜디오로 달려 들어올 때 이 핸드백을 들고 있지 않았다면 나는 절대 이토록 둔탁하고, 섬세한 미감이 느껴지지 않는 것은 사지도 않았을 것이다. 거울 앞에 서서 마지막으로 전체적인 모습을 살펴보았다. 두터운 마스카라 안에서 그렇게 불안해 보이진 않는 눈을 들여다보며 나는 한 번 더 말해 주었다.

괜찮아.

부엌에서 언제나 자신을 위해 정체불명의 약초들을 커다란 냄비에 끓이는 일이 유일한 취미인 엄마가 나무 주걱으로 냄비를 휘휘 젓다가 날 돌아보았다. 엄마가 방에 있길 제발 바랐는데.

옷장을 열며 내가 쉬었던 한숨이 이번엔 엄마 차례다. 실속도 없이 차려입고 나서는 게 보기 싫은 것이다.

"여자 공부 잘해 봤자 예쁜 년 못 당하고 예뻐 봤자 팔자 좋은 년 못 이기더라."

김이 오르는 냄비 쪽으로 몸을 돌리며 기어이 한마디 해서는 내 염장을 질렀다. 대체로 불행한 사람들은 자신과 비슷한 분량과 색깔의 불행을 가진 사람들을 아주 싫어한다. 길지 않은 결혼을 결국 끝내고 엄마 곁으로 돌아왔을 때, 나를 가장 못 견뎌 하고 불화한 건 엄마였다. 일생 동안 마음을 주지 않고 밖으로 떠돈 남편에 대한 증오심은 엄마가 씩씩하게 삶을 꾸려 오게 한 확실한 원동력이 되긴 했지만 그녀는 적어도 딸의 인생이 그런 종류의 씩씩함을 획득하기를 바라진 않았던 것이다. 명백하게 실패자의 편으로 분류되고야 만 자신의 삶에 유일한 희망이며 대안이었던 딸, 예뻤고 공부도 잘했던 딸이 자신과 닮은꼴로 돌아왔을 때부터 엄마는 언젠가 이따위 말로 내게 한 방 먹일 순간을 찾아 왔을 것이다.

그러고 보면 시가 되었건 방송용 원고가 되었건 글로 먹고살아야 하는 내 운명은 엄마로부터 물려받은 게 아닌가 싶다. 이 팔자 사나운 년아, 하고 단순하게 끝내기보다는 공부 잘해 봤자 예쁜 년 운운하는, 듣는 사람의 심장에 칼을 꽂고 한 번 더 비틀어 주는 듯한 이 화려한 수사학이야 말로 글로 먹고살아야 하는 내 인생의 근원이 어디였는지를 새삼스러이 깨닫게 해 주었다.

엄마는 오랫동안 구청 소속의 환경미화원으로 일했다. 구청 소속의 환경미화원이란, 운명이 생각 없이 던져 주는 자신의 삶을 수용하는 데 있어서 한없이 너그러운 사람만이 가질 수 있는 직업이라고 나는 생각한다. 불평 없이 겨울 새벽 4시에 칼바람 속으로 발을 내딛는 모습을 본다면 그렇게 생각하지 않을 수가 없다. 내게 엄마는, 자신의 욕망을 사소한 것조차 만족시켜 주지 않는 것으로 피학적인 쾌감을 느끼는 이상 성격으로 보인다. 나는 성실함이 인생의 주요한 덕목이라고 말하는 인간이 있다면 엄마의 일상을 일주일만 따라 살아 보라고 말하고 싶다.

물먹은 대걸레를 하루 종일 휘두르며 얻게 된 관절염으로 오른쪽 팔과 무릎은 늘 퉁퉁 부어 있고 더 이상 고통을 견딜 수 없는 순간이 오면 그제야 병원에 가서 바늘을 꽂고 물을 뽑아낸다. 엄마는 병의 백화점이다. 버는 돈보다 병원에 가져다주는 돈이 더 많은 그런 바보 같은 계산법을 옆에서 일주일만 지켜보노라면 누구라도 성실성으로 세상을 살아가지는 않을 것을 맹세하고 거듭 맹세하게 될 것이다. 언젠가 서류를 찾으러 간 구청에서 엄마를 본 적이 있다. 엄마가 돌아볼까 봐 재빨리 스쳐 지나가긴 했지만 회청색 유니폼을 입은 엄마의 모습은 내 기억 속에 지워지지 않고 여태 남아 있다. 선명치 못한 푸른색 옷은 내게 수인(囚人)의 그것 같다는 느낌을 주었는데 엄마는 여전히 자신의 형량도 모른 채 그 옷 속에 갇혀 있는 것이다. 엄마의 통장 속에 든 알량한 푼돈은 결국 그녀의 고통을 덜어 내는 대가로 동그라미를 하나씩 지워 나갈 것이다. 나는 그냥 나가려다 몹시 화가 치밀어 현관문을 연 채 기어이 한마디 돌려준다.

"몰랐우? 낳은 사람 눈에나 예뻐 보이고 공부 잘했던 거지."

입구의 우편함에 우편물이 아슬아슬하게 꽂혀 있다. 우수 고객을 위한 사은 행사 기간을 알리는 두터운 엽서 하나를 제외하면 그것들은 비슷하다. 주소가 적힌 부분이 투명 비닐로 덮이고 "본인 외에는 개봉하지 마시오."라는 경고문이 구석에 적혀 있는 봉투가 하나, 둘, 셋이었다. 약간 두툼한 그것들을 뜯어 볼 필요는 없었다.

현금이 없으면 카드를 쓸 수 있었고 카드 한도가 넘으면 현금 카드를 쓸 수 있었다. 이 은행에서 마이너스 통장을 채워야 할 때가 되면 다른 은행의 현금 서비스를 받을 수 있었다. 누구도 브레이크를 걸지 않았던 그 멋진 신세계의 순환 시스템을 이용할 수 있었던 때가, 그러니까 벌써 여러 달 전이다. 손님 죄송하지만 이 카드는 한도가, 혹시 다른 카드가 있으시면, 하고 매우 겸손하게 직원이 얘기할 때 어머 그래요, 몰랐다는 듯 지갑에서 다른 카드를 꺼낼 수 있었던 건 더 이전의 일이다. 이렇게 독촉장이나 혹은 독촉 전화를 받을 때면 몹시 후회를 할 때도 있지만 얄팍한 플라스틱 카드 한 장이 나를 신데렐라로 만들어 주었던 시절, 자정을 알리는 종소리가 들리기 전엔 나는 무도회장 바깥의 일은 떠올리고 싶지 않았었다.

나라고 늘 미친년처럼 즐거운 마음으로 카드를 긁어 대진 않았다. 망설임과 후회와 집착 사이에서 어느 순간 카드를 쓰고 나면 때로는 손톱 밑에 나 스스로 가시를 박은 것 같은 기분에 사로잡히기도 했고 왜 사람들이 가장 이기기 어려운 상대가 자기 자신이라고 말했는지도 알게 된다. 지금은, 그렇다. 지금으로선 이 봉투들을 열어도 내겐 아무 대책이 없다. 나는 봉투 세 개를 가지런히 귀를 맞추어 초록색 재활용 함의 종이, 라고 쓰인 칸에 집어넣는다.

바깥은, 봄이라기보단 겨울의 끝에 가까웠다. 바람이 몹시 차다. 버린 우편물의 무게가 고스란히 내 가슴에 와서 얹힌다. 고개를 저으며 나는 다른 그림을 떠올린다.

자정 5분 전. 허공에 걸려 만월처럼 둥글게 빛나는 시계. 분침은 자정 쪽으로 쉼 없이 달려가고 있다. 초록 융단 같은 잔디밭 위로 밤은 별 하나 없이 칠흑으로 어둡고, 눈부신 유리 구두를 오른발에 신은 채 한 여자가 달려가고 있다. 둥근 시계는 밤의 한가운데 박혀 있다. 꿈결 같은 드레스 자락은 미풍에 마구 흩날리고 뒤로 뻗은 아름다운 왼발엔 신발이 없다. 초록색 잔디 위 어디에도. 어디로 간 것일까. 나에 대한 사랑으로 눈먼 왕자님만이 그 신발을 줍게 될 것이다. 밤의 신데렐라. 그토록 아름답고 몽환적인 풍경이 어느 순간 달리의 그림처럼 뜨겁게 녹아내린다. 갈망과 특별함에 대한 집착과 사물에 대한 욕정도 뜨거울 수 있다. 인간에 대한 집착이나 욕정보다 더.

이상한 슬픔의 원더랜드

유로 호텔은 이름 그대로 루이 왕조풍의 장식적인 아름다움으로 가득 찬 외관을 지녔지만 그 이름의 의미를 실감하게 되는 건 호텔의 지하를 온통 차지한 아케이드를 따라 천천히 걸어갈 때이다. 유럽적인 정서와 미감의 전통이 고스란히 체현되어 있는 눈부신 상품들이 요요하게 눈짓하며 신음하며 숨을 쉬며 유혹하는 아케이드의 양탄자 위를 걸어갈 때면 아, 여긴 유로 호텔의 아케이드지, 하고 새삼 깨닫게 되는 것이다.

아케이드의 밤은 일찍 찾아온다. 모든 것이 빛나기에는

낮보다 밤의 어둠이 적합하다. 택시에서 내려 나는 곧바로 지하로 내려간다.

시계도 창문도 없는 쇼핑의 원더랜드. 지상에서 내려오는 계단이 끝나는 곳에 있는 커피숍 모퉁이를 돌아서면 내 가슴은 이상한 슬픔으로 조여든다. 내 지상의 삶에 새겨진 남루함을 일시에 지워 주는 눈부시게 아름다운 것들이 거기 살고 있다. 구시대의 인간들이 추상명사라고 생각하는 것들, 추억이나 행복, 사랑의 슬픔 따위가 형상을 부여받고 색채가 덧입혀져 진열되어 있는 그 아케이드를 따라 걸어가노라면 저마다의 목소리로 외치는 그것들의 노래가 사이렌의 매혹처럼 나를 이끌어 간다. 그것 외에는 아무것도 보이지 않고 들리지 않으며 모든 것이 무의미해져 버리는 마법의 노래. 그것들은 내가 밤마다 형광빛 내뿜는 모니터 위로 쏟아 내야만 하는 지독하게 센티멘털한 문장들보다 아름다웠으며 들을 때마다 매번 처음인 듯 열등감을 느끼게 하는 윤미예의 목소리보다 확실히 눈부셨다.

윤미예는 내가 방송 원고를 맡고 있는 음악 프로의 진행자다. 음악을 들려주는 사이사이 감상적인 멘트를 코끝에 솜사탕 냄새가 아른거리게 하는 목소리로 들려주지만 선곡도 방송용 멘트도 모두 다른 사람이 준비해 준다. 가끔 초대 손님을 불러 놓고 얘기를 나누다가 시원하게 터뜨리는 웃음소리만이 그 여자 자신의 것이었다. 그녀는 가을에 시작해 겨울과 함께 끝난 트렌디 드라마를 통해 삽시간에 인기를 얻게 된 탤런트였다. 진행자가 바뀐다는 연락을 받고 또 한참 버벅거리는 꼴 봐야겠군, 했는데 웬걸 윤미예는 생각보다 영리했다. 남자 피디는 저렇게 섹시한 목소리는 신혼 때 듣던 와이프의 교성 이후 처음이라며 만족해했다. 이렇게 말할 수 있을까. 기계 속에서 흘러나오는 그녀의 목소리는 마치 내 귓바퀴 옆, 미미한 날숨과 체온까지 느껴지는 그 지점에서 속삭이는 것 같다. 간지러운 느낌에 귓바퀴가 파르르 떨릴 것 같은 그런 느낌. 저게 타고난 거구나, 하는 감탄은 나도 했었다. 피디와는 조금 다른 관점이었는데, 남이 써 준 걸 어쩜 저렇게 제 생각처럼 천연덕스럽게 말할 수 있을까, 하는 것이었다. 때론 라디오에서 흘러나오는 그녀의 목소리를 들으며 그 문장들이 내가 쓴 글들이라는 사실마저 잊고 가슴 한구석이 싸해 올 때도 있었다.

그녀의 목소리가 아니라면 내 글 따위는 아무런 의미도 획득하지 못한 채 노래들 사이로 흘러가 버릴 수 있겠지. 쓰레기 같은 시도 그녀의 목소리에 실리면 가슴에 와서 턱 얹힌다. 나는 그녀의 목소리를 질투하면서도 사랑한다. 방송국에서 가끔 보면 그녀는 누구에게나 잘 웃고 농담도 잘하면서 내게는 어쩐지 보이지 않는 차가움을 품고 대한다는 느낌이 들 때가 있다. 그럴 때면 윤미예가 내게 원하는 건 그림자 같은 것이 아닐까 싶기도 하다. 심장을 파르르 떨리게 만드는 그 다디단 문장들이 내 것이 아니라 그녀 자신의 머릿속에서 흘러나온 것처럼 보이고 싶고 그래서 나의 존재는 이면에 그림자처럼 남아 있기를 바라는.

윤미예를 생각하자 나는 조금 초조해진다. 지난 금요일 미팅 때 그녀가 청바지 위에 입고 왔던 그 핑크 빛 탑은 내 머릿속 어딘가에 뜨거운 콜타르처럼 들러붙어 끈적거리고 있었다. 조금 늦게 뛰어 들어온 그녀가 걸친 도톰한 코트가 좀 더워 보인다 싶었는데, 그걸 벗자 내 눈앞에서 봄의 이미지가 폭죽처럼 터져 나왔다. 달력으론 봄이었고, 실내였지만, 끈조차 가늘디가는 탑을 입기엔 무리였다. 보고 있는 사이 그녀의 팔에 소름이 오소소 돋아났었지. 맨살에 돋아난 그 소름이 왜 그렇게 내겐 눈부셨을까. 이 며칠 동안 그토록 나를 괴롭혀 온 원인 모를 초조함의 정체를 나는 아케이드에 서서 깨닫는다. 나는 그 핑크 빛 탑에 사로잡혀 있었다. 스프링서머 시즌 제품은 겨울 끝머리부터 디스플레이되고 있었다. 품절이라도 되면 나는 만져 보지도 못할지 모른다. 입술을 깨물며 나는 내게 일러 둔다.

우선 구경만 하는 거야. 메이커나 알아 두고.

하얀 바탕에 C가 겹쳐진 검은 로고가 커다랗게 찍힌 쇼핑백을 양손에 든 여자 둘이 내 곁을 지나갔다.

"짜증 나. 길거리에 나서면 개나 소나 프라다야. 세일 전표 나눠 주는 계집애도 샤넬 5번을 뿌리고 나서거든. 우리 나라는 안 돼."

여자는 상처받은 상류의 자존심을 말하고 있다. 그들에게 자존심이란 세일 따위는 하지 않는 매혹적인 지중해 이미지의 원피스를 입는 일이다. 너무 기이해서 미적 감각을 손상시키거나 혹은 지나치게 아방가르드해서 천박해 보이는 건 개의치 않는다. 여자들이 날 보고 말한 건 아니었지만 난 개나 소처럼 보일까 봐 핸드백을 오른쪽으로 바꿔 쥐며 옆 가게로 얼른 들어섰다.

주로 니트 제품을 취급하는 가게였는데 로마가 풍기는 고고학적인 깊이와, 변화를 경멸하는 심플함을 구현하고 있는 캐시미어 니트들이 단숨에 나를 주눅 들게 한다. 나는 진열장을 따라 천천히 걸으며 옷들을 구경한다. 얼마나 많은 대가를 내 생에 지불해야 이처럼 모든 남루한 디테일을 제거해 버린 고급하고 단순한 기쁨을 누릴 수 있을까. 에게해의 물빛을 연상시키는 푸른 스트라이프 셔츠의 가슴께를 손등으로 가만히 쓸어 보았다. 까슬하면서도 결코 숨길 수 없는 섬세함. 그걸 손으로 만지고 있자니 그의 아랫배에 얼굴을 대고 누워 있을 때보다 더 따스하고 어지러운 느낌에 순간 아득해져 버린다. 물질이 줄 수 있는 즐거움은 이토록 즉각적이면서도 강렬하다.

젊은 여자 둘이 청결한 유리 위에 펼쳐진 티셔츠를 눈으로 저울질하고 있었다.

“캐시미어 100프로에 75만 원이면 리즈너블한 가격이네.”

“그렇습니다. 손님. 서머 제품이니까 가능한 가격이죠.”

숍 마스터는 퀴즈를 맞힌 출연자에게 하듯 호들갑스럽게 눈썰미를 칭찬했다.

나는 셔츠 한 장에 75만 원을 ‘리즈너블’하다고 말하는 여자의 얼굴을 슬쩍 훔쳐보았다. 여자의 입술은 생의 고통을 아직 모르는 어린 새의 부리처럼 명랑하다. 그 명랑한 부리는 윤미예의 입술을 닮았다. 결핍이나 내 살에 새겨지는 삶의 아픔을 아직 모르는 어린 새만이 가질 수 있는 입술. 리즈너블한 가격인지 아닌지 저울질하는 입술을, 목구멍을, 넘어가지 못하는 그들의 눈부신 고뇌.

너는 한 편의 가여운 시

휴대폰이 울렸다. 나는 핸드백 속에 손을 넣어 더듬으며 복도로 나왔다. D. 나는 전화를 받지 않는다. 이 눈부신 아케이드의 복도에서 말을 더듬지 않는데도 어쩐지 말을 더듬는 듯한, 그래서 듣는 사람의 호흡까지 헷갈리게 만드는 그의 전화를 받고 싶지는 않다.

사랑의 상처를 치유하는 가장 좋은 방법은 새로운 사랑을 시작하는 것이라고들 한다. 맞는 말일 것이다. 내게 사랑의 상처라고 부를 만한 것이 있다면. 내게 남겨진 건 사랑의 상처가 아니다. 내게 새겨진 건 사람이 준 상처이며 기록된 건 사랑이 아니라 환멸의 언어들이다. 나는 누군가가 내 영혼의 자기장 깊숙이 들어오기를 원하지 않는다. 사랑 속에는 사람들이 흔히 기대하는 따스함, 열정, 몰입, 기쁨, 까닭 없이 터뜨리는 웃음소리 같은 것만 있는 건 아니다. 그 눈부심 속으로 들어가 보면 마치 빙산의 아랫부분처럼 거짓과 권태와 배신과 차가움과 환멸 같은 것들이 수면 아래 덕지덕지 붙어 있는 것이다. 환멸조차 사랑의 일부분이란 걸 사람들은 모르고 있거나 잊어버리거나 한다. 나로서는 그 상처들을 오래 기억하고 싶다. 그래서 다시 누군가와 진짜 사랑을 하고 그 이면의 온갖 것들과 새로이 대면하고서야 비명을 지르는 그런 기억상실증 환자 같은 짓은 하지 않기를 바라고 있다. 왜 사람들은 그저 아는 사람, 세 번째 우려낸 차처럼 담백한 관계 같은 그 지점에서 멈추지 못하는 것일까.

1년에 두 번쯤 나오는 무크지 형식의 시집《시의 주변》동인인 D를 알고 지낸 지는 2년이 지났다. 기획이나 편집을 맡은 사람이 따로 있는 것도 아니었고, 말하자면 제도권 내에서 발표할 지면을 얻기 어려운 사람들끼리, 시와 돈이 모였을 때 근근이 한 권씩 묶어 내는 그런 책이었다. 몇 번 참여하다가도 제대로 된 문예지의 추천을 받거나 신춘문예를 통해 등단이라도 한 사람들은 또 슬그머니 빠지기도 하는 것이어서 어쩐지 그 책은 드러나지 않는 지병을 앓는 사람처럼 생기를 잃고 있었다. 회원들은 대개 다른 생업을 가지고 있긴 했지만 대부분 나처럼 직장 의료보험이나 여름휴가, 나인 투 파이브의 일상과는 거리가 먼, 그런 벌이들을 하는 정도였다. D는 나보다 나이도 몇 살 아래였고 모임에 들어온 시기도 달라 그저 눈인사를 하거나 했을 뿐 서로의 시에 대해 의견을 주고받은 적도 없었다.

지난해 10월이었다. 해가 가기 전에 쫓기듯 한 권의 책을 묶어 내고 나누어 줄 데도 없는 얄팍한 책을 받아 쥔 채 가졌던 뒤풀이 자리에서 D는 내 옆자리에 앉았었다. 별다른 얘기를 나눈 것도 아니었다. 무슨 얘기 끝엔가 내가 그랬다.

"시가 불쌍해."

다른 의도는 없었다. 환락의 거리에 내걸린, 현란한 불빛 속에 감추어진, 아무 색깔도 들어 있지 않은 멍텅구리 네온 같은 시들. 그 책을 가만히 내려다보고 있는 어느 순간에 내가 쓴, 우리가 쓴 그 시들이 불쌍하다는 생각이 들었을 뿐이다. 그가 내 쪽을 쳐다보았고 그래서 나도 얼결에 그의 눈을 바라보게 되었는데 울컥한 습기 같은 것이 그의 눈에 번져 있었다. 좀 어색했던 우리는 얼른 탁자에 놓인 술잔을 집어 들었다. 명색이 방송국에서 일한다고 그날 저녁 술값을 내가 계산할 정도였으니 나 역시 기회만 되면 이 쉰내 나는 집단에서 이젠 물러나고 싶다고 생각하던 참이었다. 책의 제목도 갑자기 짜증스러워졌다. 시의 주변, 이라니 왜 시의 한가운데, 라고 이름 짓지 못한단 말이야.

그때는 아직 내게도 지불정지 되지 않은 카드가 있었고 내가 카운터에서 지갑을 꺼내 계산을 할 때 그는 내 옆에 서 있었다. 지갑의 카드 칸에는 백화점 카드 하나만 달랑 꽂혀 있어 나는 다시 핸드백 속에 손을 넣어 뒤적거려야 했다. 10시경이면 햇살이 눈으로 와서 꽂히는 내 방의 창에 커튼이라도 달려고 줄자로 잰 치수를 적어 놓은 노란 포스트잇과 누군가의 구겨진 명함 사이를 뒤져 카드를 하나 집어냈다. 내 반지갑의 카드 칸은 세 개밖에 없다. 주민등록증과 운전면허증을 넣고 나면 단 하나의 칸만이 남는 셈이다. 카드로 존재가 증명되는 이 시대에 태곳적 디자인을 고집하는 이 브랜드의 오만을 아직 나는 용서하고 싶었다. 옆에서 보고 있던 그가 말했다.

"무슨 그런 지갑이 있어요."

무슨 그런 지갑이라니. 인정받고 싶은 욕구와 용서와 이해를 구하는 심정으로 나는 대답했다.

"까르띠에거든요."

"그게 뭔데요?"

그를 다시 만난 데는, 그게 뭔데요? 하는 그의 발성과 깜박이던 눈이 주던 어이없음, 탈북 청년처럼 자본주의의 기호에 무지한 데 대한 놀라움, 그가 쓴 시와 인간이 별로 다르지 않다는 안쓰러움 같은, 단답형으로 대답하기 어려운 무엇인가가 있었다. 그리고 그건 내가 시가 불쌍해, 하고 말했을 때, 시에 대한 애정보다는 연민의 감정 쪽이 더 했던 것과도 비슷한 것이었다. 나보다 네 살 정도 아래 겨우 30 초반일 뿐인데 어쩐지 애늙은이처럼 보이는 그에 대한 인상 말이다.

지난겨울 동안 가끔 그를 만나 밥을 먹거나 술을 하면서 내가 그에게 원했던 것도 아주 단순했다. 그가 쓰는 시와 인간이 좀 달라졌으면 하는 것. 세상은 안팎이 같아서는 살아가기 힘든 곳이니까 두 개의 얼굴을, 가능하다면 세 개의 얼굴을, 할 수만 있다면 백화점 지하 식품 매장에서 파는 제주도산 돼지처럼 오겹살의 얼굴을 가지기를. 그러니까 나는 그를 단지 한 편의 시로 읽었을 뿐이다. 가여운 한 편의 시.

왜 사람들은 그저 아는 사람, 좋은 사람이야, 하는 그런 지점에서 멈추지 못하는 걸까. 이혼녀와 연하남의 연애란 아침 드라마 속에서 보는 것으로 충분하다는 걸 왜 미리 깨닫지 못하는 걸까. 맨발로 폭우가 쏟아지는 벌판을 달려 나가는 짓 따위는 영화 속에서 볼 때에나 근사할 뿐, 따라 했다간 찢긴 발바닥과 독한 신열과 상한 기관지를 쓰다듬으며 후회하게 된다는 걸 왜 모르는 걸까. 교집합이 없이 산다면 그토록 평화로울 일상을 구태여 서로의 사정거리 안으로 들어가서 피를 흘리고 몸 어딘가에 유탄을 박은 채 살아가려 하는 걸까. 지루해지면 게임 오버 버튼을 누르면 되는 컴퓨터 게임처럼 살 수 있다면 좋을 텐데. 전쟁놀이를 하면서 진검을 휘둘러 피를 보는 건 그야말로 바보짓인데.

D가 결혼을 입에 담지 않았다면 나도 이렇게 빨리 그를 정리해 버리진 않았을 것이다. 그만 만나자고 말하려 했을 때에야 나는 깨달았다. 그 역시 내게 한 편의 가여운 시 이상이었다는 걸.

아케이드가 기역 자로 꺾어지는 곳에 밤의 지중해가 있다

아케이드가 기역 자로 꺾어지는 곳에 있는 쇼윈도 앞에서 나는 걸음을 멈춘다. 익숙한 장소다. 가로 30, 세로 40센티미터 정도나 될까. 다른 어떤 것도 비추고 싶지 않다는 듯 인색한 한 줄기 램프 빛 아래 시계가 놓여 있다. 바닥에 빈틈없이 깔린 벨벳은 밤의 지중해 물빛을 닮은 어두운 청색이다. 타원형의 자판 바깥을 따라 두 줄로 한 치의 빈틈도 없이 빼곡하게 박힌 다이아몬드들이 내뿜는 창백한 귀족성에 나는 볼 때마다 새로이 매혹된다. 볼이 붉은 귀족은 없어. 영화 「물랑 루즈」에서 다이아몬드가 좋다고 당당히 외치던 니콜 키드먼을 보면서 저런 창백한 뺨과 턱선을 가졌다면 다이아몬드 외에 다른 무엇이 그녀에게 어울릴 것인가, 합당한 오만이라고 생각했다. 보고 있는 사이 가슴이 두근거려 온다. 내 왼쪽 손목에 채워져 있는 것과 똑같은, 그러나 완전히 다른 저 존재. 내 손목에 있는 건 이미테이션이지만 만만찮은 가격을 지불했다. 방송국이 있는 여의도 바닥에서 제대로 된 명품의 카피를 구하는 건 어려운 일이 아니다. 거기서 산 걸 백화점에 들고 가서 AS를 맡기는 간 큰 애들도 있다. 저 인색한 램프 불빛 아래 둔다면 이 시계를 만든 장인조차 어느 것이 제가 만든 것인지 구별하지 못할 것이다. 그러나 다만 내가 알고 있을 뿐이라는 그 사실이 나를 끊임없이 불편하게 만든다. 그걸 들여다보는 사이 이마에 땀이 밴다. 겨드랑이도 축축해진다.

저걸 가질 수 있다면, 황실의 여인들이 선택할 만한 저걸 가질 수 있다면, 나도 항성처럼 스스로의 존재를 증명할 수 있을 것만 같다. 주위의 모든 소음이, 음악 소리가, 찻집에서 퍼져 나온 커피 향이 아득히 멀어진다. 유리를 깨고 암청색 심해 속으로 몸을 던져 저걸 건져 오고 싶다. 내가 가진 어떤 것을 대가로 지불하게 되더라도.

유로 호텔. 1203호. 그 목소리를 잊고 있었던 건 아니다. 일생 동안 열등감 따위는 느껴 보지 않은 듯한 그런 목소리를 가진 남자라면 스스로 빛나는 항성 같은 이것을 내게 줄 수 있을까. 눈을 감고 심해 속에서 빛나는 이 자판을 떠올릴 수 있다면 낯선 손길이 내 몸을 스치며 퍼붓는 애무의 쓰라린 느낌 같은 건 참을 수 있을 것이다. 축축한 혀가 늙은 애완견처럼 내 몸을 핥아 대는 불쾌함 역시.

적어도 이번 시즌에 도착한 로로피아나 수트를 걸치고, 손목에는 튀는 스타일은 아니지만 아는 사람은 한눈에 알아보는 바쉐론 콘스탄틴을 걸친 채, 맥캘란 1946을 단골 바에 맡겨 놓고 마시는 사람이라면, 내 전화번호를 알려 주었을 승희 언니의 얘기들이 대부분 사실이라면, 의무감뿐인 섹스의 끝에 그 남자는 나를 위해 '입으로 느끼는 오르가즘'이라는 로마네콩티 한잔 정도는 맛보게 해 줄지도 모르겠다.

시폰 원피스는 스스로 완벽하다

내가 끝내 어떠한 전망도 둘 사이엔 남아 있지 않다고

말했을 때 D는 내 집 앞의 어두운 골목에서 제 주먹을 꽉 쥔 채 눈물을 흘렸다. 사람 사이의 어떤 정서가 물질보다 더 가치 있으며 오래 지속될 수 있다고 믿기에는 내 지난 상처의 항체는 여전히 유효하다. D의 가슴에 얼굴을 묻었을 때 그의 머플러에서 나던 냄새, 도정하지 않은 밀을 오래 저장해 둔 곡물 창고에서 나는 듯한, 그 냄새를 그리워한다거나 그와 나누었던 육체의 쾌락을 간절히 원하는 순간도 있겠지만 그 정도의 정서는 다른 것으로 쉽게 대체 가능하리라고 생각한다.

이를테면,

모퉁이를 돌아서 들어간 부티크 안에 디스플레이되어 있는 사랑스러운 것들. 고급한 삶을 물질로 구현해 놓은 듯한 여름용 의상의 섬세한 패브릭을 쓰다듬다 보면 이 겨울의 끝에서조차 8월의 태양 에너지와 휴양지의 나른함을 연상할 수 있는 것이다. 나는 다만 그 정도의 미래만 전망하고 싶다.

나는 이제 D를 잊는다. 타임머신처럼 공간과 시대마저 거슬러 올라가게 만드는 이 가게의 옷들이 주는 즉물적인 행복감만을 만끽하고 싶으니까. 블랙 레이스와 시폰이 펄치는 빅토리아풍의 원피스는 가까이 다가서는 어떤 수컷도 쓰러뜨릴 수 있는 지독한 페로몬을 내뿜고 있다.

가게 안에선 내 또래 여자 둘이 유리 진열장 위로 벌써 여러 개의 원피스를 눕혀 놓고 옷을 고르고 있다. 한 여자의 머리가 헝클어져 있는 걸로 봐서 옷을 사는 건 그 여자인가 싶었다. 여자는 짜증을 내고 있었는데 원래 말투가 그런 것 같았다.

"8사이즈가 왜 이리 작게 나왔어?"

"여름옷이라 그래도 가격은 괜찮네."

"얘, 그건 다리가 너무 짧아 보여."

나는 그 여자들 옆으로 다가가 그 시폰 원피스는 스스로 완벽하며 다만 당신의 다리가 너무 짧을 뿐이라는 얘기를 해 주고 싶다. 숍 마스터는 입술 끝에 경련이라도 일으킬 듯한 웃음을 얼굴에 걸고 있었다. 참아야 하느니라. 무례함도, 반말지거리도, 옷에 대한 핀잔도 참아야 하느니라, 가면의 웃음 뒤로 이를 갈며. 저 아이들은 돈의 내공을 느낀다. 들어서는 날 한번 바라보더니 고객이 아니라고 판단했는지 내가 마음껏 구경하도록 내버려 두었다. 러플과 프릴, 몇 개의 패턴이 겹쳐지며 새로운 패턴을 만들어 내는 레이스들, 천상의 꽃을 뿌려 놓은 플라워 프린트들. 겨울과 봄 사이를 오작교처럼 연결시켜 줄 실크 스카프에는 바깥엔 아직 피지도 않은 벚꽃이 겹겹이 내려앉아 있다.

아, 행거의 끝에서 나는 결국 그 옷을 만나고야 만다.

핑크 빛 탑. 가슴 부분엔 양의 배를 칼로 자르고 내장을 우두둑 뜯어 내 붙여 놓은 것처럼 레이스가 과도하게 달려 있다. 옷을 뒤집어 보지 않아도 뒷모습은 외우고 있다. 허리 뒤로 살짝 묶으면 걸을 때마다 엉덩이쯤에서 여우 꼬리처럼 끊임없이 나풀거릴 두 개의 끈. 윤미예의 팔에 사랑스러운 소름을 돋게 했던 옷.

나는 목 부분을 조심스레 열어 가격표를 확인한다. 100만 원을 낸다면 채 3만 원을 거슬러 받지 못할 가격이었다. 그건 광적으로 열광하는 추종자가 줄을 서 있고, 실물을 보지도 못한 채 카탈로그만 보고 주문을 해야 하는 이 오만한 지중해 출신 디자이너의 작품으로선 그야말로 리즈너블한 가격이다. 핑크 색은 행거에 걸린 채로 비명을 지르는 것처럼 보인다.

윤미예는 나보다 꼭 열 살이 어리다. 젖살이 남은 그녀의 볼은 흠 없이 팽팽하고 누더기를 걸쳐도 레이어드 룩으로 보일 만큼 가늘고 근사한 몸매를 가졌다. 이 앞에 와서야 내가 얼마나 이걸 찾아 헤맸는지를 깨달았지만 이 옷의 독특하고 익살스러운 핑크 빛은 내가 가진 어떤 다른 옷과도 조화를 이루지 못할 것이며 왼쪽 눈가에 기미가 내려앉기 시작하는 내 피부와는 더더욱 극단적인 불화를 일으킬 것이다.

머리 헝클어진 여자가 마침내 옷을 골랐는지 핸드백을 열었다. 지갑을 열어 카드를 꺼내더니 아가씨에게 건네주며 가까운 현금인출기에서 옷값만큼 돈을 찾아오라고 시켰다.

“카드는 없으십니까?”

“뭘 귀찮게 카드 긁겠어. 구경만 하러 나온다고 돈을 안 가지고 나왔네.”

여자는 비밀번호를 두 번 일러 준다. 아가씨가 나간 사이 여자는 제가 고른 옷을 다시 가슴에 대 본다. 나는 그 여자에게 다가가 그 옷은 극단적으로 독특하다는 점 외에는 아무런 미덕도 없는 옷이라고 얘기해 주고 싶다. 그 돈을 지불하고 살 수 있는 다른 아름다운 것들이 이토록 많다고, 그 얘기를 해 주고 싶다. 그러나 나는 그대로 서 있다. 핑크 색 탑 옆에 행거처럼 고요히.

여자가 데리고 온 강아지가 발치에서 낑낑거리며 맴을 돌았다. 허리가 긴 닥스훈트종이다. 저걸 키우는 친구가 있는데 그 애는 개 때문에 침대를 버리고 바닥에 매트리스를 깔고 잤다. 허리가 유난히 긴 저 종류는 침대에서 뛰어내리다 종종 척추가 부러진다는 것이다. 그놈이 낑낑거리기 전엔 거기 있는 줄을 몰랐다.

“얘, 가만 좀 있어.”

여자는 사람에게 하듯 타이르고는 이번엔 진열장 안에서 벚꽃이 그려진 스카프를 꺼내 목에 둘러본다. 꺼내 놓은 옷과 소품들이 유리 진열장 위에 조그만 산을 이루고 있다. 보고 있는 사이 그놈이 똥을 누었다. 똥 마려운 강아지라더니 그래서 제자리에서 그렇게 맴을 돌았구나. 제 털 만큼이나 까맣고 윤기가 자르르 흐르는 똥이다.

"어머, 얘 좀 봐. 심심하게 했다고 어깃장 놓네?"

여자는 조금도 망설이지 않고 신고 있던 샌들의 끝으로 똥을 차 버린다. 그 샌들은 신발의 첫 번째 용도, 걷거나 발을 보호하는 그런 용도와는 거리가 멀어 보였다. 가늘고 뾰족한 굽이 달린, 누군가 앞에서 긴 칼을 들고 달려오더라도 결코 달릴 수 없는, 비포장도로나 질퍽거리는 흙탕물 위로는 걸어갈 일이 없는 자들만이 신을 수 있는 그런 샌들. 어쨌거나 닥스훈트의 똥은 얌전하게 굴러가서 진열장 아래로 쏙 들어가 버렸다. 까르르, 여자 둘이 마주 보곤 소녀처럼 웃는다. 그 여자들이 강아지의 똥에 집중하고 있는 사이 나는 옷걸이에서 재빨리 핑크빛 탑을 벗겨 낸다. 짐작했던 대로 옷은 한 줌도 채 되지 않았다. 핸드백 속에 그 옷을 집어넣는 것을 강아지만이 노리끼리한 눈으로 쳐다보았다. 카펫이 깔린 바닥은 내 발소리를 삼켰고 여자들은 내가 밖으로 나올 때까지 한 번도 날 쳐다보지 않았다.

카드를 쓸 수 있었다면, 아무리 옷이 한 줌밖에 되지 않았다 하더라도, 닥스훈트가 제 털 빛깔의 똥을 누었다 하더라도, 여자가 발끝으로 똥을 차 버렸다 하더라도, 아가씨가 가게 밖으로 나갔다 하더라도, 카드를 쓸 수 있었다면 나는 옷을 위하여 기꺼이 지불했을 것이다. 늘 그래 왔던 것처럼. 라디오 프로그램의 원고료로 받는 돈으로는 한 계절이면 유효 기간이 끝나는 티셔츠 쪼가리밖에는 구입할 수가 없었으니까.

어제 오후엔 이달 말까지 대금을 납입하지 않으면 신용 불량자의 줄에 서게 된다는 금융사의 전화를 받았다. 승희 언니가 연결해 준 사람한테서 빌린 300만 원은 석 달 만에 갑절로 늘어났고 더 머리 아픈 건 한 달 안에 이자만이라도 갚지 않으면 방송국으로 전화를 하겠다고 볶아 대기 시작한 것이다. 문제는 나였다. 이 눈부신 것들 앞에 서면 그 모든 일들이 아득히, 빠른 속도로 잊혀 버린다는 것이다.

내 알량한 신용과 교환한 것들은 내 방의 크지 않은 옷장 속에 얌전히 모여 있다. 존재하지 않던 사랑조차 한순간에 빚어 줄 수 있을 것 같은 오간자 슬립, 자동차 범퍼 모양을 딴 앙증맞은 핸드백, 갈색 바탕에 누가 보아도 한눈에 알 수 있는 로고가 뭇별처럼 흩뿌려진 이탈리아제 여행용 가방, 가볍게 30만 원에 육박하는 머리핀, 내 발을 두 손으로 꼭 감싸 쥐고 입 맞추던 지난 시절 남자의 체온을 떠올리게 해 주는 양피 구두, 손목에 열쇠 장식이 달린 밝은 갈색의 가죽 장갑, 그 외에 무수한 갈망과 후회와 매혹과 빼저린 반성 사이를 오가며 끝내 내 것이 되고 말았던 것들.

내 존재가 수수깡처럼 느껴지는 그 지점, 윤미예의 목소리를 통해서만 이윽고 눈물겨워지고, 슬퍼지고, 타인의 마음을 흔들 수 있는 내 영혼의 조각들이 라디오에서 흘러나올 때, 나는 그것들을 어루만지며 바라보며 걸쳐 보며 위로받는다. 생이 이토록 누추한데 거기다 근검절약까지 할 수는 없지 않은가. 나는 내 옷장 속에 있는 검은색 칵테일 드레스를 한 번도 바깥에 입고 나간 적이 없다. 텔레비전 화면 속에서 윤미예가 입었던 그 드레스를 찾기 위해 나는 몇 군데의 아케이드를 돌아다녔는지 모른다. 결코 그 옷을 만나지 못할지도 모른다는 초조감에 사로잡혀 있다가 그걸 이 아케이드에서 발견한 순간, 모든 현실적 브레이크는 내게서 아득히 멀어져 갔다. 나로선 그 옷을 입고 갈 데가 한군데도 없다는 사실도, 내 한 달 수입을 훌쩍 넘는 그 가격도.

내 능력 이상을 요구하는 그것들을 사 모으면서 내가 뭐 많은 걸 바라는 건 아니다. 처음 그 칵테일 드레스를 가졌을 때의 느낌, 일상의 남루함이 일순에 사라지는 마술의 순간, 다른 모든 것들이 헛되고 헛되이 여겨지는 지나친 눈부심. 다만 그 느낌들을 찾아 헤매 왔던 것 같다. 그것들을 가지게 되면 내가 그토록 경멸해 마지않던 엄마의 삶을 되풀이하게 될 것 같은 끔찍한 예감으로부터 벗어날 수 있을 것 같았고 회청색 수의 같은 옷만을 입은 채 일생을 보낸 엄마로부터 물려받은 유전자 지도 따위는 지워져 버릴 것 같았다. 시의 주변이 아니라, 세상의 주변이 아니라, 더듬는 언어가 아니라, 어쩐지 폐활량이 부족한 듯한 연약함이 아니라, 미약한 전화기 속의 목소리로도 세상의 중심에서 있음을 느끼게 할 수 있는 그런 강인함을 획득하고 싶었을 뿐이다.

포트넘 앤 메이슨의 애프터눈 티

아케이드가 끝나는 곳엔 영국식 찻집이 있다. 천천히 걸어 다녔을 뿐인데 목이 마르며 조금 피로했다. 조지 왕조풍으로 실내장식이 된 찻집은 어두워서 편안하다. 갈색 벨벳으로 바닥과 등을 감싼 의자에 앉는 것만으로도 길거리의 테이크 아웃 커피는 결코 주지 못할 만족감과 위로가 오후의 조수처럼 마음속으로 밀려왔다. 포트넘 앤 메이슨의 '애프터눈 티'를 주문한다. 뜨거운 티에 일회용 꿀을 마지막 한 방울까지 부어서 목젖이 데도록 뜨겁고 달게 마시고 싶다. 포트넘 앤 메이슨이 보리차보다 늘 더 맛있다고 우기고 싶진 않다. 다만 이토록 눈부신 타인들의 삶 속에서 나도 명성을 획득한 그 무엇인가를 희롱하고 싶어진 것뿐이다.

첫 모금을 마시고 있을 때 휴대폰이 울렸다. D였다. 망설이다 전화를 받는다.

"나야."

그는 수화기 속에서 아무 말이 없다.

오후내 집요하게 전화를 해 놓고는 정작 통화가 되자 한마디도 못하는 이 가여운 한 편의 시. 이 남자 얘기를 했을 때 펄쩍 뛰던 승희 언니의 말은 맞을지도 모르겠다. 잘 생각해. 결혼이란, 환불이 매우 까다로운 쇼핑일 뿐이야. 좀 더 눈부신, 다른 사람 눈에도 괜찮아 보이는, 그런 쇼핑을 하라고.

침묵 사이로 덤프트럭 따위의 커다란 차가 지나가는 소리가 둘 사이를 가로질렀다. 습기에 갇힌 듯 그 소리는 과장되게 웅웅거렸다.

"바깥에, 비 와?"

"비 와."

아주 먼 거리에 떨어져 있듯 우리는 비의 안부를 나누었다.

"비가, 오는구나. 난 더 이상 할 말이 없어."

그랬다. 오해가 있었을 뿐이다. 나는 다만 시에 대한 연민을 말했을 뿐인데 그는 연민과 함께 다른 어떤 것도 있으리라고 생각했다. 그 오해에 대해서도 굳이 말해 줄 필요는 없을 것이다. 살아가면서 피와 땀과 찢어지는 가슴

한 조각의 레슨비를 제 스스로 지불해 가며 깨달아야만 하는 것들이 있으니까. 어쨌든 누군가를 떠나보내야 하는 사람은 그 이유를 모르는 게 낫다. 알게 되면 고칠 수도 없는 제 지병의 흔적을 더듬으며 끝없이 자책하는 일만 남게 되므로.

만나서 얘기하자는 그에게 모임에 나와 있어 길게 얘기하기 어렵다며 전화를 끊는다. 뜨거운 애프터눈 티를 마시고 싶었는데 그사이 찻잔은 식어 버리고 단맛만 강하게 남아 있는 티를 마저 마시고 일어난다.

은하처럼 빛나는 시계가 9시를 지날 때

찻집 옆의 엘리베이터를 타고 지나치게 번쩍이는 자판에서 12를 찾아 누른다. 빠르게 상승하는 엘리베이터 속에서 핸드백의 지퍼를 열고 핑크 빛 탑을 만져 보고 싶지만 꾹 참는다. 나는 정말 이 옷이 훔치고야 말 정도로 갖고 싶었던 것일까. 혹시 나는 뭘 가져야 행복할 것인지를 모를 뿐인 건 아닐까. 바닷물을 마시는 것처럼, 내가 겨우 숨가쁘게 소유할 수 있는 것들을 손에 쥐는 순간 점점 더 다른 빛나는 것들에 간절해지는.

폐쇄 회로 카메라의 렌즈를 피해 돌아서서 엘리베이터

의 금속면에 얼굴을 비추어 본다. 땀을 흘렸는지 마스카라가 눈 아래쪽으로 번져 있다. 약지로 조심스럽게 검은 흔적을 문지른다. 립글로스를 꺼내 흘러내리도록 두텁게 입술에 바른다. 입술은 함부로 드러낸 성기처럼 부풀고 젖어 보인다.

12층의 복도에 두텁게 깔린 암청색 카펫이 내 발소리를 삼킨다. 불쾌한 고요함이다. 7, 6, 5, 4, 3. 1203호 앞에서 나는 먼저 엘리베이터 쪽을 돌아보고는 시계를 보았다. 큐빅이 은하처럼 희게 빛나는 자판에서 시곗바늘은 막 9시를 지나고 있다.

나는 망설이지 않고 초인종을 누른다. 가슴이 두근거렸지만 두려운 건 아니다. 일생 동안 열등감 따위는 느껴 본 적이 없는 듯한 목소리를 가진 남자라면, 날마다 숨쉬는 순간마다 느끼는, 내가 이 도시에서 열등한 존재라는 느낌을 흔적 없이 지워 줄 무엇인가를 갖고 있을 것이다. 더 이상 만나지 않겠다는 내 말에 제 주먹만을 꼭 쥔 채 어두운 골목에 서서 울고 있던 남자, 말을 더듬지 않으면서도 더듬는다는 인상밖에는 주지 못하는 남자는 결코 줄 수 없는 어떤 것을.

밤의 암청색 심해인 듯 아득한 곳에서 초인종 소리가 울린다.

성스러운 봄

"여기 연구실 앞이에요. 지금 들어가서 뵙겠습니다. 그럼요. 오래 걸리진 않습니다."

휴대폰의 폴더를 접으며, 충전기에 몸을 꽂고 에너지를 좀 채워 넣을 순 없을까 생각했다. 내 몸은 방전 경고음이 울린 지 오래인 배터리처럼 겉만 멀쩡했다. 어린이날이 낀 사흘 연휴가 내일부터 시작이다. 그 전에 처리해야 할 일거리 때문에 며칠 동안을 10분 단위로 시간을 쪼개며 뛰어다녔다.

봄이었다. 봄이 온 지는 꽤 됐을 것이다. 회색 콘크리트 벽에 붙어서 핀 개나리꽃 덤불을 도심에서 스칠 때면 지나친 집중을 요구하는 노랑이 징그럽다는 생각을 했을 뿐이다. 산자락에 잇대어 서 있는 여기서는 아무래도 끝내 봄

빛을 외면하긴 어렵다. 이른 봄꽃들이 피었다 진 자리엔 이파리들이 초록 애벌레들처럼 꼬물꼬물 기어 나와 메마른 가지를 뒤덮고 있었다. 목덜미에 감기는 바람이 섬모를 문질러 대는 거대한 환형동물처럼 느껴져 살갗에 소름이 돋았다. 캠퍼스는 쳐다보기도 눈부신 연두와 붉고 흰 철쭉으로 뒤덮여, 내 귀에만 들리지 않는 생명의 재잘거림으로 가득 찬 듯하다.

봄이 올 듯 올 듯하며 오지 않았던 지난겨울의 끝에 이렇게 5월이 오기를 간절하게 기다렸던 밤이 있었다. 그 밤, 오지 않을 것 같았던 봄이 여기 이렇게 쉽게 와 있다. 딸은 끝내 기다리지 못하고 가 버렸는데. 차마 못 볼 것을 본 듯 나는 눈을 한번 질끈 감았다. 안으로 들어가기 전에 담배 한 대를 피우려다 주머니에서 도로 손을 뺐다. 고객 앞에서 니코틴 냄새를 풍기는 건 보험맨의 예의가 아니지. 연구소의 동향 창들엔 블라인드가 내려져 있다. 실눈을 떠야 할 만큼 눈부시게 환한데 나는 여기가 어쩐지 밤 같다. 숲그늘에서, 누군가 잿빛 잔돌을 한 움큼 집어 던진 듯 작은 새들이 재잘거리며 흩어졌다. 순간, 살아 있는 모든 것들에 진저리가 났다.

지난겨울, 그 밤에 나는 병실의 침대 옆에 서서 아이를 내려다보고 있었다.

몸속에 쌓인 스테로이드의 부작용으로 아이의 얼굴은 달처럼 부풀어 있었다. 커다랗게 부풀었지만 탄력이라곤 없어 손가락으로 누르면 출렁일 것 같아 차마 만질 수가 없었다. 문 페이스(moon face)라고 했다. 신장의 상태에 따라 얼굴은 아침저녁으로 커졌다 작아졌다 했다.

"아빠."

"응."

"어린이날 선물 말이야. 드디어 결정했어."

카테터를 교환할까 말까 결정하지 못하고 있는 내 앞에 누워서 딸아이는 선물을 정했다고 조잘거리고 있었다. 어린이날은 석 달이나 남아 있었다.

"뭘, 사 줄까. 뭐가 갖고 싶니?"

"운동화."

"운동화?"

걷고 싶었던 것일까? 딸아이가 갖고 싶어 한 건 캐릭터 운동화였다. 발등에는 만화 주인공이 그려져 있고 그걸 신고 달리면 땅을 디딜 때마다 뒤꿈치에서 형광 연두의 불빛이 반짝반짝 켜진다고 했다. 광고에서 봤는데 그걸 신고 달리면 아이들이 모두 자기를 쳐다볼 것이라고 했다.

"그 신발은 밤에만 신어야 하겠구나."

아이는 그것까진 미처 생각 못 했다는 표정으로 약간은 아쉬운 눈빛을 하며 고개를 끄덕였다.

"뭐 먹고 싶은 거 있어?"

아이는 고개를 저었다. 나는 손바닥으로 딸의 배를 살살 문질렀다. 배도 얼굴처럼 부어올라 손을 대자 물을 담은 봉지처럼 출렁거렸다.

"운동화, 미리 사 줄까?"

또 고개를 젓는다. 어린이날 선물이란 5월 5일에 받는 것, 이라고 생각하는 일곱 살. 오래 병을 앓는 동안, 지독한 치료는 아이의 생명을 연장시키는 대신 성장을 멈추어 놓았다. 아이는 거꾸로 도는 시곗바늘에 올라탄 것처럼 키와 몸무게가 자꾸만 줄어들었다. 침대에 누운 아이는 인공 배양실에 놓인 희귀 식물처럼 쳐다보기도 아슬아슬했다.

"아빠."

"응."

"아빠 눈 속에 별이 있어."

내려다보는 내 눈을 쳐다보며 딸아이는 말했다. 내 눈에 고인 눈물을 아이는 별이라 불렀다.

다음 날 나는 운동화를 사서 그걸 베란다 창고에 숨겨 두었다. 아내에게도 보여 주지 않았다. 밤에 혼자 베란다에 서서 신발 속에 손을 넣고 눌러 보면 삑삑 소리가 났다. 그때마다 뒤꿈치에서 형광 연둣빛 불이 켜졌다가 꺼졌다. 병실에 들어서면 처음 눈이 마주치는 심전도 모니터처럼 모든 빛나는 것은 나를 불안하게 했다. 머리카락도, 얼굴도, 끝이 나팔꽃처럼 펼쳐진 스커트도 핑크 빛으로 빛나는 소녀가 딸 대신 신발코에서 눈을 반짝이며 불안하게 웃고 있었다. 그걸 미리 준다면 아이가 제 생이 얼마 남지 않았다는 걸 알아 버릴까 두려웠다. 아이는 키가 줄어드는 대신 나날이 영악해져 갔다. 무섭도록 눈치가 빨랐다. 병실에 밝은 얼굴로 들어서면, 더 나빠졌대? 물어볼 만큼.

그 밤에, 어린이날은 광년(光年)의 거리처럼 아득한 곳에 있었다. 이토록 쉽게 그날이 올 줄은 몰랐다. 나는 그날 밤, 가장 중요한 질문은 끝내 하지 못하고 병실을 나오고 말았다.

너는, 고통스럽게라도 여기, 이곳에 더 머물고 싶니?

바깥 날씨는 초여름 같은데 지하의 연구실은 얼음집에 들어온 듯 서늘하다. 오르막을 걸어오느라 등에 밴 땀이 순식간에 식으면서 살갗이 조이는 느낌이 들었다. 창을 등지고 앉은 그의 얼굴을 나는 바로 알아볼 수 있었다. 20년의 세월에도 그의 얼굴은 크게 달라지지 않았다. 물론 그는 감색 싱글을 입고 자기 앞에 서 있는 내가 한때 자신의 강의를 듣던 학생이었다는 걸 모를 것이다. 그는 언제나 수십, 수백 명 앞에 서 있는 한 사람이었고 난 그 앞에 앉아 있던 학생들 중 한 명이었으니까. 그러고 보니 그때 이 사람은 지금의 내 나이보다 한참이나 어렸다.

손해보험 사정을 하는 우리 사이에는 '가장 상대하기 어려운 직업 베스트 스리'가 있다. 지긋지긋한 체험을 통한 뼈저린 리스트다. 목사. 은행원. 그리고 교수. 다양한 사람을 상대하는 노하우를 일상에서 철저하게 터득한 사람들이라선지 협상의 게임에서 초보들은 늘 그들에게 당하기 마련이다.

경미한 교통사고를 당한 어떤 목사는 내가 보기엔 멀쩡한데 꼬박 8개월을 병원에서 버텨 내고 결국 천문학적인 액수를 챙겨 나갔다. 그가 내세우는 후유증 중에는 걸을 때마다 고관절이 아프고 요통으로 성생활을 할 수가 없다는 것 외에 정신장애도 있었는데 나야말로 그 사람과 조금만 더 줄다리기를 했더라면 진짜 돌아 버렸을 것이다. 연기자가 된다면 훨씬 눈부신 성취를 이루지 않을까 조언을 해 주고 싶었다. 게다가 사고 차량이 외제 차일 때는 우리나 고객이나 마음속에 잘 벼린 칼 하나씩을 품고 만나게 된다.

이 일이 처음부터 내게 맡겨진 건 아니었다. 사고 차량이 BMW이고 피해자가 교수이며 전공이 신경외과인 대학병원 의사라는 자료를 읽은 부장은 이 일을 내게 돌렸다. 잘해 봐. 애쓴 만큼 인센티브를 줄 테니까. 인센티브라는 말이 없었다면 나도 이 골치 아픈 일을 맡지 않았을 것이다. 요즘의 내 머릿속을 지배하는 건 처음부터 끝까지 돈이었으니까.

조영우라는 그의 이름을 내가 여태 기억하고 있었던 건 아니다. 자료 파일을 보니 근무처가 내 모교였고 나이로 미루어 내가 강의를 들었을 수도 있겠다는 생각을 했는데 전공과 이름을 확인하고서야 나는 그가 강의도 재미있게 하고 학점도 짜지 않아 늘 수강생이 황야의 들소 떼처럼 몰렸던 교수였다는 걸 떠올렸다. 전공이 토목공학이었던 내가 그의 강의를 들은 건 딱 한 강좌였다. 생명과학 비슷한 제목의 그 교양 과목은 인간의 영혼과 육체를 조망하며 청년기의 정체성 확립과 우주적 실존 의미를 탐구한다는 거창한 강의 해설을 달고 있었다. 전공 시간표에 끼워 맞추다 보니 빈 시간과 들어맞아 신청했을 뿐이지만 강의는 예상했던 것보다 재미있었다. 시간표상으로는 격일 한 시간짜리 강의였는데 그는 그걸 하루에 몰아서 두 시간이 채 못 되는 시간 동안 강의를 했었다. 강의는 연속성이 없었고 매번 새로운 주제로 이루어졌다. 의대 교수다운 적나라한 성교육도 있었고 우주물리학에 대한 이야기를 하기도 했다. 화제에 오른 영화가 즉석 토론 대상이 되기도 했고 어느 여름 오후엔 납량 특집이라며 엽기적 살인에 얽힌 법의학 강의를 한 적도 있었다. 그의 강의 시간에 졸았던 적이 한 번도 없었다는 기억이 남아 있을 만큼 그는 꽤 탁월한 강사였다. 나이트에서 살다시피 했던 1학년 때 그는 내게 그래도 B를 주었는데 형편없는 학점들 사이에서 그 B는 눈부셨고 눈물겹게 고마웠었다. 만약 다른 장소에서 만났다면 나는 그에게 내가 이 학교 출신이며 강의를 들은 적이 있다는 말을 했을 것이다. 지금 여기선 아니다. 나는 너를 아는데 너는 나를 모르는 게 협상에서 얼마나 유리한 고지인지를 아는 지금은.

"안녕하십니까. 교수님. 처음 뵙겠습니다."

쓰고 있던 안경을 벗어 책상 위에 내려놓고 그는 소파 쪽으로 나와 내게 앉기를 권하며 자신도 앉았다. 가방에서 자료를 꺼내고 노트북까지 꺼내 펼치자 그는 미간을 살짝 찌푸렸다. 오른쪽 이마에는 아직 거즈가 붙어 있었다.

"다른 분이 오셨군요."

"네. 이 대리가 갑자기 다른 일을 맡게 돼서 제가 대신. 귀찮게 해 드리진 않겠습니다. 몇 가지 사안에 대한 확인만 하면 되니까요. 사고 장소는 통일로 쪽에서 일산 방향, 신축 건물 현장 부근. 자정 무렵이었으며 운전은 교수님께서 하고 계셨습니다. 맞습니까?"

그는 짧게 한 번 고개를 끄덕였다.

"보험 만기일은 7월. 17년간 무사고. 소유 차량은 이 차 외에 한 대가 더 있군요. 주행 거리를 보니 이 차는 출퇴근용은 아니었던 것 같습니다. 현장 확인 결과 도로의 유실된 부분에서 차가 갑자기 쏠리면서 도랑으로 빠졌다는 상황도 인정될 것 같습니다. 차량끼리의 사고가 아닌 데 비해 차량의 외부 손상은 꽤 심합니다. 여기까지 이의 없으십니까?"

"그렇습니다."

자료를 보면 회사 측이 불리했다. 오른쪽 범퍼가 완전히 깨졌고 앞문까지 이어진 손상은 교체와 도색까지 다시 해야 했다. 지정 AS센터에서 해야 하는 차 수리 비용도 만만찮을 것이고 외상은 경미하지만 혹시라도 신경외과적인 사고 후유증이라도 호소한다면 지급해야 할 의료비 역시 60대 노점상 아줌마가 다쳤을 때 지급되는 보상액보다 월등히 높아질 것이다. 먼저 보상해 준 후에 도로공사나 건물을 신축하고 있던 카페에 구상권을 청구해야 되겠지만 실속 없는 길고 지루한 싸움만 될 가능성이 높았다.

"보상액은 어느 정도 예상할 수 있습니까?"

실내가 어둡진 않은데 바깥에서 들어오는 역광이 너무 강해 그의 표정은 뚜렷하지가 못하다. 맞은편에 앉은 내 얼굴은 수술실에 누운 사람처럼 잔주름까지 선명할 것이다. 협상에 좋은 자리는 일단 그가 차지하고 있다. 먼저 보잘것없는 액수를 제시해서 상대방의 기대치를 낮추는 것이 협상의 시작이다.

"출고 연수가 있고 해서."

모니터로 자료를 검색하는 날 보며 그는 고개를 흔들었다.

"재작년 출고 차지만 그건 의미가 없어요. 그 차 주행 거리 보셨겠지만 남들 3개월 탄 것보다 짧아요. 이런 뜻밖의 사고에 대비해서 20년 가까이 보험을 들어 왔지만 한 번도 보험 혜택을 받은 적이 없습니다. 지난번에 오셨던 분은 터무니없는 액수를 얘기하더군요. 보험회사가 일방적으로 정한 액수는 납득할 수가 없습니다."

이 정도 반응은 예상하고 있었다.

"뭐 정비 결과가 나와 봐야 정확한 계산이 나오겠지만 손실 비용을 전부 보험사가 책임질 순 없습니다. 자기 과실 부분이 있으니까요."

"자기 과실 같은 건 없었어요. 탱크가 아닌 이상 거기서 어떤 차도 정상적으로 주행을 할 수 없을 거요. 그건 보험사와 도로공사가 해결할 문제지 내가 책임질 일은 아니오. 내가 여태까지 당신 회사에 납부한 보험료만 모았어도 이 차를 새로 살 수 있을 거요. 이 대리라는 분한테 알아듣게 얘길 했는데……. 이건 횡포가 아닙니까. 나 이런 문제로 줄다리기할 만큼 한가하지 않아요. 계속 이런 식이라면 소송을 제기하겠소. 비용은 문제가 아니오."

그는 비용은 문제가 아니라고 말한다. 그렇게 말하는 그의 얼굴을 보고 있자니 실패나 좌절 따위는 한 번도 겪어 보지 못한 듯 매사에 자신만만했던 젊은 날의 그의 강의실에 앉아 있는 듯한 생각이 들었다. 사람들은 대개 뜻밖의 큰일을 당했을 때 혹은 결백을 주장하고 싶을 때 결연한 의지를 보여 주기 위해 이 말을 잘 쓴다. 그러나 사태가 진행되다 보면 결국은 비용도 문제가 된다는 걸 알게 될 것이다. 나는 머릿속에 확 떠오르는 장면을 지우려 고개를 저었다.

병실 복도에서 의사가 수술과 처치 과정을 설명하며 비용을 말했을 때 나는 처음에 분노했다. 아내보다 내가 더 분노했다. 비용이라니. 네가 나를 어떻게 보고. 아이를 살릴 수 있다면, 그 아이를 살릴 수 있는 데 드는 돈은 그때 내게 비용이 아니었고 그 비용은 문제도 아니라고 생각했다. 아내와 나의 미래가, 아니 내 나머지 생의 전부가 일순에 사라지려는데 어떤 부모인들 목숨이라도 걸지 않으려 하겠는가. 비용은 문제가 아닙니다. 나도 그렇게 말했다. 아이가 입원해 있던 1년 반 동안 많지 않던 예금은 사라졌고 카드 빚은 여기서 빼서 저기를 막아야 했지만 그때 내게 그건 아무것도 아니었다. 나중엔 빌릴 수 있는 모든 곳에서 돈을 빌려야 했다. 아픈 아이의 치료비로 전세금까지 날아가 버린 걸 안 주위 사람들은 그때부터 전화기 속에서 나를 확인하는 순간 목소리의 톤이 달라졌다.

돌이켜 보면 내 지난 생애에 그때처럼 씩씩한 목소리로 살았던 시기는 없었을 것이다. 전화기 속에서 나는 모든 것이 잘되어 나가며 조금도 어렵지 않은 사람처럼 밝고 큰 목소리로 떠들어 댔다. 밤의 병실에서 아이의 손을 잡고도 명랑하고 가벼운 목소리로 얘기했다. 어느 밤 복도 끝에서 휴대폰을 들고 누군가와 통화를 하다 유리창에 비친 내 얼굴을 본 나는 소스라치게 놀랐다. 이 목소리를 내는 사람의 얼굴은 저게 아니야. 우울하게 처진 눈매와 울음을 터뜨릴 것 같은 입을 가진 누군가가 어두운 창밖에서 어린 새처럼 조잘대는 날 쳐다보고 있었다.

비용의 대가는 아이의 고통이었다. 네 번이 넘었을 때 나는 고통스러운 골수 채취의 횟수 세기를 그만두었다. 비용과 고통을 동시에 지불한다면 그래도 신은 내게 미래를 남겨 줄 것이라고 믿었다. 끝내 고통마저 사라진 자리에 남은 것은 비용, 그것이었다.

그랬다. 딸아이가 떠났을 때 견딜 수 없는 건 슬픔일 것이라고 생각했다. 아니었다. 슬픔보다 더 강하게 나를 압박한 건 빚이었다. 장례를 치르고 났을 때 난 딸을 잃은 아버지가 아니라 신용 불량자였다. 갚지 못한 빚에 대한 내용 증명의 수취인이었으며 민사소송의 출두 요구서에 찍힌 피의자였다. 차가운 목소리로 이만 돈을 돌려줄 것을 요구하는 전화를 받아야 하는 파렴치한이었다. 원금은커녕 이자마저 감당하기 어려운 파산자였다. 지금의 나를 버티게 해 주는 힘은 슬픔이 아니다.

나는 앞에 앉은 사람에게 조금씩 가혹해지기 시작하는

나를 본다.

주머니 속에서 휴대폰이 진동을 했다. 소장이었다. 지금 어딘가? 상담 중입니다. 그래? 끝나면 전화 주지. 소장은 지금 내가 다른 보험회사의 손해 사정인 자격으로 고객을 만나고 있는 줄은 꿈에도 모를 것이다. 마감 날은 다가오고 빨리 한 건이라도 올리라고 전화했을 것이다. 두 달 연이어 평균 실적 미달이면 주차권 회수합니다, 이따위 얘기를 속삭이듯 할 때는 차라리 소장이 소리를 질렀으면 좋겠다고 생각한다. 조용히 일러 주는 그 목소리가 더 끔찍하다. 지난 몇 달 사이 내게 무슨 일이 있었는지 알기 때문에 이 정도로 봐준다는.

나 자신 이즈음은 앵벌이 인생과 다를 것이 없다는 생각이 들었다. 딸의 고통에 대해 지불한 비용의 대가로 나는 누군가의 앵벌이가 되어 있었다. 두 군데 보험회사에 적을 두고 낮에는 겹치기 출연하는 엑스트라처럼 이리저리 뛰어다녔다. 밤에는 경력을 속이고 과외 교사로 뛰었다. 최근에 네 시간 이상 자 본 적이 없었다. 신문에서 언젠가 만성적인 수면 부족의 후유증에 대해서 읽은 적이 있다. 신경과민, 만성피로, 불안 장애, 소화기 질병 등. 거기다 내 경험으로는 순간적인 판단 장애까지 일어난다. 한번은 과외를 마치고 돌아오는 길이었는데, 한남대교 북단에서 거의 반수면 상태로 운전하고 있었다. 갑자기 눈앞에서 하이빔이 미친 듯이 번쩍거렸다. 서로가 급브레이크를 밟았는데 범퍼가 거의 닿아 있었다. 미친놈, 개새끼, 나는 조건반사를 일으킨 개처럼 마구 욕을 해 댔는데 노란 선을 넘어 반대편 차선을 달리고 있었던 건 나였다. 상대편 운전자는 얼이 빠져 입을 벌리고 멍해 있었다. 말하자면 하루 네 시간만 잔다는 건 법정 알코올 농도 기준치 이상의 술을 마신 것과 같은 상태에 빠지는 것이다. 그렇게 뛰어다니며 번 돈은, 이제 더 이상 존재하지 않는 고통의 비용으로 계속 지불되고 있었다.

"저도 최선을 다해서 보상해 드리고 싶습니다. 다만 저희들이 제시하는 한도를 넘어가는 액수를 요구하실 땐 끝까지 가다 보면 한 푼의 보상금도 못 받는 상황이 올 수도 있습니다. 저로서는 안타깝지만."

"무슨 얘긴가요?"

"소송 말씀을 하시니까 드리는 말씀입니다. 물론 비용은 별문제가 아니겠지만 소송에 드는 비용이 돈뿐만은 아닌 걸 알고 계시지 않습니까? 지루한 출두와 진술과 보험감독원의 심의를 기다려야 하며 만에 하나 소송에서 패하면 보상액은 전혀 없게 되는 것입니다."

"지금 날 협박하는 겁니까?"

"그럴 리가요."

"왜 내가 가입한 보험으로 보상을 받는데 이토록 고통을 당해야 합니까?"

몇 권의 베스트셀러 저서가 있고 사회적인 지명도도 만만찮은 이 사람과의 소송은 물론 회사로서도 피해야만 하는 상황이다. 보험액 산정 때문에 저명인사와 소송에 들어갔다면, 그리고 그가 어떤 방식으로든 보험회사의 무례와 횡포에 대해 떠들어 댄다면 회사의 이미지와 보험 계약에 미치는 파급 효과는 무시할 수 있는 수준이 아닐 것이다. 그러나 협상의 마지막 순간까지 나는 포커페이스를 유지해야 한다. 고통이란 내 몫이 아님을 시위해야 한다. 아빠 눈 속에 별이 있어, 조잘거리던 딸아이 앞에서 끝내 밝은 목소리를 잃지 않았던 그 밤처럼.

"그렇습니다. 절차란 게 이렇게 사람을 피곤하게 하네요. 그렇지만 이런 절차를 겪은 뒤에야 결과를 받아들이는 게 사람이지요. 고통스러운 과정이 없다면 우선은 편하겠지만 그땐 결과가 우리를 오래 괴롭히게 됩니다."

이 말의 의미를 그는 알까. 고통스러운 과정이 없다면 맨 정신으로 받아들일 수 없는 삶의 프로그램도 있다는 것을 그는 알까. 입원 기간이 길어지면서 딸아이는 주사를 너무 맞아 팔에 굳은살이 생겨 정맥을 찾을 수가 없었다. 링거용 바늘을 교환할 때마다 전쟁이었다. 척수 검사를 끝내고 나면 아이는 내 품에 안겨 젖은 빨래처럼 늘어졌다. 고통을 호소할 기운마저 없어 그저 바르르 떨기만 했다. 내가 가장 견딜 수 없었던 건 그 아이의 등이 내 무력한 손바닥 안에서 바르르 떨리는 그 느낌이었다. 마지막 무렵 아이는 몸의 여러 군데에 튜브를 꽂고 카테터를 삽입해야 했다. 처음 카테터를 삽입할 때 나는 병원에 없었다. 전화기 속에서 아내는 울고 있었다. 내가 뭘 잘못한 거지? 아내는 내게 그렇게 물었다. 밤에 병원에 들렀을 때 아이보다 아내 얼굴이 더 망가져 있었다. 고통스럽게 설치했지만 그건 영구적인 건 아니었다. 망가진 카테터를 교환하던 날은 내가 병실을 지키기로 하고 아내를 내보냈다. 나는 그때 교환하는 걸 지켜보고 있었는데도 그 장면을 잘 기억할 수가 없다. 내 영혼은 그 장면을 외면하고 싶어 했고 기억하고 싶어 하지 않았다. 아이는 끝내 팔다리를 늘어뜨리며 까무러쳤다. 내 몸을 마취 없이 찢어 대는 것 같았다. 간호사가 피로 얼룩진 시트를 교환해 주었다.

보름이 지나자 의사가 복도에 서서 다시 물었다.

"카테터를 교환하시겠습니까?"

그 무렵 딸은 의식을 놓을 때가 많았다. 의사는 엄지손가락을 올리거나 내릴 권리가 내게 있음을 알려 주고 싶어 했다. 끔찍한 교환 과정을 생각하며 나는 고개를 저었다. 한 번도 본 적 없는 도살장이라는 단어가 떠올랐다. 카테터를 교환하지 않겠다는 표현은 아니었다. 나는 의사에게 물었다.

"내가 뭘 잘못한 거죠? 뭘 잘못했기에 그걸 지켜봐야 합니까?"

의사는 카테터 교환을 그만두겠다는 뜻으로 받아들인 모양이었다.

"그냥 두면 합병증으로 폐렴이 올 수 있습니다."

면역력이 거의 없는 상태에서 폐렴이라면 곧 죽음을 말하는 것일 터이다.

"카테터를 교환하면 언제까지? 희망은 있는 겁니까?"

"언젠가, 기도가 견디지 못하는 순간이 오겠지요."

"선생님이라면 어떻게 하겠어요?"

아이가 있는 사람일까. 젊은 의사의 눈도 나만큼이나 우울하고 피곤해 보였다.

"이건, 질문할 수 있는 게 아닙니다. 어쩔 수 없이 저희도 보호자에게 물어보아야 하지만 이게 질문이 될 수 없다는 건 알고 있습니다. 질문이란, 비록 불완전하더라도 어딘가에서 대답을 찾을 수 있는 걸 말하겠지요. 이럴 땐 의사나 보호자나 질문이 아니라 딜레마에 부딪치는 거죠. 끝내 답을 찾을 수 없는."

창밖을 쳐다보며 그는 낮게 덧붙였다.

"말하자면, 큰 상처를 놔둔 채 작은 뾰루지에 반창고나 붙이고 있는 것과 다를 게 없어요. 길게 보았을 때 희망은 없습니다."

의사와 헤어져 지하 매점으로 내려와 늦은 저녁을 먹었다. 국수에 뜬 유부에서는 산패한 기름 냄새가 났다. 희망은 없습니다. 언젠가, 견디지 못하는 순간이 오겠지요. 나는 유부도 건져 먹고 국물을 마저 마셨다. 무언가를 먹어야만 했다. 몇 번을 가르쳐도 알아듣지 못하는 학생에게 집합과 인수분해를 가르치러 가야 할 시간이었다.

그의 말처럼, 냉정하게 말하자면 카테터를 교환함으로써 우리가 줄 수 있는 건 고통의 연장뿐이었을 것이다. 그래도, 내가 선택한 것은 정말 아이의 안식이었을까. 아니면 이제 그만 이 모든 것에서 놓여나고 싶다는 이기심 혹은 포기였을까. 그 질문이 떠오르면 머릿속이 하얘졌다. 아이를 포기했다는 죄책감에 사로잡힐 때면 척수 검사를 끝내고 내 품에 안겨 바르르 떨던 그 느낌을 떠올렸다. 그 아이의 지독한 아픔을 지속적으로 지켜보지 않았다면 죽음을 받아들이기는 더욱 힘들었을 것이다. 똑같이 그 과정을 지켜보았으면서도 아내는 아이의 죽음을 받아들이지 못하고 있지만. 아직도.

나로선, 케이스가 다르긴 하지만 이 사람이 결국 받아들여야 할 것을 순순히 받아들일 때까지 고통스러울지도 모를 과정을 오롯이 겪게 해 주어야 한다고 생각한다.

"어쨌든, 이런 상황에서의 보험액 산정이란 유동적인 거 아닙니까?"

이제 그는 태도를 조금 바꾸었다. 보아하니 판을 벌렸다간 골치 아플 것 같고 협상을 통해 최대치의 보상을 받는 게 낫겠다고 생각했을 것이다.

"짜고 치는 고스톱이라고 말씀하시고 싶은 건가요? 없는 사례는 아닙니다. 보상액을 터무니없이 높여 주고 뒷거래하는 경우도 없진 않았습니다. 그렇지만 보험회사들도 산전수전 공중전 다 겪으면서 앉아서 3만 리, 서서 9만 리를 봅니다. 다행히 운이 좋을 수도 있지만 감사 팀의 레이더에 걸리면 그땐 제 선에서 끝낼 수가 없습니다. 빵빵한 이력을 가진 특수 조사 팀이 수사를 시작하게 되죠. 제가 걸리는 거야 괜찮지만 리베이트 준 사람까지 실형을 살게 되기까지는 보험회사로서도 막대한 수업료를 지불하고 난 결과입니다."

그는 손까지 저으며 조금 웃어 보였다.

"나도 자해 공갈단은 아닙니다."

"그럼요. 그럴 리가요."

창밖에서 웅웅거리는 소음이 먼저 들렸다. 연막 소독을 하는지 순식간에 창밖이 불투명한 흰 막으로 뒤덮인다. 초록 이파리들이 사라졌다가 보고 있는 사이 한 조각씩 드러난다. 창틈으로 소독약 냄새가 스며들었다. 내 호흡은 의식하지 못하는 사이 냄새를 거부하며 약해진다. 소독약 냄새라면 진저리가 난다. 창밖은 다시 고요해진다. 그는 손바닥을 펼쳐 들었다. 더 이상 피곤한 논쟁은 그만하고 싶다는 제스처일 것이다.

"그래요. 나도 중고차 하나 말아먹고 새 차 내놓으라고 떼쓰는 사람은 아니에요. 규정에 있는 대로 보상해 주세요."

"그거야 당연합니다. 그런데."

노트북은 그사이 화면 보호기 상태였다. 나는 엔터 키를 필요 이상 몇 번 두드렸다.

"교수님. 그런데 자차 보상 부분은 불과 닷새 전에 추가로 드셨네요."

"그러게 말입니다. 무슨 예감 같은 게 있었는지. 그 차는 출퇴근용도 아니고 차량가가 높다 보니 보험료 부담도 너무 많은 데다 20년 동안 사소한 접촉 사고 하나 없던 터라 괜찮겠지 하고 그냥 탔었어요. 근데 어쩐지 불안하더라고요. 그래서 며칠 전에 가입했는데."

"그렇습니까?"

그랬을 수도 있을 것이다. 사람은 모든 불행이 자신은 비껴갈 것이라는 근거 없는 희망을 갖고 살아간다. 자신은 불의의 사고를 당하는, 그런 열등한 운명의 인간이 아니라는 생각을 하는 것이다. 일간지 사회면에 실린 기사란 결코 나나 내 주위 사람에겐 일어나지 않을 것이라는 생각.

결국은 확률의 문제일 뿐이라는 걸 모르고 사는 것이다.

그래서 사람은 어느 날 갑자기 닥친 불행에 대해 고통과 열등감을 동시에 느낀다. 아이의 입원 기간이 길어지자 아내는 어느 밤 울면서 내게 말했다.

왜 그런지 모르겠는데, 부끄러워. 사람들 보기가. 살면서 이렇게 부끄러운 적은 없었어. 내 엄마 노릇도, 내 팔자도. 사람들이 돌아서서 내 인생에 형편없는 점수를 매기는 거 같아. 아이를 병들게 한 여자, 팔자 센 여자, 그렇게 말이야.

그러므로 긴 고통의 이면에는 부끄럽다는 느낌이 포함된다. 지상의 삶에 무능한 인간이라는.

"여기, 기록된 바로는 사고가 난 것은 자차 보험 가입 이틀 후군요."

"기록된 바라니요. 사고가 난 날을 기록한 거죠."

그가 예민하게 내 말을 정정한다. 나는 무시하기로 한다.

"사고 당시 목격자가 있었습니까?"

"밤이 늦었고 다른 차하고 충돌한 것도 아니고 나 역시 크게 다친 곳이 없는 것 같아 그냥 운전을 해서 돌아왔습니다. 담당이 바뀔 때마다 매번 이렇게 똑같은 얘기를 반복해야 하나요?"

"앞으로 담당이 바뀌는 일은 없을 것입니다. 그리고 돌아오셔서 그다음 날 오전 사고 신고를 하셨군요."

"이렇게 많이 망가진 줄은 몰랐어요."

"음주 상태에선 사고가 비교적 가볍게 체감되니까요."

"답답하면 혼자서 가끔 자유로를 달리긴 하지만 차 가지고 나가서 술을 얼마나 했겠어요. 맥주 한 잔이었어요."

"뭐, 그걸 문제 삼을 생각은 없습니다. 지금으로선 당시의 혈중 알코올 농도를 측정할 방법이 없으니까요."

테이블 위에 올려놓은 휴대폰이 물방개처럼 부르르 떨며 맴돌았다.

실적 이렇게 해 놓고 회사에 얼굴도 안 비치고 뭐 하는 겁니까. 일을 하는 거요, 마는 거요? 환산 500은 해 줘야 할 것 아니야?

지금 상담 중이거든요.

참 나, 조례도 빠져, 종례도 빠져, 내가 지금 상전 모시고 일하는 거요? 마감까지 계약 못 받으면 일단 자기 이름으로라도 하나 들어요. 이 실적이면 다른 팀으로 밀려나요.

나가면서 전화드리겠습니다.

팀장이었다. 소장한테 들볶이다 홧김에 전화했을 것이다. 환산 500을 올리려면 월 입금액만도 얼만데. 3만 원, 5만 원짜리 보험 받아 가지고는 서류 정리 하는 것만도 손목이 부러질 분량의 일인데 환산 500을 강아지 이름 부르듯 예사로 노래한다. 리베이트를 주고받으면 실형을 받는다고 하지만 이런 식으로 들볶이다 보면 그야말로 평균 깎아 먹는 놈 되지 않으려고 수당 받아 전부 리베이트 줘야 하는 미친 짓거리 같은 계약도 할 수밖에 없다. 그나마 건수도 못 올리면 제 이름으로 가입해서 기본 실적을 채워야 한다. 팀장은 종례도 참석 못 할 만큼 바쁘게 돌아다니는 척하면서 실적은 이게 뭐냐고 악악대는 것이다.

"제가 사고 날짜를 속이기라도 했다는 얘기처럼 들리는군요. 살다 보면 픽션보다 현실이 더 드라마틱할 때도 있지요. 생명보험에 든 다음 날 죽는 사람도 있잖아요."

"죄송합니다. 저희로서는 솔직히 이런 사고가 났을 때 심리적 상처에 대해서도 위로해 드리고 싶은 마음인데 시스템이란 건 늘 사람을 피곤하게 하네요. 물론 그런 케이스가 가끔 있긴 하지만 자기 생명을 걸고 장난치는 사람은 드물죠. 회사 측에서 들으면 펄쩍 뛸 소리지만 자연인으로서의 제 견해는 솔직히 그래요. 보험을 들고 보험금을 받기 위해 사고로 위장한 자살을 했다면 보험금을 지급해야 한다고 봐요. 제 목숨을 걸어야 할 만큼 돈이 필요하다면 그것보다 절박한 상황은 없는 거고 보험이란 그런 때를 대비해서 드는 것이니까요."

아내는 내게 그런 자세를 요구했는지도 모르겠다. 남겨진 우리는 옷자락 속에 같은 크기, 같은 무게의 통증을 느끼는 상처 자국을 가진 한 쌍의 짐승이라고 생각했는데 아니었다. 아내와 딸에게 나는 가해자였다. 몇 푼 치료비 때문에 딸의 목숨을 포기한 냉혈한이었다. 아내는 밤새도록 흐느껴 울다가 간간이 미친 여자처럼 소리를 지르곤 했다. 돈이 뭔데? 그깟 돈 몇 푼에 아이의 목숨을 포기한 거야? 목소리가 들리지 않는 벽의 양편에 서 있는 것처럼 우리는 차단되어 있었다. 죽은 건 딸이 아니라 우리 두 사람이었다. 우린, 이전의 우리는 없어져 버렸다. 더 빌릴 수 있었다면 나도 더 빌렸을 것이다. 갚을 길이 없는 줄 뻔히 알면서도 보름 후에 갚겠다고 천연덕스럽게 거짓말을 해서라도 빌렸을 것이다. 포기했다면 딸의 목숨이 아니라 돈을 빌리는 일이었다.

"대체로 보험 사기는 보통 손해보험 쪽에서 많이 발생합니다."

"고통스럽군요. 이런 오해를 받다니."

나는 오해가 고통스럽다고 말하는 그를 쳐다보았다. 손해 사정을 하다 보면 나는 늘 상대방에게 고통을 주는 사람이 된다. 아내도 나를 보는 것이 고통스럽다고 말한다. 아내는 나를 자신과 동류항으로 묶기를 거부하고 있다. 아내는 끊임없이 내게 죄의식을 불러일으키고 싶어 한다. 내가 받고 있는 고통의 분량이 터무니없이 적다고 생각한다.

카테터를 교환하는 게 고통스럽다고? 물어봤어? 대답을 들었어? 우리가 뭘 선택할 수 있는 거야? 대답은 누가 할 수 있는 거야? 당신은 아니야. 그 전날 밤까지도 걔는 손을 잡으면 내 손가락을 꼭 쥐었고 발바닥을 간질이면 발가락을 꿈틀거렸어. 가족이라고 생각했다면 당신은 그럴 수가 없었어.

언젠가는 새벽에 날 깨웠다.

"물어볼 게 있어."

한숨도 자지 못한 눈빛이었다.

"카테터를 뽑기 전에 사랑한다고 말해 줬어?"

마지막으로 카테터를 뽑을 때 아이는 이미 의식이 없었다. 그래도 나는 아이의 귀에 사랑한다고 말했다.

"응, 말했어."

그럴 줄 알았다는 얼굴로 아내가 나를 푸르게 노려보았다. 나는 아내가 미쳐 가는 게 아닐까 두려웠다.

"말하지 말았어야지. 말하지 말았어야지. 알았을 거야. 우리가 포기하리란 걸."

모든 슬픔에는 희생양이 필요하다. 나는 아내가 슬픔을 이겨 내게 되는 어느 순간까지 가해자가 되어도 상관없다고 생각했다. 어떤 터무니없는 욕설이나 느닷없는 통곡이나 며칠을 계속되는 침묵이라도 견뎌 내려고 했다. 아내의 혈관에 나쁜 지방처럼 덩어리로 흘러다니는 슬픔이 녹아내리려면 분노든 슬픔이든 증오든 지독하게 뜨거워야만 할 것이다. 지독하게 뜨거워야만 그것들을 태워 없앨 수 있을 것이라고 생각했다.

그러나 이즈음 하루 종일 잠옷 바람으로 아이의 침대에 누워 있는 아내가 원하는 건 상처의 소멸이 아니라는 생각이 든다. 고통이 물처럼 담담하게 흘러내리게 되는 그런 망각이 아니라 아내는 여전히 아이의 재잘거림과 체온과 세상의 어느 것으로도 대체할 수 없는 보드라운 입술이 볼에 와 닿는 느낌을 놓치게 될까 두려워하고 있는 것처럼 보인다. 아내는 고통에서 벗어나기를 원하지 않고 있었다. 손에 쥔 아이의 옷자락을 결코 놓지 않으려 했다. 질병의 치유를 바라지 않는 환자를 바라보는 의사처럼 나는 무력할 뿐이다.

나는 내 앞에 앉아 고통을 얘기하는 이 사람에게 이렇게 말해 주고 싶다. 말해질 수 있는 건 고통이 아닙니다.

"이런 말까지 할 필요는 없겠지만…… 대학 병원 의사는 환자를 보고 학생을 가르치기만 하는 자리는 아니죠. 학회지에 논문을 발표해야 하고 논문 등급 평가는 가혹하게 순위가 매겨집니다. 작년에 시작한 사회 표본조사 프로젝트가 있었는데 비슷한 연구가 벌써 다른 팀에서 상당히 진척되어 있다는 걸 얼마 전에 알게 되었어요. 학생들은 자신의 진로에서 이 프로젝트가 얼마나 중요한데 그것도 몰랐냐는 식으로 은근히 날 원망하고, 아니 그런 느낌을 받았다는 거죠. 지금 방향을 바꾸기엔 너무 많은 연구비와 시간이 지불된 셈인데. 물론 그런 것보다 나 자신이 바보 같다는 생각이 들면서 심리적으로 많이 힘들었어요. 그날도 그만 울적해져서 차를 몰고……."

손해보험액 산정에 사고 당시의 정서적 상태에 대한 배려 같은 건 물론 없다. 그 역시 아내와 나의 관계에서처럼, 나의 침묵이 두려운 모양이다. 묵묵히 바라보는 내게 주지 않아도 될 정보까지 주려 한다.

눈물과 분노, 돌연한 흐느낌과 소리 지르기에 대해 달래고 받아 주던 나도 언젠가부터 같이 소리를 지르기 시작했다. 너무 많은 감정이 뒤섞여 하얗게 빛나는 눈빛으로 날 쏘아보던 아내는 다른 방법을 택했다. 화를 폭발시키거나 느닷없이 쏟는 눈물 대신 완전한 침묵 속으로 들어가 버린 것이다. 아이를 잃은 후 아내는 계속 아이의 침대에서 잠을 잤다. 이제 딸아이의 침대에 웅크리고 누워서 아내는 화를 내지도 일어나지도 않았다. 편해졌는가? 아니다. 그건 기껏 돈 몇 푼에 딸아이를 포기했다고 소리를 지르거나 깊은 밤의 끝없는 흐느낌보다 훨씬 나빴다. 벙어리처럼 단 한마디도 나누지 않는 집으로 들어가는 밤이면 차가운 우물 속으로 걸어 들어가는 것 같다.

해가 거대한 시계의 초침처럼 툭툭 꺾인다. 실내는 아주 작은 등을 하나씩 꺼 나가는 것처럼 미세하게 빛을 잃어 간다. 갑자기 참을 수 없는 졸음이 밀려온다. 조금만 어두우면 잠은 바로 달려든다. 인체의 수면 시계는 무릎 뒤에 있다지. 나는 종아리를 툭툭 쳤다. 오후에 처리해야 될 사고 차량이 하나 더 남아 있다. 업무량을 할당하는 부장을 보면 팥쥐 엄마 같다. 늘 퇴근 시간을 초과해야 마무리할 수 있을 만큼의 일들이 주어진다. 정비소로, 현장으로, 병원으로 뛰어다니다 보면 9시를 넘기는 건 예사다. 환자들이 입원해 있는 병원을 밤에 불심검문해서 자리를 비운 가짜 환자를 적발해야 하며 동시에 생명보험사의 설계사 업무를 해야 하고 일주일에 닷새를 수학을 가르쳐야 한다. 수학책 놓은 지가 언젠가. 가르치는 시간만큼 미리 교재를 보고 가야 하는데 한 번씩 갑작스러운 질문에 부딪치면 땀이 나서 안경이 뿌예졌다. 커피를 너무 마신 밤이면 펜을 쥔 손이 저절로 부르르 떨릴 때도 있다. 고객을 만나 약관에 대해 떠들다 보면 내 속에서 무언가가 타고 있는 듯 단내가 코끝에 매달리곤 한다. 운전을 하거나 학생을 가르치다 가수면 상태로 들어가지 않으려면 아무래도 지금보다 조금은 더 자야 버틸 수 있을 것 같다.

"그렇겠지요. 그런데."

나는 극적인 효과를 노리는 사람처럼 말을 끊는다. 그의 얼굴은 이제 완연히 피로해 보인다.

"사고 당시에 차 안에 누구 다른 사람이 있었나요?"

"이렇게 나오시면 더 이상 얘기하고 싶지 않습니다."

"왜 교수님의 오른쪽 이마에 상처가 났는지 이해하기 어려워서요. 에어백이 작동한 상태에서 그쪽이 차에 부딪히기는 어려운 일인데."

"나로선 너무 놀라서 당시 상황을 잘 기억할 수가 없어요. 사고 순간에 그랬는지 차에서 나오다 그랬는지. 상처가 생긴 것도 집에 와서야 알았죠."

그의 말이 약간 빨라졌다. 내 목소리는 조금 더 낮아진다.

"그러셨겠지요. 가벼운 접촉 사고라도 운전자에게는 정신적으로 아주 큰 충격을 주게 되죠. 게다가 술을 좀 드신 상태에서 동행한 사람이 대신 운전대를 잡고 있던 중이라면 더 당황하셨을 것입니다."

"이런 식으로 피해자를 괴롭히는 게 당신들 일인가요?"

"전혀 그렇지 않습니다."

"무슨 근거로 이토록 터무니없는 말을 내가 듣고 있어야 하나요?"

"그렇죠. 근거. 교수님이 사고 신고를 늦추고 그사이에 추가로 보험을 가입했다 한들 증거가 없다면 어쩔 수 없는 거죠."

"내가 사고 신고를 일부러 늦게 하고 그사이에 보험을 가입했단 말입니까?"

"그 부분에 대해서는 사실 우리는 아무런 증거도 가지고 있지 않습니다."

"하. 그럼 다른 부분에 대해선 무슨 증거라도 있다는 겁니까?"

그는 기가 막히다는 듯 소파 등받이에 몸을 기댄다. 테이블 위의 휴대폰이 진동을 한다. 그는 그 작은 소리에 깜짝 놀라 몸을 일으켰다. 사고 처리 때문에 상담하기로 했던 사람이었다. 만나기로 해 놓고 보니 보험 처리를 할까 말까 고민이 된 모양이었다.

접촉 사고입니까? 골목길에서 후진하다 드럼통 세워진 걸 못 봤거든요. 자기 과실 100프로군요. 주민등록번호 불러 주세요. 네. 차량 번호 1701. 수리비가 꽤 나오긴 했는데. 불과 3개월 전에 비슷한 사례가 있었네요. 이렇게 되면 보험료율 상승하는 건 알고 계시죠? 대충 펴서 타세요. 길게 보면 제 살 깎아 먹기니까요. 여기서 또 할증되면 3년간 지속됩니다. 수리비가 싸게 먹힐 거 같은데. 어떻게 하실래요. 생각해 보고 다시 전화 주세요.

그는 아마 전화하지 않을 것이다. 두 시간 절약이다. 나는 조금 여유를 가진다.

"그래요. 저도 이 일 하고 있지만 보험회사 나쁜 새끼들입니다. 10년, 20년씩 보험 넣어 왔는데 사고 한 번에 가혹하게 보험료율 인상이죠. 그러니 어지간한 건 자기가 손봐 버릴 수밖에요. 아까 어디까지 얘기했던가요? 제가 에어백 말씀은 드렸나요?"

"에어백이라니요?"

"아, 어젯밤에 사고 차량을 살펴보러 갔었습니다. 그것도 제 일이니까요. 차를 깨끗이 다루셨더군요. 뒷범퍼도 깨알만 한 흠집 하나가 없고. 수입차 AS는 정말 눈 튀어나오지 않습니까. 펴서 도색해 줘도 될 걸 무조건 교체하라고 그러지 않나. 찌그러진 부위도 하필 범퍼에서부터 문과 몸체까지 걸쳐 있더군요. 정말 끔찍하죠. 제가 에어백을 살핀 건 우연이었습니다. 보통 에어백 같은 건 관심이 없죠. 다만 수입차 에어백은 국산과 재질이 어떻게 다른지 궁금했거든요."

그는 이 방이 손님을 맞기에는 이제 좀 어둡다는 생각이 들지 않는 것일까. 실내는 너무 조용해서 벽시계의 초침 소리가 들려오고 있었다. 미친 듯이 졸음이 밀려왔다.

"운전석 에어백에 립스틱이 묻어 있더군요. 근데, 에어백에 묻은 립스틱은 사모님 건가요? 그리 진하지 않은 핑크빛이던데."

그는 이제야 진짜 고통스러운 것일까. 그의 입술을 바라보았다. 난 눈을 마주 볼 만큼 가혹하진 못하다. 말해질 수 있는 건 고통이 아니야. 아픔을 표현할 수 있는 건 참을 수 있다는 거야. 살다 보면 이런 건 아무것도 아니지. 그 말을 해 주고 싶다. 그는 말없이 자리에서 일어났다. 구석에 있는, 내가 미처 보지 못했던 작은 냉장고에서 음료수 캔 두 개를 꺼내 들고 와서 앉아 테이블에 올려놓았을 뿐

권하진 않았다.

나는 파일의 맨 뒤에 끼워져 있던 용지를 꺼내 그에게 내밀었다. 이번 사고에 대한 기록과 그 아래 이 사고와 관련하여 차후에 어떤 보상도 요구하지 않겠다는 내용이 깨끗이 정리되어 있었다. 그는 글씨가 아니라 종이 자체를 보듯 시선을 움직이지 않고 있더니 펜을 들어 아래쪽에 사인을 했다. 볼펜 끝의 흰 별이 유난히 선명했다. 그의 손이 떨리고 있어 사인을 하는 동안 나는 손바닥으로 종이를 눌러 주어야 했다.

방에 들어오던 순간부터 지금까지 나는 내 속의 나와 거래를 하고 있었다. 한때 나의 스승이었던 이 사람을 어디까지 몰아갈 것인가. 부장이 언질을 주었듯이 회사 부담금을 제로로 했을 때 받을 수 있는 포상에서 그칠 것인가. 부장도 이런 완벽한 결과를 기대하고 있지는 않을 것이다. 에어백에 대한 얘긴 하지 않았으니까. 나는 이 일에 관한 한 그에게 신이 될 수도 있다. 유리하게 보험액 산정을 해 줄 수도 있고 파렴치한 협박범이 될 수도 있을 것이다. 내 왼쪽 안주머니에 들어 있는 내용증명을 생각한다면 나는 좀 더 가혹해질 수도 있다. 내 앞에 앉은 이 사람이 나쁜 사람이라고는 생각지 않는다. 자기 앞에 펼쳐지는 생에 날마다 깜짝 놀라야 하는 것이 인생이란 것쯤은 나도 알고 있다. 사실 그가 원했던 건 많은 보험금이 아닐 것이다. 그는 다만 비밀을 덮어 줄 한 겹 보호막이 필요했을 것이고 자신이 운전한 것을 기정사실로 하기 위해 당연히 보험도 청구해야만 했을 것이다. 그의 삶의 이면의 정절까지 내가 요구할 권리는 없다고 생각한다. 그날 그가 어떤 여자와 통일로 근처의 카페에서 맥주를 한잔했다면 그래야만 했던 이유가 있을 것이다.

아내와 차가운 우물 속에 누운 것처럼 살아오던 지난봄의 어느 날 나도 그 지독한 슬픔 가운데서 낯선 여자를 안으려 했던 밤이 있었다. 딸이 죽은 지 한 달이 채 지나지 않은 날이었다. 아내는 밤마다 아이의 침대에서 잠들었다. 그랬다 해도 그때 내게 결핍된 것이 섹스는 아니었다고 생각한다. 거액의 보험계약을 따낸 동료가 저녁을 내고 단체로 몰려갔던 나이트에서 부킹으로 만난 여자였다. 초저녁부터 들이켠 술에 취해서 여자가 묵고 있다는 호텔까지 같이 갔었다. 동남아시아 쪽 항공사의 스튜어디스라는 여자는 자꾸 짜증을 냈다. 콘돔이 있느냐고 물어보더니 없다고 하자 그랬다. 한국 남자들 왜 이래, 콘돔도 안 가지고 다닌단 말이야? 여자는 날짜를 따져 보더니 그냥 하자고 했다. 여자의 벗은 몸은 꽤 괜찮았다. 배 위로 올라가 몸속으로 들어가려 하자 여자는 또 짜증이었다. 아파. 한국 남자들은 왜 이렇게 서두르는 거야? 앙탈로 봐줄 수도 있었는데 왜 나는 여자의 빰을 때리며 욕을 해 주고 일어나 옷을 입고 돌아 나왔을까. 썅년, 이게 말끝마다 한국 남자야. 뺨을 감싸 쥔 여자의 눈이 커졌다. 니가 뒹굴어 봤자 동남아 놈이지. 나는 그날 밤, 잠시 잊고 싶었을 것이다. 질기게 날 사로잡고 있는 것들을 아주 잠시 동안이라도 잊고 싶었을 것이다.

가혹한 신이 내게 카테터를 교환할 것인지 아니면 아이의 고통을 이만 멈추게 할 것인지 도무지 선택할 수 없는 질문을 했듯이, 나도 그에게 무언가를 선택하라고 요구할 시간이 되었을 뿐이다. 내가 그의 아내에게 전화를 할 것인가, 하지 않는다면 어떤 대가를 지불할 것인가. 그건 그래도 내가 내 생의 모퉁이에서 스핑크스에게 받았던 질문에 비하면 아주 수월한 것 아니겠는가.

그날 밤, 링거가 연결된 딸의 왼쪽 팔목은 얼음처럼 차가웠다. 나는 링거 아래쪽의 클램프를 돌려 약이 절반만 떨어지게 조절했다. 이제 한 방울씩 떨어지는 약도 제 체온으로 데울 수 없게 된 거야. 나는 천천히 식어 가는 아이 옆에 서서 내 결정을 합리화하고 있었다. 더 이상의 고통을 주고 싶지 않아. 더 이상은 고통받는 널 지켜볼 수가 없어.

아니다. 사실을 말하자면, 불안하게 흔들리는 심전도 모니터를 지켜보며, 가망 없이 꺼져 가는 불에 풀무질을 하듯 점점 많은 분량의 아드레날린을 링거 선에 퍼부어 대던 그날 밤, 카테터를 뽑아 버린 순간 나는 너무 늦게 깨달았다. 삶은 스스로 완벽하다는 것을. 어떤 흐트러진 무늬일지라도 한 사람의 생이 그려 낸 것은 저리게 아름답다는 것을, 살아 있다는 것은 제 스스로 빛을 내는 경이로움이라는 것을.

어딘가가 좀 아픈 듯한 얼굴로 앉아 있는 그를 쳐다보자 오래전 수업 시간에 그가 했던 말이 떠올랐다. 여러분, 우주 공간엔 우리 귀에는 들리지 않는 아름다운 천상의 음악 소리가 흐르고 있어. 별들이 부르는 노래라고나 할까. 당신들 말이야, 언젠가 그대들 삶의 절정에서 그 음악 소리를 듣길 바라. 나는 어쩌면 지난 어느 날 그 천상의 음률을 들었다는 생각이 든다. 아빠, 아빠 눈 속에 별이 있어, 그 속삭임 말이다.

그러자 나는 어딘가 이 방처럼, 초침 소리가 들릴 만큼 조용하고 어둑한 구석으로 가서 좀 울고 싶다는 생각이 들었다. 손에서 미끄러진 유리잔처럼 깨어져 어지럽게 흩어진 내 생에 대해, 돌이킬 수 없는 가혹한 선택에 대해, 걸을 때마다 뒤꿈치에 불이 켜지는 야광 운동화를 신어 보지 못한 채 떠나 버린 딸아이를 생각하며, 무엇보다 이 사람을 처음 만난 날로부터 지금까지 살아오면서 내가 잃어버린 것들에 대해.

비소 여인

전화로 위치를 들었을 뿐이지만 기숙학교를 찾는 일은 어렵지 않았다.

사감이 가르쳐 준 대로 삼거리에서 산 쪽으로 좌회전하자 다디단 빵 냄새가 차 안으로 밀려들어 왔다. 가파른 언덕으로 이어진 길의 입구에는 양쪽으로 빵집이 줄지어 서 있었다. 어지러울 만큼 공기가 달았다. 개미 따위의 해충을 구제하는 일이 이미 나에겐 더 이상 일로서의 흥미를 주지 못하지만 여자 기숙학교에서의 작업이라면 조금쯤 색다른 기분으로 하루를 지낼 수도 있을 것이었다.

보통 공휴일에는 일을 하지 않았다. 그런데 일주일 전에 통화했던 사감은 연휴가 시작되는 오늘 일을 해 주었으면 좋겠다고 했다.

아무래도 독한 약품을 사용하는 일이라면 학생들이 집으로 돌아가거나 여행을 떠나 기숙사가 비는 연휴의 첫날 해 주셨으면 좋겠군요.

모성애와 느닷없는 교태가 뚝뚝 흐르는 사감의 목소리를 들으며 나는 어쩐지 여자의 외모가 차갑고 호리해 보이지 않을까 생각했다.

저희가 사용하는 약품은 인체에 아무런 해도 끼치지 않는 안전한 제품들입니다. 미국 식품의약안정청이 허가한 것들이죠. 다른 업체에 비해 시공비가 약간 높긴 하겠지만 효과나 인체에 대한 안전성을 생각하신다면 결코 비싼 것이 아닙니다. 저희에게 일을 맡기시면 최소의 비용으로 눈에 띄는 결과를 보실 수 있을 것이지만 저희로선 그것보다 안전성을 자랑하고 싶습니다.

대부분의 여자 기숙학교의 사감들이 그러하듯 그 여자도 자신이 담당한 여학생들에 대해 과잉된 보호 본능을 가진 것 같았고, 그 비용이란 것도 결국은 자신이 지불하는 것이 아니라 학교에서 지불되는 것이었으므로 사감은 망설임 없이 그러자고 했다.

"여자 기숙학교에 들어가 보는 건 처음이에요."

연휴가 사흘씩이나 이어지는 날의 처음 하루를 살충제 도포로 보내는 일이 결코 기분 좋은 일은 아니겠지만 최 군은 간호대학에서 운영하는 여자 기숙학교에서의 일이라고 말하자, 에이 신나는 계획도 없는걸요 뭐, 하며 따라나섰다.

그리 높지 않은 야산을 케이크 한 조각 잘라 내듯 싹둑 잘라 낸 자리에 기숙학교는 자리 잡고 있었다. 아무런 개성도 없는 3층짜리 콘크리트 건물은 인적마저 없어 쉬고 있는 공장처럼 보였다.

"아무도 없는 것 같은데."

최 군이 실망스러운 표정으로 안쪽을 기웃거렸다.

견고해 보이는 스테인리스 셔터가 내려진 입구에 서서 초인종을 네 번째, 그것도 오래 누르고 있을 때 2층으로 연결된 계단 쪽에서 누군가가 서두르는 기색 없이 걸어 내려왔다.

"어디서 오셨나요?"

"대륙케미컬이요."

최 군이 필요 이상 큰 목소리로 외쳤다. 어두운 건물 안에서 최 군의 목소리가 되돌아왔다. 여자는 아무 말 없이 문을 열어 주었다. 간지러운 가을볕이 살랑이는 바깥에 비해 건물 안은 놀랍도록 썰렁했다.

"사감 선생님은요?"

"선생님은 여행을 가셨어요. 저 혼자뿐이에요. 일은 얼마나 걸리나요?"

나는 좀 놀랐다. 건물은 젊은 여자가 아니라도 누군가

혼자서 밤을 지내기에는 두려울 만한 공간이었다. 무릎이 나온 까만 레깅스 위에 후드가 달린 올리브그린의 티셔츠를 입은 여자를 나는 새삼스럽게 쳐다보았다. 보통 사람은 일생 동안 볼 수 없는 인간의 내부를 들여다보는 해부학 수업이 이 여학생을 이토록 대담하게 만든 것일까.

건물이 사람의 온기를 압지처럼 빨아들이는 것이 느껴졌다. 철 늦은 반소매 셔츠를 입은 최 군이 오줌을 눈 것처럼 어깨를 부르르 떨었다. 여학생이 스위치에 손을 대자 천장의 형광등들이 조금씩 다른 시차를 두고 켜졌다.

불빛 아래서 여학생의 얼굴은 창백해 보였고 코끝에서 입술을 지나 턱에 이르는 선은 아직 성장을 끝내지 않은 사춘기 소녀의 느낌이었다. 여학생은 남을 상처 입히기보다는 들고 있는 돌을 차라리 자신의 발등에 떨어뜨릴 것 같은 눈빛을 하고 있었다. 한순간 그 눈빛이 마음에 턱 걸렸다.

"종일 걸릴 겁니다. 인체에 무해한 약품을 사용하긴 하지만 오늘 하루 정도는 외출하시는 것도 괜찮겠습니다."

최 군이 차의 트렁크를 열고 약품과 도포용 도구들이 들어 있는 함을 실내로 들어 옮겼다. 가을 햇살이 부서지는 차의 금속 표면에 낙엽이 몇 개 내려와 앉았다. 건물의 실내와 바깥 풍경은 마치 한 화면을 쪼개어 두 개의 다른 영화 필름을 나란히 영사하고 있는 것처럼 확연히 선을 그으며 다르게 펼쳐졌다.

"상관없어요. 개미 약 정도는. 개미가 너무 많아 모두들 일과처럼 방에 스프레이를 뿌리는걸요. 방문은 모두 열려 있어요. 3층부터 해 주세요. 일이 끝난 방은 제가 다시 문을 잠그겠어요."

위층으로 올라가는 계단 쪽을 가리키고는 여학생은 자신이 먼저 그 계단을 올라가 버렸다.

*

방은 전형적인 기숙사 방 배치를 따르고 있었다. 2층 침대가 양쪽으로 놓이고 방의 네 귀퉁이에 책상이 자리 잡았고 작은 옷장이 하나씩 딸려 있었다. 여학생들의 방은 짐작했던 것보다 훨씬 지저분했다. 방역을 할 것이라고 얘기했을 텐데도 만화책이나 입던 속옷을 함부로 침대 위에 집어 던져 놓은 방도 있었다. 어떤 방은 푸른곰팡이 냄새가 독하게 났다. 음료수나 컵라면 따위의 국물을 쏟고 뒤처리를 제대로 하지 않은 탓일 것이다.

최 군과 내가 양쪽 끝으로부터 시작해 3층 작업을 거의 끝냈을 때 여학생이 계단을 올라왔다. 제각각 모양이 다른 머그잔에 커피를 가져왔는데 차갑게 고여 있던 곰팡이 냄새 속으로 커피 향이 아주 근사하게 퍼졌다. 커피는 마르기 전의 콜타르처럼 진해 보였고 쇳물처럼 뜨거웠다. 아직 커피 맛을 모르는 최 군은 한 모금 마시더니 이마에 세로 주름을 지었다. 세 스푼의 설탕을 넣는 녀석으로서는 괴로울 것이다.

물을 가지고 어떻게 이렇게 뜨거운 온도를 낼 수 있는 걸까. 벙어리처럼 여학생은 한마디도 하지 않았다. 심지어는 커피를 마시라는 말조차도.

"왜 여자애들은 저런 남자를 좋아하는지 모르겠어."

최 군이 꿀꺽 소리가 나게 커피를 목으로 넘기며 불만스럽게 말했다.

"누굴?"

"디카프리오 말이에요. 옷장 문에 안 붙여 놓으면 옷장 속에 붙여 놓았다니까요. 겁 많은 기집애처럼 생겨 먹은 녀석을."

나는 얼른 여학생의 얼굴을 살폈다.

"야, 남의 옷장은 왜 봐. 약만 바르면 됐지."

"문 열면 보이잖아요."

여학생은 못 들은 척 마지막 초록빛을 안타깝게 붙들고 있는 뜰을 내려다보며 공기를 마시듯 소리 없이 뜨거운 커피를 마시고 있었다. 아무래도 커피는 너무 진했다. 머쓱해진 최 군이 러닝셔츠 바람의 왼팔을 들어 접었다 폈다 하며 섬세하게 발달된 근육을 이리저리 살펴보았다.

"개미는 절대 없어지지 않을 거예요."

커피를 벌컥 마셔 버린 최 군이 약품 통을 들고 계단을 내려가는 걸 보며 여학생이 말했다.

"왜 그렇게 생각하세요?"

연한 갈색을 띤 눈동자가 나를 빤히 쳐다보았다.

"아실 텐데요. 이 일을 오래 하셨다면. 개미를 완전히 없앨 수 없다는 걸요."

"완전히라."

그건 아마 맞는 말일 것이다. 이 일을 하면서 일을 맡는 나나 맡기는 사람이나 서로 개미를 완전히 없앨 수 있다거나 완전히 개미를 없애 달라고 말하지 않는다. 그저 정기적인 작업을 통해 개미가 눈에 보이지 않게 할 뿐이다.

"개미를 없애려면 살충제를 뿌리는 것 외에 어떤 다른 방법이 있나요?"

"개미가 다니는 틈을 없애고 무엇보다 먹이가 없어야죠."

"여기 올라오시면서 입구에서 보셨겠군요. 그 많은 빵집들 말이에요. 여기 급식은 형편없어요. 처음 온 아이들은 구역질을 할 정도예요. 애초에 기대를 안 한다면 먹을 만한데도 말이에요. 별로 우아하게 자라지도 못한 것들이 갑자기 가난에 빠진 공주처럼 엄살들을 부리는 거죠. 이게 음식이야, 잘난 척하며 수저를 던지고는 비스킷이나 케이크, 식빵 따위로 배를 채워요. 맨발로 다니면 바닷가에 있는 모텔처럼 모래 알갱이가 바닥에 좌악 널린 느낌이에요. 전부 과자나 빵 부스러기죠. 개미는 절대 없어지지 않아요."

맞는 말이다. 개미는 과자나 빵 부스러기뿐만 아니라 마른 해산물 혹은 죽은 곤충까지 먹이로 삼는다. 이런 상태에서 개미를 없앨 수는 없는 것이다.

"애들은 개미나 바퀴가 나타나면 까무러치는 시늉을 하면서도 죽어도 과자는 못 끊어요."

"정기적인 구제를 한다면 완전히라고 말할 수는 없어도 눈에 안 띄는 정도로는 구제가 될 거예요."

그렇게 말했지만 나는 알고 있다. 개미를 없앨 수 있다는 여러 가지 약과 장치들이 있지만 인간이 집요한 만큼 그들도 집요하다. 그들은 고생대부터 생존해 오면서 유전자 속에 체득하고 있는 여러 가지 생존 방식을 가지고 여전히 개체 수를 불리고 있는 것이다.

"이 건물의 주인은 그 개미들이에요. 우린 잠시 머물다 가는 뜨내기일 뿐이죠. 걔들은 그걸 잘 알고 있어요. 모르는 건 사람들이지."

여학생의 얼굴이 너무 창백해 보여 나는 가을볕이긴 하지만 바깥으로 나가 조금 걸어 보라고 말할 뻔했다. 커피는 마지막 한 방울까지 뜨거웠다. 그걸 다 마시자 이윽고 피곤의 작은 조각까지 몸 밖으로 밀려나는 것 같았다. 커피 잘 마셨어요, 하며 잔을 받침 위에 올려놓는데 여학생이 물었다.

“개미나 바퀴를 죽일 때 아무런 감정도 느끼지 않나요? 어때요? 그냥 발바닥에 붙은 흙덩이를 문지르는 느낌인가요? 아니면 사소한 적의라도 가져야 하나요? 이 일을 하려면?”

“적의라, 개미한테 그런 걸 느껴 본 적은 없어요. 모래처럼 작아 보이지만 그들은 모이면 대단한 일을 해내지. 일개미는 일생을 일만 하다 죽어요. 태어날 때부터 자신의 몸을 도구화해서 큰 턱을 가지고 태어나는 거요. 그들의 일생에 자신의 의도라든가 자의식 같은 건 없어. 태어나서 죽는 순간까지 일하기 좋은 구조로 만들어져 있는 큰 턱을 휘둘러 죽도록 일만 하다 사라지는 거요. 때로는 자신의 알까지 다른 개미의 먹이로 제공하면서. 그것들은 삶에 대한 개념이 없어. 일상에 대해 한 번도 회의해 보지 않고 아무런 불만 없이 소멸되어 버리는 거지. 그러니까 그것들을 죽이는 데 동정심이나 연민을 가질 필요는 없어요.”

“그건 그러니까 이쪽의 관점이겠죠? 근데 이 약들의 성분이 뭐예요?”

“이황화탄소나 클로로피크린, 그 외에 몇 가지 대외비로 하는 약제들이 혼합된 거죠.”

“이 일은 직업으로 괜찮은가요?”

"왜요? 간호사보다 벌이가 나아 보여요?"

여자가 약간이라도 웃어 주길 바랐는데 눈썹 사이에 아무런 표정도 떠올리지 않고 나를 빤히 바라보기만 했다.

"처음엔 다른 일을 했어요. 청소 대행업. 선진국에서는 이미 자리를 잡은 유망 업종이죠. 일은 괜찮았어요. 나는 주문을 받고 사람 하나를 더 썼지. 최 군은 그때부터 같이 일한 애요. 성실하고 무엇보다 자신의 일에 회의가 없는 청년이야."

"개미처럼 말이죠?"

"이 일이나 그 일이나 비슷한 점이 많아요. 화학약품을 사용하고 날마다 일하는 곳이 달라지지. 늘 여자들을 상대해야 하고 그 여자들은 자신들의 지저분한 속내를 우리들에겐 아무렇지도 않게 드러내는 거요. 마치 우리를 개미나 바퀴벌레처럼 여긴다고나 할까. 어느 날 일하러 간 집에서 늦은 오후에 바퀴벌레 구제 용역 업체에서 나온 사람들과 부딪쳤소. 그들은 오후 늦게 와서 간단한 처치를 하고 주인 여자에게 우리가 하루 일하고 받는 것과 비슷한 돈을 받고는 커피를 마시고 우아하게 돌아가더군. 청소를 해주러 다니다 보면 여자들은 우리까지 넝마를 보는 시선으로 쳐다보곤 하죠."

"그래서 이 일로 바꾼 건가요?"

"무엇보다도 독한 청소용 세제를 늘 호흡하다 보니 화학

성분에 조금씩 중독이 되어서 몸이 나빠지기 시작했어요. 피곤하면 천식 기운이 있을 때도 있고 밀폐된 공간에선 갑자기 호흡이 힘들 때도 있었어요. 숨이 턱 막힌다는 건 무척 공포스러운 일이죠. 무슨 말이냐면 개인적으로 나는 개미나 바퀴에 대해 어떠한 적의가 있어 이 일을 시작한 건 아니라는 얘기요."

"이전에도 방제 용역 회사에서 주기적으로 와서 약을 살포하고 가곤 했어요. 그런 다음 날이면 난 더 많은 과자 부스러기들을 그들이 뚫어 놓은 구멍 앞에 뿌려 주곤 했어요. 여긴 그 아이들의 집이니까. 우린 손님일 뿐이죠. 나 역시 오랫동안 집이 없이 돌아다녔어요. 올해가 지나면 여기서도 나가야 해요. 졸업반이죠. 개미들에게는 이 집을 선물로 주고 싶어."

자신의 커피 잔이 비자 여학생은 하던 말을 뚝 끊고는 쟁반에 커피 잔을 얹어 가지고 돌아갔다. 오늘도 방제가 끝나면 개미들에게 먹이를 주기 위해 남아 있었다는 말인가. 내가 계단을 내려갔을 때 최 군이 복도의 왼쪽 방에서 나왔다.

"오늘 다 하긴 빠듯하겠어요. 짐들이 많아서 시간이 두 배 이상 걸려요. 얘들 왜 이렇게 어질러 놓지?"

"여긴 내가 할게. 1층에 내려가서 해. 휴게실과 특히 주방엔 신경을 좀 더 쓰고. 냉장고 아래하고 후드 속엔 바퀴

약을 떡을 쳐 놔."

간호 전문학교의 끄트머리에 위치한 기숙사 동은 주택가와 숲으로 나누어져 있었다. 완전한 고요에 어쩐지 귀가 웅웅대는 것 같았다. 정기적으로 있는 방제에 무디어져 버렸는지 방마다 잠옷이 의자에 걸려 있거나 먹던 캔을 아무렇게나 집어 던져 놓았지만 그래도 처녀들 특유의 배릿한 향기가 배어 있었다.

2층 복도의 맨 끝에 있는 방문을 열었을 때 그 여학생이 침대에 누워 있었다. 잠이 들었을까. 문소리에도 눈을 뜨지 않았다. 아픈 사람처럼 한쪽 손을 가슴에 올려놓고 2층 침대의 그늘 속에 누워 있는 모습이 어쩐지 죽은 사람처럼 섬뜩했다. 한때는 나와 한 몸이었다가 너무 일찍 둘로 나뉘어 버린 아메바처럼 이상한 끌림이 느껴졌다. 바닥에 흩어진 은회색 수은 덩어리처럼 그 옆에 눕는다면 원래부터 하나였던 것처럼 합쳐질 것 같았다.

내가 쉬는 숨소리가 내 귀에 들렸다. 여학생을 가만히 내려다보았다. 숨은 쉬고 있는 것일까. 방문을 닫고 그녀 옆에 나란히 누웠다. 기다리고 있었던 것처럼 그가 내 어깨에 머리를 기대 왔다. 외로운 아메바처럼 혹은 무심한 수은처럼.

커피가 너무 뜨겁고 진해서였을까. 일을 마치고 오후 늦게 돌아오는 길에 나는 팔목 아래서부터 손가락 끝까지가 어쩐지 무겁고 저릿한 느낌이 들었다.

"저도 이제 늙나 봐요. 이상하게 몸이 마음보다 반 박자 늦는 것 같아요."

"너 드디어 개미 약에 중독됐나 보다."

"아니면 여자 냄새에 취했는지도 모르죠. 실속도 없이."

한숨까지 쉬며 눈을 감는 녀석의 머리를 쥐어박아 주었다. 제과점 거리를 지날 때 어김없이 빵 냄새가 어지럽게 차 안으로 밀려들었다. 윤, 이라고 했다. 오늘 밤에도 그 텅 빈 건물에서 혼자 잘 것인가, 얼핏 그런 생각이 스쳤다.

*

엮어진 짚으로 아파트 정원의 나무 밑동을 둘러싸는 작업이 시작된 날, 윤은 내가 사는 곳으로 왔다. 부리가 노란 새 한 쌍이 든 조롱을 들고. 새들은 한 번씩 공기를 자르듯 칼날처럼 길게 우는 걸 빼고는 어쩐지 윤을 닮아 있었다.

연애하는 동안 미친 듯이 나에게 빠져들었던 옛 여자는 같이 지낸 지 오래지 않아 처음 내게 다가오던 그 속도로 멀어져 갔다. 이토록 인생에 대해 완벽하게 대책이 없고 미래에 대한 전망이 없는 남자는 처음 본다고 했다. 여자는 처음 자신이 매혹된 바로 그 면모들을 같이 살기 시작하면서부터는 견딜 수 없어 했다.

함께 살던 두 사람이 헤어질 때 사람들은 이유를 묻곤 하지만 그것처럼 우스운 일이 어디 있을까. 단지 한 가지 이유로 함께 살던 두 사람이 헤어질 수는 없을 것이다. 자꾸만 서로를 부딪치게 하는 무수한 까닭들이 둘 사이에는 있는 것이다. 어쨌든 그녀가 떠난 후로 오랫동안 콩나물국이나 생선조림 따위를 먹을 수 없었고 나는 늘 배 속과 가슴이 똑같이 공허했다.

생기 없던 부엌이 어느 순간부터 다시 살아나 있었다. 윤은 속 깊은 정이 있었다. 친구와 방을 얻어 잠만 자고 나오는 최 군을 주말이면 불러서 더운 국과 새로 지은 밥을 먹게 해 주었다. 부모도 형제도 없는 최 군은 그 배려가 눈물겨운 모양이었다. 늘 너무 맛있다며 윤이 해 주는 저녁을 먹고 주말 연속극을 같이 보고 갔다.

개미에게 그 기숙학교의 방을 주어 버리고 내가 살고 있던 아파트로 가방을 들고 들어올 무렵 윤은 시내의 병원에 근무하게 되었다. 그럼에도 윤은 여전히 사춘기가 끝나지 않은 여학생처럼 보였다. 야간 근무가 있는 날이면 그 기숙학교에서 나에게 끓여 주었던 것처럼 진하고 뜨거운 커피를 마시고 나갔고 나는 여전히 개미나 바퀴의 방제를 필요로 하는 곳에 출장을 가서 서식하는 해충에 적합한 약을 도포하거나 살포해 주는 일을 했다.

그 일은 이제 익숙해져 힘이 들지 않았고 나는 새로 직업을 바꾸겠다는 생각 같은 것은 하지 않았다. 그리 넓지 않은 공간은 최 군 혼자서도 해낼 수 있었고 주문이 밀리면 둘이 따로 일을 나가기도 했다. 옛 여자는 나를 베짱이과라고 했다. 맞는 말일 것이다. 하루에 두 군데 일을 뛰는 짓은 하지 않았고 내가 생활하는 데 그 이상의 돈이 필요하지도 않았다. 윤은 생활비에서 필요한 돈을 더 달라는 소리도 하지 않았고 옛 여자처럼 평수를 줄여서라도 내 이름으로 된 아파트를 가지자는 억지도 부리지 않았다. 윤은 병원 일이 힘들지 않다면서 대륙케미컬의 경리를 맡아 주었다. 그 일까지 맡기고 나자 일상은 더욱 단순하게 흘러갔다. 윤은 뜻밖에도 숫자를 다루는 회계 업무를 재미있어했다. 최 군은 토요일 밤이면 우리 집에 와서 늘 저녁을 먹고 갔다. 빌딩 사이를 쏘다니는 바람 소리가 위협적으로 윙윙대는 밤이었다.

"미스터 최는 정말 가까운 친척이 아무도 없어?"

"없어요. 나이가 꽉 찰 때까지 시설에 있다가 나왔는걸요."

"고생을 많이 했겠네."

"고생이라고 생각하면서 일한 적 없어요. 외롭다는 생각을 한 적도 별로 없고요. 한때라도 편하거나 사랑을 받으며 살아왔다면 힘들다, 외롭다, 생각했을 거예요. 여기 와서 주말 저녁을 지내면서 알게 됐어요. 아, 내가 불쌍하게 살아왔구나, 나처럼 외로운 사람도 없구나, 그렇게요. 저도 여자가 생기면 빨리 같이 살고 싶어요. 요즘엔 저녁에 김치찌개 냄새가 나는 불 켜진 집으로 돌아가고 싶다는 생각을 해요. 여기 와서 주말을 보내면서부터요. 폐도 그만 끼치고 싶고요."

최 군이 모처럼의 긴 말 끝에 수줍게 웃었다.

"그랬었구나."

모진 바람 소리가 아파트의 빈 골목을 날카롭게 자르며 지나가자 그의 말처럼 실내는 유난히 따뜻하고 달콤하기까지 했다. 지금 우리의 생에 결핍된 것은 아무것도 없는 것처럼 보였다. 윤이 최 군의 머리카락 속에 손갈퀴를 넣어 휘저으며 말했다. 최 군은 막냇동생처럼 코를 찡그리며 날 보고 웃었다.

"나도 기억하는 어린 시절부터 이런저런 친척집에 얹혀 살았어. 기억이 시작되는 그 시점에 벌써 엄마는 없었어. 아버지에 대한 기억은 나 자신도 확신할 수가 없어. 내 머릿속에서 만들어진 것인지 아니면 실제 아버지의 모습인지. 가장 오래 같이 살았던 사람은 내가 큰어머니라고 불렀던 사람이야. 그 사람이 진짜 내 큰아버지의 아내였는지 아니면 아버지의 본부인을 그렇게 부른 것인지도 모르겠어. 때때로 나는 짐짝처럼 처음 보는 친척의 집에 내 의도와는 전혀 상관없이 보내지곤 했어. 어린 나에게 특별히 이야기책에 나오는 것처럼 모질게 학대를 하거나 냉대를 한 사람은 없었지만 나는 눈에 보이지 않는 정이라든가 살가운 사랑이 오가는 전류의 흐름에서 비껴나 있었어. 착한 사람의 눈에만 보이는 환상 속의 금실로 된 옷처럼 나에게는 그 금빛 사랑이 내 머리 위로 비껴 날아다니는 것을 볼 수 있었지. 이 아이가 클 때까지만. 이 좁디좁은 바닥에서 모진 친척으로 손가락질받지 않기 위해. 오직 그 이유 하나만으로 그들은 나를 거두고 먹여 주고 입혀 주었어. 그 밥은 먹어도 배가 부르지 않았고 그 옷은 입어도 이상하게 온기가 느껴지지 않았어."

"그림책 속에서 끄집어내 온 옷처럼 말이죠."

최 군이 눈에 눈물이 글썽해서는 그렇게 말했다.

처음 듣는 이야기였다. 나는 윤의 머리를 팔로 안아 주었다. 그래서 최 군에게 그렇게 따뜻하게 대해 주었구나.

"난 누구에게도 어린 시절의 내 행복하지 못했던 날들에 대해 얘기해 본 적이 없어. 사람들은 불행한 사람들을 불쌍히 여기긴 하지만 가까이하려 하진 않아. 마음이 어두운 사람은 주위에 있는 사람의 밝고 빛나는 기운을 훔쳐 가거든. 사람들은 본능적으로 그걸 알아. 피하는 거지."

최 군이 손바닥으로 자신의 이마를 가만히 눌렀다.

"집에 가야겠어요. 이상하게 주말이면 머리가 아파요. 인체에 무해하다고 그러긴 하지만, 미물이라도 생명을 죽이는 성분이 사람에게 이롭기야 하겠어요. 연속극에 나오는 임신한 여자처럼 갑자기 헛구역질이 날 때도 있어요. 긴장이 풀려서 그런지 이상하게 꼭 주말이면 그러네요."

성의껏 차려 준 저녁을 먹고 불평을 하는 것 같아 미안한 생각이 들었는지 최 군은 씨익 웃었지만 웃음 끝에 다시 눈썹 사이를 찌푸렸다. 윤이 부엌에서 미지근한 물을 가져와 마시게 하고 화장실까지 따라가 등을 쳐 주어 토하게 했다. 전기담요를 꽂아 눕혀 놓고 옷을 풀고 배까지 문질러 주자 나는 어쩔 수 없이 약간 기분이 상했다.

"토하고 나니까 살 것 같아요."

윤은 묽게 쑨 미음을 마시게 했다. 아프긴 해도 아마도 그의 일생에 처음이었을 따뜻한 보살핌에 최 군은 파리해 보이는 얼굴을 움직여 억지로 웃어 보였다.

윤이 내준 우산을 들고 비바람 속으로 걸어 들어가는 최 군을 본 것이 그를 본 마지막 모습이었다. 한 번도 본 적은 없으나 가끔 전화로 목소리만 들었던 그의 방 동료가 월요일 아침 집으로 전화를 했다.

"상군이가 죽었어요."

상군이라, 상군이 그건 최 군의 이름이었다. 심한 장난을 하는 줄 알고 나는 얼굴을 찌푸렸다.

"오늘 새벽에요. 어제 종일 아프다고 외출도 안 하고 누워 있었어요. 설사가 나고 토할 것 같다고 해서 약국에서 활명수와 알약을 사다 주었어요. 아무 말도 없었어요. 그냥 어쩐지 기분이 이상하더라고요. 새벽에 이상한 기분이 들어 더듬어 봤더니 싸늘하게 식어 있었어요. 병원에서는 뇌출혈의 흔적이 있다고 그래요. 요즘은 젊은 사람도 스트레스로 인한 뇌출혈이 흔하대요. 수첩 보고 전화하는 거예요."

이름뿐인 먼 친척조차 없었다. 화장을 하고 유골을 산에 뿌려 주고 하는 일을 윤은 가족의 일처럼 불평 없이 해냈다. 불과 이틀 전에 같이 저녁을 먹고 머리칼을 만지던 청년이 지상에서 소멸되어 버린 것이다. 청소 대행업을 하던 시절부터 데리고 있어 친동생처럼 정이 들었다는 걸 그가 죽고 나서야 나는 깨달았다.

보험회사에서 전화가 온 날은 우리 둘 다 집에 있었다. 전화는 윤이 받았다.

"네. 그렇습니다. 그렇더군요. 저희도 그렇게 사고무친일 줄은 몰랐어요. 네, 보너스 대신 만기가 되면 결혼 비용으로라도 쓰라고 들어 줬는데, 그랬군요. 워낙 가족이 없다 보니까 계약하면서 저희를 적었나 보군요. 그렇습니까? 네, 네. 물론이죠. 그럼요."

수화기를 내려놓고 윤은 나를 건너다보며 말했다.

"같이 간호학교를 졸업했는데 도무지 그 일이 적성에 맞지 않는다고 보험 설계사로 나선 친구가 있어. 전화가 왔더라고. 미스터 최 적금 하나 들어 주는 셈 치고 가입해 주었는데 보험금을 받을 집안사람이라고는 없다고 그러네."

"생명보험인가."

"그런가 봐."

"얼마나 되는데."

"액수는 잘 모르겠어."

최 군의 뒤치다꺼리를 하면서 성의를 다한 윤이 조금도 슬퍼하지 않았던 것처럼 갑자기 생긴 거액의 돈에도 윤은 설레거나 놀라지 않았다. 그저 잠시 흐린 유리창 너머로 겨울 하늘을 무표정하게 응시했을 뿐이다.

*

나는 혼자서 일했다. 틈이 나면 웃통을 벗고 팔을 이리저리 접어 보며 자신의 근육이 만드는 곡선에 나르시스처럼 매혹되곤 하던 최 군이 죽었다는 것이 나로서는 어쩐지 그를 허공에 뿌려 버리고 나서야 더욱 진한 상실감에 빠져들게 했다.

개미를 구제하러 갔는데 말이에요, 이 여자가 안방 문을 열어젖히며 이리 와 보라는 것 아니겠어요? 새로 들인 이 침대가 어떠냐고 묻더군요. 그 여자의 의도가 뭔지를 몰라 그 방문 앞에서 한참 서 있었어요. 그래서? 에이, 저 아직 총각이에요. 붉어지던 그의 볼이 기억난다. 뜨거운 국을 마시면 겨울에도 관자놀이에 송송 배던 투명한 땀방울까지.

최 군이 사라지고 나서야 모르고 있었던 그의 미덕이 하나 둘 떠올랐다. 무슨 대단한 경영자라고 같이 일 나가면 하는 시늉만 하고선 뒤처리를 모두 그에게 맡겼었다. 하루에 한 건 이상 하는 일은 나머지가 모두 그의 차지였다. 그런데도 다정한 아우처럼 불평 없이 그 일을 해 주었다. 그럴 나이긴 했지만 피곤을 몰랐다. 정말이지 그가 김치찌개를 맛있게 끓이는 여자를 만나 두 마리 바퀴벌레처럼 질기디질기게 살아가길 바랐다. 죽음은 그가 올해 안에 갈라파고스제도로 여행을 떠나는 것보다 더 실현이 희박해 보이는 생의 시간표였다.

사무실로 일에 관한 전화가 오면 일이 밀렸다고 말하고 날짜를 멀리 잡았다. 무엇보다도 갑자기 통장으로 들어온 무수한 영이 달린 숫자는 더 이상 돈이 되는 일에 아득바득할 이유가 없게 만들었다.

*

“청소 대행업을 하다가 이 일을 시작하고서는 뭐 이렇게 쉬운 일이 있나 싶었어. 하루 종일 손목의 근육이 욱신거리도록 바닥을 문지르는 일도 힘들었지만 때때로 기도가 꽉 막혀 호흡곤란이 올 때가 있었어. 묵은 화장실 때를 녹이는 염산계 화공 약품이 연약한 인간의 점막쯤이야 순식간에 망가뜨리는 거지. 손에 낀 고무장갑이 벗겨지지 않아 문고리를 헛돌릴 때는 내가 이러다 죽지 싶을 때도 있었어. 요즘은 그래. 빈집이면 할 만한데 말이야. 집집마다 무슨 쓸데없는 가구며 장식들은 그렇게도 많은지. 사람들이 가진 것의 절반만 버린다면 피차 편할 텐데."

"조금 더 편한 일이 있긴 있어."

"무슨."

"검은 개미나 바퀴 구제와 비슷한 점이 많아."

윤은 혼자 커피를 마시고 있었다. 금방 깔아 놓은 콜타르처럼 끈적이고 검은.

"누군가에게 뭘 먹여서 중독시키는 거야."

나는 피식 웃었다. 윤은 따라 웃지 않았다.

"뭘?"

"비소."

"비소?"

"정확하게는 비소화합물이지. 아비산이나 비산 같은. 순수한 비소는 맹독을 가지지 못하니까. 기원전에 아리스토텔레스가 기록에 남긴 것이 처음 비소가 세상에 그 존재를 드러낸 순간이야. 비소는 극미량 먹으면 설사 혹은 구토 때로는 다리에 힘이 없어지거나 약간 마비되는 느낌이 오기도 하지. 꾸준히 먹다 보면 배설이 안 되기 때문에 이자가 박한 노후 연금처럼 언젠가는 일정한 양이 몸속에 쌓이는 거야. 하긴 매독의 치료약으로 쓰이기도 했으니까 일정한 양에 대해서는 인간이 그걸 이겨 내는 힘도 있다는 얘기지."

나는 팔을 벌렸다. 윤이 내 품에 안겼다. 아무 말 없이 가만히 안아 주었다. 그런 말은 너에게 어울리지 않아. 강한 척하지만 최 군의 죽음이 윤에게도 충격이고 아픔이었을 것이다. 이 아이는 생의 허무조차 조소해 버리고 싶은 것일까. 습한 숨결이 목에 닿았다. 소리 없이 울고 있다고 나는 생각했다. 윤이 꼬물거리며 내 스웨터를 올리고 혀로 배꼽을 핥았다. 나는 바지만 벗고 윤의 배 위로 올라갔다. 윤은 끝내 뜨거워지지 않았지만 집요하게 절정감을 원했다. 차갑지도 뜨겁지도 않은 가는 팔을 내 목에 감고 젖은 속눈썹만을 보인 채 눈을 감고 있었다. 부리가 노란 새 두 마리가 울지도 않고 눈을 깜박이지도 않고 우리를 내려다보고 있었다.

처음부터 잘못 출제된 고차방정식의 동류항처럼 풀 길 없는 이 생의 길에서 우리 둘은 그렇게 하나로 묶여 있었다. 처음 만났을 때보다, 그리고 새 두 마리가 든 조롱을 들고 이 아파트에 윤이 들어섰던 그날보다 이즈음 나는 점점 윤에게 빠져들어 갔다. 나는 일상의 모든 일을 거의 윤에게 맡겨 버렸다. 내 체온과 온도가 같은 늪 속으로 천천히 걸어 들어가는 것처럼 그 느낌은 편안한 한편 섬뜩했다.

*

“큰엄마가 당분간 여기서 지내기로 했어.”

저녁을 먹고 신문을 들고 앉아 기억 속에 저장되지 않는 기사들을 읽고 있을 때였다.

“큰엄마라니?”

“밤낮이 바뀌니까 누군가 낮에 집안일을 좀 돌봐 줬으면 좋겠어서.”

그건 사실이었다. 윤은 쓸고 닦는 일은 질색이었다. 오로지 부엌에서 먹을 것과 마실 것을 준비하는 일 외에는 화장실이고 현관이고 먼지를 걷어차고 다니게 만들었다. 누구라도 집안일을 도와준다면 윤도 나도 편해질 것이다. 그렇지만 나는 한 번도 보지 못한 윤의 큰엄마라는 사람과 같이 지내기는 싫었다.

“그냥 일 도와주는 사람을 일주일에 며칠만 부르면 안 될까? 차라리 모르는 사람이 편할 것 같은데.”

“오래 있진 않을 거야.”

“자식들도 있잖아.”

“딸이 하나 있었어. 그것도 진짜 딸인지 알 수도 없는. 나처럼 말이야. 지금은 혼자 계셔.”

“언제부터?”

"내일."

한마디 상의도 없이 동거인을 들이다니. 자신과의 관계가 정확하게 어떻게 되는지도 모르는 사람을.

"난 싫어. 굉장히 불편하고 이상할 것 같아."

마루 깊숙이 들어온 햇살에 얼굴을 그대로 드러낸 채 윤은 연한 갈색 눈동자를 깜박이지도 않고 나를 쳐다보며 말했다.

"오래 있진 않는다잖아."

시골에서 온 사람 같지 않게 큰엄마는 사람을 불편하게 하지는 않았다. 부엌 옆에 딸린 작은방에서 혼자 텔레비전을 보거나 우리가 나간 사이에 먼지 하나 없이 청소를 해 놓고 윤이 메모해 놓은 대로 장을 보아 주었다. 살아 보니 우렁각시라는 말이 떠올랐다. 어지간하면 식탁에서 셋이 같이 식사하지도 않았고 남의집살이로 평생을 지낸 사람처럼 지나치게 눈치가 빨랐다. 윤의 태도도 묘했다. 큰엄마라는 호칭은 불가피할 때가 아니면 부르지 않으면서 과일 하나라도 먹을 때는 꼭 빠뜨리지 않고 방으로 챙겨 넣어 주곤 했지만 나는 두 사람을 보면서 언젠가 최 군이 마지막으로 우리집에 와서 식사를 했을 때 윤이 했던 말을 떠올렸다.

난 박대를 당하지도 미움을 받지도 않았어. 그냥 그들

사이로 흐르는 금빛 사랑의 전류에서 비껴나 있었을 뿐이야. 그들이 사 준 새 옷은 따뜻하지 않았고 그들이 해 주는 음식은 먹어도 배가 부르지 않았어. 동화책 속에 나오는 옷과 음식처럼 말이야.

접어 올린 옷소매 아래로 보이는 팔목 뼈대가 굵었고 살집도 단단해 보이는 큰엄마는 그러나 시난고난 아프기를 잘했다. 늘 속이 안 좋았고 아침은 거르는 날이 많았다. 커피 대신 윤은 뜨거운 인삼차나 모과차를 방으로 넣어 주기도 했고 귀찮은 기색도 없이 묽은 미음을 쑤어 마시게 했다. 뜨거운 타월로 등을 풀어 주기도 했고 병원에서 퇴근하면서 영양제를 병째 안기기도 했다.

"소처럼 일하고 이러다 죽지 싶다가도 자고 나면 멀쩡해지곤 했는데 말이야. 나이가 무섭네. 쇠도 녹는 날이 있는 개벼. 이상하게 바보 팔 같아. 무지근한 게 꼬집어도 아프지도 않고."

미안해하면서도 팔이 심하게 저린지 윤이 주무르는 대로 팔을 맡기고는 그렇게 한탄을 했다. 뉴스 화면에서는 아파트 단지 안에 자리 잡은 소각장에서 배출되는 다이옥신 농도에 대한 자료표가 떠올랐다.

"폭력적인 정부야. 저런 걸 주거지에서 가동하고 독가스를 마시게 하다니."

"이 땅에 살려면 저런 것쯤 순응해야지."

윤은 심드렁했다.

"저것만이 유일한 문제는 아니니까. 그렇게 따지면 이 땅의 모든 산모는 폭력적인 산모가 되는 셈이거든. 모유 속에도 상당량의 다이옥신이 이미 존재하니까. 태어난 아이들은 엄마의 사랑과 함께 다이옥신을 나누어 받는 거야. 그러니 그냥 받아들여야 돼. 살면서 서로 주고받는 폭력을 낱낱이 드러낸다면 그 공포감 때문에 지레 죽어 버릴걸. 이 바닥에서 살아 나가려면 주어진 환경에 적응하고 견뎌내야 하는 거야."

"인간은 어떤 면에선 한없이 질기고 강한 존재로군."

큰엄마의 팔을 손끝부터 어깨 관절까지 조근조근 주무르며 윤은 말했다.

"한국인의 몸속 다이옥신 농도는 아직도 허용 기준치에 비하면 미미한 수준이야. 배기가스를 가지고 엄살을 떨지만 아황산의 농도도 늘 기준 이하잖아. 어떤 날 시내로 외출을 하면 목이 따갑긴 하지만 자고 나면 괜찮아지지. 강한 자만이 살아남는 거야."

그 소각장과 우리가 사는 아파트는 아주 멀었다. 윤이 사과와 철 이른 딸기를 내놓았다. 세상 좋구나, 한겨울에. 큰엄마는 팔 아픈 것도 잠시 잊고 무섭도록 생생한 딸기에 눈을 동그랗게 떴다.

집으로 들어온 지 3개월을 채우지 못하고 윤의 큰엄마는 명줄을 놓아 버렸다. 조금 과장한다면 코끼리처럼 굵은 발목과 윤의 목둘레만 한 팔을 가졌던 그의 죽음은 너무도 뜻밖이었다. 중허리를 뚝 잘린 나무라도 뿌리까지 죽어 버리는 데 그보다는 오래 걸릴 것 같았다. 돌아가시기 전 며칠 동안은 냉장고 뒤에 뭐가 있다며 환시에 시달리기도 했고 다리에 힘이 없다며 잘 걷지를 못했다. 몇 가지 복합적인 증상이 그를 괴롭힌 건 사실이지만 70이 넘은 그의 사인은 그저 노환으로 분류되었다.

내가 몸속을 세로로 관통하는 쇠꼬챙이처럼 차가운 이물감 같은 쇼크를 받은 것은 윤이 출근하고 혼자 집에 있다가 보험회사의 전화를 받은 순간이었다. 전화를 건 남자는 윤을 찾았고 남편이냐고 묻고는 전화 연락을 부탁했다. 보험의 수혜자는 윤의 이름으로 되어 있었고 호적상 그의 딸이었다. 나는 메모를 전해 주겠다고 말하고 전화를 끊었다.

만약 한 사람의 인생에서 자신의 앞에 놓인 어떤 사건이 나머지 생을 파멸로 이끌 수도 있다는 걸 미리 안다면 그 사람은 그 일을 다른 방향으로 풀어 갈 수 있는 것일까. 그럴까. 누구도 자신이 딛고 서 있는 지구의 자전축을 똑바로 세울 수 없는 것처럼 사람은 대개 자신의 운명에 결정적인 일일수록 그것에 대해 전혀 무력하다. 확실한 것은 없다. 그러나 겨울 동안 우리는 최 군의 보험금을 가지고 가장 많이 팔리는 모델의 새 차를 뽑았으며 예약 없이도 항상 이용할 수 있는 스키장의 콘도를 하나 계약했다.

정말이지 확실한 것은 아무것도 없었다. 그러나 만약 윤이 그랬다면 왜? 지금이라도 나는 이 일을 풀어 보아야 하는 것일까? 전화가 왔었다는 얘기를 전하게 된다면 나는 어떤 식으로든 이 일에 대해 무언가를 물어보아야 할 것이다. 그러나 나는 그날 퇴근하고 돌아온 윤에게 전화 메모를 전하지 않았다. 윤이 그쪽으로 전화를 하든지, 아니면 그쪽에서 다시 전화를 하든지 할 것이다. 나는 윤에게 물어보아야 할까? 최 군에게, 큰엄마에게 비소화합물이 든 커피를 준 적이 있냐고. 혹은 화학 조미료를 넣듯 뜨거운 국에, 찌개에 그걸 넣기도 하냐고. 묻는 대신 나는 새로 산 자동차에 신형 스키를 싣고 전화만 하면 언제든 묵을 수 있는 콘도로 쉬러 가게 될 것이다. 윤이 비번인 날 나는 전화로 살충제 도포를 하루 연기하면 그만이었다. 아무것도 걸리는 것이 없었다. 내가 윤에게 질문하지 않는다면.

*

나는 이즈음 나를 괴롭히는 이상한 피곤을 바라보았다. 때때로 메슥거릴 때가 있었고 이유 없이 설사가 날 때도 있었다. 술을 마신 다음 날이나 흐린 날이면 물체가 둘 혹은 세 개로 겹쳐 보이기도 했다. 나는 아이를 갖지 못할 것이라는 생각이 들었다. 몸이 극도로 무기력할 때면 윤은 금방 부어 놓은 콜타르처럼 검고 뜨거운 커피를 주곤 했다.

내게 커피를 가져다주고 자신도 커피를 마시고 있는 윤에게 나는 물었다.

"나 말이야. 무언가에 중독된 것 같지 않아?"

나는 윤의 눈을 바로 앞에서 들여다보며 말했다.

"이상하지? 피곤하면 뭔가 환영처럼 눈앞을 휙 스치는 것 같기도 하고 까닭 없이 다리가 저리기도 해. 뭔가에 중독된 것처럼 말이야."

"중독되다니."

윤이 고무 인형의 눈처럼 깜박이지도 않고 되물었다. 그의 입술은 어린아이의 그것처럼 아직 잔주름이 잡히지 않았다.

"비소 같은 것."

둘 사이에 전류처럼 흐르는 긴장을 느낀 건 나뿐일까. 공기마저 흐름을 멈추고 귀를 기울이는 것 같았다. 목 잘린 꽃처럼 희미하게 웃으며 윤이 되물었다.

"비소?"

"그래. 비소 말이야."

"그럴 수도 있지. 우리는 매일 비소를 먹고 있거든. 냉장고 안에 든 미네랄워터에도 수돗물에도 야채 샐러드에도 쌀에도 엄마 젖에도 극소량의 비소가 들어 있어. 그것들은 모두 허용치 이하의 양들이야. 하지만 배설이 안 되는 그것들을 모유에서부터 몸속에 쌓아 왔다면 어느새 우리 몸속에는 놀랄 만한 양의 비소가 축적되어 있을 수 있는 거지. 충분히 가능해."

나는 바로 앞에 있는 윤의 동공을 들여다보았다. 그것은 조금도 흔들리지 않았고 아직 의심이 뭔지 모르는 아이처럼 말간 투명함을 간직하고 있었다. 그 너머로 차갑고 흔들림 없는 단단함이 느껴졌다. 그렇다고도 아니라고도 결코 말하지 않을 고집스러움이 그 안쪽에 있었다. 그리고 그 안쪽에 또 다른 무엇이 있는지 내가 어떻게 알겠는가.

윤이 천장을 보고 내 옆에 나란히 누워 손가락으로 내 머리카락을 빗기기 시작했다. 최 군이 마지막으로 우리와 함께 보냈던 그날 밤처럼.

"처음 만난 날 당신이 했던 말이 생각나. 개미는 자신의 생을 사랑할까. 그들에게도 삶이라는 개념이 있을까. 자신의 생을 오래된 우물처럼 덮어 버리고 들여다보지 않는 존재란 개미와도 같아. 우린 닮았어. 그날 처음 만났을 때 난 그걸 알았어."

형태 없이 흐물거리는 녹조류처럼 외면하고 싶은 의문이 여전히 우리 사이에 있었다. 햇살이 깊숙이 들어오는 남향의 마루에 8월의 콜타르처럼 검고 뜨거운 커피를 옆에 둔 채 윤은 눈을 감고 편안히 누워 있다.

나는 나 자신과 한 몸이었다가 지금은 나뉘어 있는 단세포의 한 조각과 같은 여자를 처음 보는 사람처럼 들여다본다. 언젠가 내가 토하고 팔이 굳어지기 시작하면 그는 날 데리고 가서 등을 두드려 주고 부드럽고 따뜻한 미음을 먹여 주어서 나를 울먹이게 만들 것이다. 그러고 보면 윤 자신도 흐린 날이면 심한 두통으로 울 때가 있다.

그렇지만, 이 여자가 그럴 수 있을까. 나는 이제 잠들어 있는 여자의 얼굴을 들여다본다. 누구를 상처 입히기보다는 자신의 발등에 들고 있는 돌을 떨어뜨리고야 말 것 같은 얼굴. 창백하고 소심해 보이며 누군가의 상처를 제 것처럼 아파할 것 같은 얼굴. 이 얼굴로 그럴 수 있을까. 나는 물어보지 못할 것이며 물어보지 않을 것이며 기억하고 싶지 않은 일들은 기억의 회로에서 지워 버릴 수 있을 것이다. 내가 할 수 있는 건 그것까지다.

잠 속에서 윤은 중얼거린다. 나도 날 용서해 주고 싶을 때가 있어. 그런데 어떻게? 누가 날 용서해 주지?

"넌 언젠가 개미를 닮고 싶다고 말했지. 그들은 소멸을 두려워하지 않으며 존재의 의미를 생각하는 데 시간을 허비하는 일이 없다고. 패배를 두려워하지도 않고 지난 시간의 일로 상처받지도 않는다고. 개미를 닮고 싶은 네가 나쁜 게 아니야. 널 개미를 닮고 싶도록 만든 누군가가 있었어."

윤의 머리칼을 쓰다듬으며 나는 그렇게 말해 주었다.

뜨거운 여름 햇살과 과일의 마지막 단맛을 넘치도록 채워 주는 가을바람조차도 윤의 창백한 양 볼을 붉게 물들이지는 못할 것이다. 지독한 차가움이 이 여자의 가슴속에 덩어리로 존재하고 있어. 이 여자는 보험금을 원하는 것이 아니라 누군가의 소멸을 지켜보는 것에 중독돼 버린 것 같아.

윤의 머리칼을 빗겨 내리고 있는 나를 새 두 마리가 내려다보고 있다. 부리가 노란 새 두 마리는 언제부턴가 잘 울지 못했다. 날아다니기를 잊어버린 듯 힘겹게 서 있었고 허공을 자르는 칼과도 같은 울음소리를 내지 않은 지 오래였다. 플라스틱 막대기 위에 간신히 버티고 서 있는 철사 같은 두 다리가 미약하게 떨려 왔다. 햇볕이 잘 드는 마루에서 윤과 나와 노란 부리의 새 두 마리는 어느새 서로 닮아 가고 있었다.

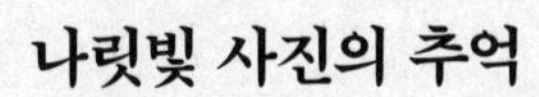

나릿빛 사진의 추억

*

안쪽에 작은 형광등이 달린 유리 케이스 위에서 사진은 전체적으로 바랜 듯한 주황빛을 띤 채 펼쳐져 있다. 여름이면 아무 곳에나 피어나는 나리꽃 빛깔이라고나 할까. 컬러필름으로 찍은 것이었는데 마치 흑백사진을 붉은색으로 토닝 처리한 것처럼 사진의 컬러는 한 가지 톤이었다.

"찍은 지 오래돼서 필름이 변했어요. 보관 상태도 좋질 못했네요. 왜 이렇게 오래 두셨어요?"

싹싹하게 생긴 사진관 총각이 사진이 제빛을 잃어버린 건 자신의 잘못이 아니라는 투로 그렇게 물었지만, 나는 1년 가까이 직장을 잡지 못하고 있었고 필름을 맡기는 따위의 일에 돈을 쓸 수 있는 처지가 아니었다는 것까지 말하고 싶지는 않았다.

난방을 하지 못한 반지하의 방 벽과 천장엔 물방울들이 무수히 매달려 있곤 했다. 사진 속의 여자는 그 물방울들을 보며 내가 모르는 재불 화가의 이름을 말했다. 바탕을 이룬 더러운 벽과 그 위에 맺힌 물방울이 마치 그의 작품 같다는 것이었다. 누군가를 사랑한다는 건 그가 살고 있는 방의 곰팡이 낀 더러운 벽에서 한 폭의 벽화를 읽어 내는 건지도 모르겠다. 그때 나는 언젠가 그의 그림을 꼭 한 번 봐야지 생각했지만 아직도 그걸 보지 못했고 이젠 그 화가의 이름조차 기억에서 지워져 버렸다.

뭐 희미해진 건 그의 이름만이 아니다. 습기가 그려 놓은 그 벽화 아래서 우리가 나누었던 얘기들, 지나고 보니 지독히 가벼웠던 맹세들, 새끼 원숭이들처럼 서로를 핥으며 맛보았던 짭조름한 땀의 미각, 사랑하고 다투고 다시 사랑했던 그토록 달콤했던 투쟁의 순간들, 그 모든 것들도 이 사진처럼 제 색깔과 촉감을 잃어버리고 기억 저편에서 나리꽃 빛으로 몽롱할 뿐이었다. 필름을 망가뜨린 건 시간이 아니라 그 지독했던 습기일 것이다.

여자와 함께 여행을 떠나 찍은 사진이었다. 숲이 초록빛을 잃지 않고 있을 때였는데 사진 속의 풍경은 숲도 바위도 사람도 하늘조차도 주황빛으로 물들어 있다. 나하고 같이 여행을 갔고 죽도록 사랑한다고 감히 말했으며 내 앞에서 화장실 문을 열어 놓고 웃음을 터뜨리며 오줌을 누기도 하던 여자, 맨다리를 다족류처럼 내 다리에 감고 또 감고서야 잠들었던 여자는 지금 내 곁에 없다. 사진 속의 나는 지금의 나보다 꼭 1년만큼 젊다. 여자는 그동안 어떻게 변했을까. 코닥 필름도 이렇게 변하는데 그 여자인들 어떻게 변하지 않았겠는가.

하긴 적절한 습도와 온도가 조절되는 지상의 공간에서라면 여자는 그때보다 더 싱싱하고 파릇하게 변해 있을지도 모르겠다. 영화의 회상 장면 화면처럼 전체가 붉은 톤으로 덧입혀진 사진 속에서 여자는 몽롱한 표정으로 웃고 있다.

같이 여행 가서 찍은 필름을 맡길 돈도 없을 만큼 내가 어렵다는 걸 알고 여자는 처음엔 괜찮다고 말했고 좀 지나자 한숨을 쉬기 시작했으며 그다음엔 이유 없이 울음을 터뜨리곤 했다. 여자가 떠나고 나서야 나는 그녀가 우리의 이별을 생각하고 미리 울었다는 걸 알았다. 그러고 보면 정말 사진처럼 추억을 불러일으키는 것도 없었다.

여전히 그 방을 떠나진 못했지만 그동안 나는 직장을 구했고 오래 묵은 필름을 맡길 정도의 여유도 생겼다. 이제 내게 아무 의미도 없는 사진을 굳이 현상한 건 1년 전 그때와 지금은 달라졌다는 걸 확인하고 싶었던 걸까.

직업을 가지기 위해서는 내가 원하는 조건을 찾을 것이

아니라 그들이 원하는 조건에 나를 맞추어야 한다는 사실을 깨닫고 나자 직장도 구할 수 있었다. 그즈음엔 나도 남 앞에서 나를 포장하는 포장지의 무늬 정도는 고를 줄 알게 된 것이다. 대학 병원을 그만두고 개업한 내과의의 아담한 종합병원에서 나는 공식적으론 엑스레이 기사였지만 실제로 내가 해내야 하는 일은 병원에 오는 환자들의 병명만큼이나 다양했다. 존재의 의미를 재는 내 속의 저울 눈금을 조정하고 나자 찾아온 것은 마음의 평화였다. 나는 누구보다도 일찍 출근하고 늦게 퇴근했다. 일찍 출근하면 먹을 수 있는 입원 환자를 위한 아침 식사는 내 주식인 라면이나 인스턴트 국과는 비교할 수 없이 맛있었고 습도와 냉난방이 완벽하게 조절되는 병원 환경이 재불 화가의 벽화가 걸린 반지하 방보다 훨씬 쾌적했기 때문이었다.

다행인 것은 원장이 내 이런 태도를 천성적인 성실함으로 보아 주었다는 것이다. 못난 놈들이란 대부분 그렇지 않은가? 못한다고 구박하면 괜한 뒷발질이라도 하고 싶은 심사가 들지만 잘한다 추어 주면 때 묻은 속옷 자락까지 들추어 뭔가를 더 보여 주려 애쓰는 법이다. 무슨 얘기냐면 지난 1년 동안 나는 겉모습보다는 속이 더 많이 변했다는 것이다. 사랑받고 살려면 이쪽에서 먼저 화해의 포즈를 취해야 한다는 것을 깨달았다는 것이다.

그래서 나는 화라고는 내 본 적이 없는 너그러운 사내의 표정으로 총각에게 대답해 주었다.

"서랍 구석에 들어 있었어. 오랫동안 정리를 못했던 거지."

"그랬군요."

건네준 2만 원을 받고 거스름돈을 챙기던 총각이 참지 못하고 기어이 한마디 했다.

"재밌는 사진도 있던데요?"

재밌는 사진? 어떤 사진을 얘기하는지 알 수 없었지만 녀석 앞에서 사진을 하나씩 체크하고 싶은 마음은 없었다. 클릭 몇 번이면 동영상 포르노가 뜨는 판에 사진이 재밌으면 얼마나 재밌겠어, 자식. 아직 철이 없어서 고객을 대하는 태도가 안 되어 있군. 조금쯤 야한 사진이 있었다 한들 못 본 척해야지. 그러나 그런 충고까지 해 주기엔 요즘 난 병원에서 너무 많은 말을 한다. 환자에게 풀 길 없는 화두나 픽픽 던지는 원장 대신 환자들은 자상한 내게서 병의 전망과 비방까지 알아내려 한다. 환자들은 내가 불성실한 역술인처럼 두루뭉술하고 긍정적인 미래를 전망해 주는 걸 듣고 또 듣고 싶어 한다. 어제 듣고 오늘 또 듣기를 원하며 한 주가 지나면 깡그리 잊어버리고 또 희망을 노래해 주기를 원한다. 그래서 나는 사진관 총각에게는 무심하게 한마디 해 주고는 밖으로 나왔다.

"그랬어?"

*

얼굴에 와 닿는 바람이 삽삽했다. 나는 괜히 사진을 현상했다는 생각을 얼핏 해 본다. 그때보다 나빠진 건 하나도 없다. 가끔 지독하게 외롭다는 것 외에는. 기온이 좀 더 내려가고 난방을 시작하면 벽의 물방울들도 사라질 것이다. 이젠 아무렇지도 않다고 생각했지만 마음의 끄트머리에는 아직 그 여자가 남아 있는 것일까. 주머니에 손을 넣어 사진의 뾰족한 모서리를 쓰다듬어 본다.

사진관 옆의 빵집에 들러 통밀과 보리가 섞인 식빵을 샀다. 생크림이 잔뜩 얹힌 조각 케이크에도 잠시 눈길을 주었지만 포기했다. 병원을 직장으로 갖는다는 건 일상에서도 건강에 대해 과잉 염려증 환자처럼 살게 되는 것을 뜻했다. 하긴 요샌 콜레스테롤 수치가 높지 않으면 유행에 뒤처지는 분위기이긴 하지만. 동네 입구의 백반집에서 저녁으로 육개장까지 먹고 들어온 나는 천장과 벽에 온통 매달린 물방울들을 한번 휘둘러보았다. 이 집을 그리워하게 될 날도 있을 것이다. 다음 여름이 돌아오기 전엔 이 집에서 나갈 계획이니까.

뜨거운 걸 먹고 언덕을 걸어 올라와서 그런지 집 안으로 들어오니까 갈증과 함께 더운 느낌이 속에서 확 올라왔다. 나는 냉장고에서 캔 맥주 하나를 꺼내 들고 책상에 앉았다. 그래서였을 것이다. 가벼운 알코올의 힘을 빌리지 않았다면 사진을 넘겨 보다가 총각이 말했던 재미있는 사진, 을 발견했다 한들 여자에게 새삼스럽게 전화를 해 보겠다는 생각 같은 건 하지 않았을 것이다. 하긴 인생에서 무엇이든 한 가지만 원인이 되어 일어나는 일은 거의 없지 않을까. 탄 고기와 지나친 음주가 연합하여 종양을 만들고 폭우와 허술한 둑이 만나야 재앙이 시작되며 돈과 사랑이 둘 다 사라졌을 때 연인들은 헤어지게 되지.

지난 여행지의 싸구려 여관방에서 찍은 사진일 것이다. 제대로 된 누드 사진이 아니라 찍는 사람이나 피사체나 깔깔거리며 찍었음이 분명한, 그래서 벌린 여자의 가랑이 사이로 지금도 수면을 통기는 돌처럼 생생하게 번져 나오는 듯한 웃음소리가 보이고 웃느라 초점이 마구 흔들려 버린 그 사진을 보면서 나는 여린 취기처럼 어떤 그리움이 조용히 번지는 것을 느꼈다. 그것은 그 여자의 몸에 대한 그리움이라기보다는 따뜻함에 대한 기억 쪽이 더했다. 사진에서 음영이 짙은 모래 언덕처럼 보이는 여자의 등의 곡선을 보았을 때 나는 그 등을 만질 때 느꼈던 감촉, 어떤 공격성도 느껴지지 않던 고요한 평화의 느낌이 그리워졌고 내가 길어진 오후의 턱수염으로 등을 문질렀을 때 환형동물처럼 부드럽게 허리를 비틀며 여자가 내던 한탄 같은 신음 소리를 생각하자 그만 울고 싶어졌다. 내가 그동안 어떻게 참담하고 절망적인 순간을 혼자 견뎌 왔는지, 무엇보다도 버려진 아이가 그러하듯 스스로가 얼마나 외로운지조차 깨닫지 못하고 살아왔는지를 누군가에게 얘기하고 싶었다. 나는 여전히 기억하는 여자의 전화번호를 떠올리고는 어쩌면 그동안 한 번도 여자에게 전화를 할 생각을 하지 않았는지 그토록 지독할 수 있었던 자신이 놀랍기까지 했다.

"여보세요?"

윤미의 목소리는 그동안 하나도 변하지 않았다. 하기야 목소리란 쉬 변하는 게 아니지.

"나야."

내 목소리도 마찬가지였을 것이다. 아무 말이 없는 걸로 봐서 윤미도 내 목소리를 알아들었을 것이다

"잘 지내지?"

"그럼. 자긴 어때?"

"나도."

형식을 갖추어 안부를 묻고 보니 둘 사이의 거리감이 명확해졌다. 그러고 나니 할 말이 없었다. 나는 왼손으로 책상 위에 펼쳐진 사진을 만지작거리고 있었다. 나릿빛으로 타오르는 사진들을. 마음이 고즈넉해졌다. 작은 창으로 늦여름의 밤이 오고 있었다.

"우리가 마지막으로 갔던 여행 생각나?"

"지금도 가끔 생각하는걸."

"그랬어? 그때 찍은 사진들을 오늘 찾았어. 책상을 정리하는데 서랍 구석에 들어 있더라. 사진을 보니, 그 여행 이후로 이토록 밝고 행복했던 시간은 없었던 것 같아. 흠. 재미있는 사진이 몇 장 있어. 괜찮다면 돌려주고 싶은데."

재미있는 사진. 나도 어느새 사진관 총각의 말을 빌리고 있었다. 여자의 다리 사이 그늘과 등의 부드러운 곡선이 내게 재미였을까. 아니다. 그때 나는 그곳에 거의 강박적으로 집착했고 핥고 싶어 했으며 거기서 세상의 다른 무엇도 줄 수 없는 온기를 나누어 받았다. 재미, 라고 말하는 나의 어투가 야비한 것 같아 미간이 찌푸려졌다.

"그래?"

윤미는 짧은 순간 생각하더니 재빨리 결정을 내렸다.

"그냥 찢어서 버려 줘. 받아도 가지고 있을 만한 사진이 아니잖아."

"그럴까."

전화로 몇 마디 얘기를 주고받았을 뿐이지만 나로서는 어느새 둘 사이의 거리감이나 1년이라는 시간의 간격조차 사라져 버렸다. 그리고 지난 여름날의 두 사람, 서로에게 한없이 친절했고 상처를 주는 말은 하지 않으려 노력했던, 해 질 녘이면 누군가 먼저 전화를 해서 보고 싶다고 말했고 우리 집에 왔을 땐 언제나 두 번씩 사랑을 나누었던 그 시간 속으로 돌아가 있었다. 너를 사랑하지 않아서가 아니라 아무것도 해 줄 수 없다는 자존심이 연락을 할 수 없게 했노라고 말하고 싶었다. 그 말을 하게 되면 혼자 지냈던 시간들은 거미줄이 잔뜩 쳐진 습한 동굴을 더듬어 나온 것처럼 온통 어둡고 막막하기만 했노라는 얘기도 응석처럼 덧붙이게 될 것이다.

"지금 찢어 줘. 그럴 거지?"

"그럴게. 가끔 전화해도 될까?"

"그러든지. 그럼."

싸늘하진 않았지만 윤미의 목소리는 사무적으로 돌아와 있었다. 누군가와 같이 있는 걸까. 하긴 오랜만이기도 했고 갑작스럽기도 했다. 나는 사진들을 마지막으로 한 번 더 보았다. 그렇다. 치기 어린 사진들은 둘이 보고 낄낄대기나 할 것이지 보존해 둔다거나 누군가에게 보일 만한 것이 절대 아니었다. 나는 서랍에서 가위를 꺼내 사진을 세로로 가늘게 자르기 시작했다. 책상 위에 흩어진 조각들은 무의미한 나릿빛으로 빛날 뿐 핀트가 어긋난 어두운 가랑이도 오후의 모래 언덕처럼 따스했던 등의 곡선도 사라져 버렸다.

이마에 땀이 배어 나왔다. 가윗날 아래서 팔이, 다리가, 엉덩이가, 깔깔거리는 웃음소리가 잘려 나가긴 했지만 사진이란 허상일 뿐, 이마에 밴 땀은 육체의 훼손 때문은 아닐 것이다. 잘려 나가는 사진에서 들리는 듯한 비명 소리는, 그러니까 기억이라든가 흘러가지 않고 내 속에 고여 있던 시간, 혹은 지나치게 익은 과일이 내는 땀 냄새 같은 것들이 내는 소리였다.

나는 가위를 서랍에 집어넣었다가 다시 꺼내 이번엔 필름을 자르기 시작했다. 가위는 이가 잘 맞지 않아 가끔 필름을 씹기도 했다. 지루해진 나는 나중엔 뭉텅뭉텅 되는 대로 잘라 버렸다. 가위를 서랍에 넣고 쓰레기통에 사진과 필름 조각을 쓸어 담고 있을 때 전화벨이 울렸다.

"나야."

윤미였다.

"그 사진 말이야. 생각해 보니까 돌려받는 게 나을 것 같아."

"어떡하지. 방금 다 잘라 버렸는데."

"그랬어? 아이 참."

"아무래도 가지고 있긴 좀."

"그래서가 아니고. 다 잘라 버렸단 말이야?"

"그래. 다 잘라 버렸어."

"후우. 할 수 없지 뭐. 그럼 그거 잘 버려 줘."

"갑자기 무거워지네. 알았어."

전화를 끊고 보니 기억 속에 방자한 포즈가 하나씩 떠올랐을 것이다. 돌려받아서 직접 처리하고 싶은 것이 여자의 마음일 것이다. 난 방 안의 쓰레기통을 들고 나와 부엌에 있는 쓰레기봉투에 눌러 담았다. 쓰레기는 목까지 차고 넘쳐 필름 조각이 바닥으로 떨어져 내렸다. 나는 슬리퍼를 신은 발을 봉투 속으로 넣어 쓰레기를 꾹꾹 밟았다. 발을 넣은 채 봉투의 한쪽 끈을 묶고 발을 빼고 나서 나머지 끈을 마저 묶었다. 바닥에 떨어져 있는 필름 조각들을 봉투의 틈으로 남김없이 밀어 넣었다. 맨 마지막으로 집어넣은 조각엔 반쯤 펼쳐진 윤미의 손이 보였다. 내 등을 어루만지던 손, 어느 순간 장난스럽게 내 목을 조르던 손, 나는 그 손이 내 몸에 닿았을 때의 체온을 떠올리지 않으려 애쓰며 봉투 사이로 밀어 넣었다.

쓰레기봉투를 들고 대문을 여는 날 보고 주인아주머니가 방충망 너머로 한마디 했다.

"음식물 쓰레기는 없자? 요만한 생선 토막만 있어도 고양이들이 봉투를 갈가리 찢어선 사람 나자빠지게 해 놓는다니까."

"집에서 밥도 안 해 먹는걸요, 뭐."

"에구, 젊은 사람이 그래서 어째, 사 먹는 밥이 살로 가나?"

한 조각의 진정도 깃들지 않은 목소리로 해 주는 걱정이란 혼자 사는 사람을 더욱 비애스럽게 한다는 걸 가르치느니 내가 좀 쓸쓸하고 말지.

씩씩하게 살아왔는데 느닷없이 하게 된 윤미와의 통화

는 혼자 누운 잠자리의 허전함을 깨우쳐 주었다. 떠난 여자의 체온을 떠올린다는 건 묵은 잡지에서 지난해의 별자리 운세를 읽는 것만큼이나 부질없는 짓. 자신의 감정만 함부로 드러내지 않는다면 인간관계의 폭이 넓어지고 행운도 손에 쥘 수 있겠군요, 따위 영양가라고는 없는 이야기를 읽는 것과 같지 않을까.

버렸다고 해 버리고 가지고 있을걸 그랬나? 나는 잠들 때까지 머릿속으로 사진을 한 장씩 넘겨 보았다. 그래도 오랜만에 쓸쓸하지 않은 밤이었다. 나는 눈을 감고 내 아랫배를 핥아 주던 혀의 느낌을 떠올렸다. 몇 번 손을 움직이지 않아 사정할 수 있었다. 꿈속에서 윤미는 사진 밖으로 걸어 나와 사구처럼 부드러운 등을 쓰다듬게 해 주었고 음영 짙은 가랑이 속에 얼굴을 묻게 해 주었다. 따스한 살의 느낌에 느닷없이 눈물이 날 듯해 나는 자꾸만 여자의 다리 사이에 얼굴을 파묻었다.

*

아득한 곳에서 초인종 소리가 들려왔다. 오랫동안 내겐 방문객이 없었다. 나는 베개 속으로 얼굴을 푹 파묻어 버렸다. 달콤한 꿈의 언저리에서 조금 더 머무르고 싶었다. 누군가 초인종을 간격도 없이 눌러 대기 시작했다. 아마 주인집에 찾아온 손님이 아래쪽에 붙은 내 초인종을 잘못

눌렀을 것이다. 창이 훤했다. 늦잠을 잤구나. 나는 반바지를 꿰고 셔츠의 단추를 대충 손으로 여민 채 나갔다. 철제 대문의 조잡한 사방 연속무늬 사이로 윤미가 보였다. 문을 열어 주자 그녀는 내 방으로 바로 들어왔다.

"그대로네."

애매하고 서먹한 인사를 그렇게 건네고는 바로 물었다.

"사진은?"

"버렸는데? 어제 버리랬잖아."

"아이 참."

윤미는 방을 둘러보더니 형사처럼 물어보기 시작했다. 어디다 버렸어? 쓰레기통에. 저 쓰레기통? 방구석의 스누피 쓰레기통으로 달려갈 기세였다. 그랬다가 봉투에 담아서 버렸지. 그 봉투는 어디 있는데? 대문 밖에. 그러자 그녀는 당장 쪼르르 달려 나가 대문 밖을 내다보곤 들어왔다. 없는데? 수거해 갔겠지. 그냥 버렸어? 걱정 마. 가위로 잘라서 버렸으니까. 아이 참. 새침해 있더니 할 수 없다는 듯 필름이라도 줘, 했다. 필름도 버렸어. 설마? 자긴 필름은 늘 모아 두잖아. 옛날 얘기지. 필름도 잘라서 버렸어? 그랬어. 믿을 수 없다는 것 같기도 하고 짜증이 난 것 같기도 한 표정으로 윤미는 그대로 서 있었다. 정말이지? 나는 앞에서 내 눈을 빤히 들여다보며 묻는 여자의 말투와 건조한 갈색 눈동자를 보며 우리 둘 사이는 코닥 필름보다 더

돌이킬 수 없을 만큼 변해 버렸다는 걸 알았다.

왼손에 들고 있던 핸드백을 오른손으로 옮겨 쥐며 윤미는 말했다.

"나 결혼해."

말없이 바라보는 내가 뭔가를 묻고 있다고 느꼈는지 윤미는 덧붙였다.

"누구라고 얘기하면 자기도 알 만한 사람이야."

그 남자에 대해 조금쯤 자랑이라도 하고 싶은데 예의는 아니라고 느꼈는지 그러고는 입을 다물었다.

"사진은, 걱정 마."

내 목소리는 습기 없이 버석거렸다. 필름 하나 현상할 돈이 없던 희망 없는 인간임을 알고 있는데 갑자기 그걸 현상해서 전화까지 했을 땐 비열한 목적이 있지 않을까 하는 생각쯤은 누구나 할 수 있을 것이다. 그걸 가지고 윤미를 원망하고 싶지는 않았다. 다만 남들은 훤히 꿰뚫어 보고 있는 내 실상을 나만 모르고 있었다는 쓰라림까지 어쩔 수는 없었다.

"방이 차다. 그땐 습하고 더웠었는데."

"난방을 안 했어."

"새벽엔 서늘한데 따뜻하게 해 놓고 지내. 발 시리겠어."

급하게 오느라고 그랬는지 바지 아래 윤미의 발은 맨발이었다.

"안아 줄래?"

혼란스럽긴 했지만 나는 윤미의 등에 팔을 돌려 가만히 안았다. 날숨을 쉴 때마다 더운 콧김이 얇은 셔츠를 뚫고 내 가슴에 와 닿았다. 마음이 헝클어졌다. 안아 달라는 건 옛정을 생각해서 사진 따위로 자신을 괴롭힐 생각은 제발 말아 달라는 하소연처럼 느껴졌다. 도화지만 한 조각창 밖으로 토끼 모양의 구름이 떠 있었다. 하늘 색을 보니 정말 가을이 오는 모양이다.

*

출근하면 시간은 정말 빨리 흐른다. 공식적으로 나는 엑스레이 기사지만 용인들 사이의 해결사 노릇을 해야 할 때도 있고 접수 창구에서 교통 정리를 해 주어야 할 때도 있으며 때론 환자에게 의료 상담까지도 해 주어야 한다.

눈에 보이는 피사체를 찍다가 보이지 않는 피사체를 찍어야 하는 일이 처음엔 이상했다. 그랬는데 오래지 않아 나 자신이 점점 엑스레이 눈을 가진 사람처럼 환자의 겉모습을 보고서 그의 위장이나 간의 크기, 모양이나 상태까지를 짐작할 수도 있게 되었다. 대체로 느낌 좋은 여자들이 위장도 예쁘게 생긴 편이다. 연민을 기대하는 불안한 눈빛을 가진 인간을 기계 위에 올려놓고 버튼을 누르면 겸손해 보이는 흰 뼈나 개구쟁이처럼 명랑한 위가 떠오르는 일은 처음에 내게 마술 같았다. 오래도록 내가 눈에 빤히 보이는 사물들을 인화지에 담아 내고는 기꺼워했다는 게 요즘은 좀 우스워졌다. 누구라도 볼 수 있는 사물의 겉모습에 카메라를 대고 포착해 낸 순간이 무언가 새로운 의미를 획득하고 예술이 될 수도 있다는 생각을 하며 살았던 날들은 이제 아득하다.

병원에서의 티타임이 일정한 시간에 있는 건 아니다. 의자가 모자라 환자가 서 있기조차 하던 오전 시간이 지나고 오후의 어느 순간 대기실 의자들이 비게 되면 제일 막내인 미스 오가 찻물을 올리고 부은 다리를 주먹으로 탕탕 치면서, 좀 쉬었다 해요, 하면 그때가 티타임이 되는 것이다. 3시나 4시가 될 때도 있었고 유난히 환자가 많은 날은 건너뛰기도 했다.

목요일은 일주일 중에서도 비교적 한가한 날이다. 대기실은 모처럼 조용했다. 포트에 물을 부으며 미스 오는 순대가 먹고 싶다고 했다. 우리 사다리 타기로 해요. 순대랑 떡볶이 사 올게요. 김 간호사가 처방전에 사다리를 그렸고 나는 손을 저었다. 오늘 내가 쏠게. 와, 사무장님 웬일이에요. 돈 만 원에 사무장 승진이야? 나는 만 원을 꺼내 미스 오에게 건넸다. 간하고 허파 많이 달라고 해. 최 간호사 살이 달리 찌는 거 아니지. 점심도 못 먹었단 말이에요. 빵은 점심 아니야? 환자 치다꺼리가 얼마나 막노동인지 아시면서. 난 헤이즐넛 싫더라. 커피는 블랙마운틴이지. 원장님 너무 웃기지 않니? 여름 가기 전에 휴가 준다고 했잖아. 하루 쉬면 수백이 날아가는데 나라도 쉽지 않을 거야. 나이 들면 저렇게 체제 속으로 편입된다니까.

사실 나로선 커피보단 세 여자의 수다가 더 즐겁다. 노가다 판이라 부르는 여기서 같이 부대끼다 보니 내 앞이라고 내숭을 떨지도 않았고 거의 혈육 같은 친밀함을 보여주는 세 여자의 예측 불허의 수다를 듣고 있으면 몸에서 비늘처럼 피로가 툭툭 떨어져 나가는 것 같다. 그러고 보면 까닭 없이 세상이나 여자와 불화하는 놈만큼이나 미련한 인간은 없지 않을까 싶어진다.

그래서 출입문이 벌컥 열리며 몸피가 문에 꽉 찰 듯한 사내 넷이 들이닥쳤을 때 우리는 누가 들어오더라도 그래 주겠다는 듯 여유와 너그러움과 즐거움이 가득한 웃음 띤 얼굴로 그들을 맞게 되었다.

"허. 웃어?"

웃는 얼굴이 필요 이상 그들의 비위를 건드린 모양이다. 놈들은 실내를 빙 둘러보더니 발은 안 아프고 소리만 요란할 것들을 걷어차기 시작했다. 플라스틱 쓰레기통이나 입구에 줄지어 선 링거 걸이 같은. 조폭? 입 모양만으로 김 간호사가 묻자 최 간호사가 고개를 끄덕이는 게 보였다.

"원장 안 나와? 이거 병원 하겠다는 거야, 말겠다는 거야."

외친 놈이 양복 윗도리와 쫄티를 순식간에 벗어 던지며 앞으로 나섰다. 비늘 하나하나가 선명한 용의 목이 젖가슴을 향해 내려와 있고 나머지 부분은 등 쪽으로 넘어가도록 그려진 문신이었다. 초음파나 엑스레이 기사를 하다 보면 갖가지 모양의 문신을 보게 되고 어지간한 건 이야깃거리도 되지 않는다. 배꼽이나 젖꼭지의 위치를 확인하기 어려울 만큼 복잡한 문신을 한 사람이 와도 겁날 건 없었다. 촬영을 위해 불쾌한 액체를 삼킨 채 기계 위에 누운 인간처럼 겸손하고 무욕한 사람을 딴 곳에서 찾아보기는 어려우니까.

침묵을 깬 건 최 간호사였다.

"어머, 컬러 문신이야."

나는 어이가 없었다. 사람들은 사태의 본질보다 껍데기에 열광할 때가 많지. 우선은 아둔해 보이는데 그건 상황을 뒤집는 놀라운 반전의 효과를 불러올 때도 있다. 그런 태도는 적으로 하여금 전의를 상실하게 하고 즉각적인 보호 본능을 불러일으킨다. 자신에게 열광하며 천진난만하게 깜박거리는 눈동자에 전의를 느끼거나 폭력을 휘두를 사내는 없을 것이다. 컬러 문신은 자신을 알아준 간호사에 대한 답례인 듯 발길질을 멈추고 옷을 집어 걸쳤다.

나는 최 간호사에게 눈짓으로 원장님께 알리라는 신호

를 보냈다. 최 간호사가 원장실에 간 사이 컬러 문신이 내 앞으로 다가와 섰다. 내 앞가슴에 달린 명찰을 지그시 내려다보며 니가 이성민이다 이거지, 하더니 문을 열고 나오는 원장을 향해 돌아섰다. 그 순간 나는 깨달았다. 이 사태의 발단은 나라는 걸.

"왜 이러십니까?"

사람의 목숨을 다루는 일을 하다 보면 일생 동안 몇 번은 멱살 잡힐 각오쯤은 하고 있어야 된다고 했던가. 이유도 밝히지 않고 횡포를 부리는 놈들에게 묻는 말치고는 원장의 목소리에는 어떤 노여움의 흔적도 감정의 흔들림도 없었다. 컬러 문신의 대답도 무척 온건했다.

"지나가다 들러 봤어요. 의약 분업은 잘되고 있는지, 아픈 놈들 환자 대접은 잘 받고 있는지. 가자, 얘들아."

그때 막 미스 오가 까만 비닐봉지를 치켜들고 들어오다가 사내들과 부딪쳤다. 썅년, 조심해. 미스 오는 허억 소리를 내며 봉지를 떨어뜨렸다. 순대 몇 토막이 데구루루 굴러 나왔다. 그 위로 구둣발들이 우르르 몰려 나갔다.

"요즘 특별히 불만을 품었던 퇴원 환자 있었어?"

원장이 최 간호사를 향해 물었다.

"아니요. 없었어요. 원장님 신고할까요?"

"다친 사람 없지? 그럼 됐어. 이 기사, 정리 좀 하고."

원장은 별말 없이 원장실로 들어갔다. 단지 이름표를 보고 내 이름을 부른 것에 불과했을까? 아닐 것이다. 컬러 문신이 나를 쏘아보던 눈빛에는 어떤 경고가 담겨 있었다. 원장에게 왜 자신들이 왔는지 말하지 않은 건 해고당하는 것보다 내가 시스템 속에 얽혀 있을 때 협박이 더 유용하다는 걸 알기 때문일 것이다.

어머, 얘, 영화 같지 않니? 아이, 이 기사님이 한무술 했어야 되는데. 얘, 혼자서 넷을 어떻게? 혹시 알아? 이 기사님 부모님의 원수들인데 죽인 줄 알았던 외아들이 살아 있는 걸 알고 제거하러 왔는지. 너 비디오 엄청 보는구나. 근데, 순대 어떡하니? 언니, 떡볶이는 괜찮아. 안 터졌어. 이 기사님, 일단 같이 먹고 해요.

퇴근을 하고 돌아왔을 때 골목 입구에 윤미가 서 있었다.

"너였니?"

"난 아니야. 그 사람이."

"그 사람이라니."

"결혼할 사람."

"하, 너 그렇게 대단한 분이랑 결혼한단 말이야?"

폭력배와 결혼하느냐고 묻는 것처럼 느꼈는지 윤미는 펄쩍 뛰었다.

"아니, 그 사람이 보낸 사람들이지."

"도대체 뭐라고 얘기했기에 이 난리를 겪어야 돼?"

"지난번 전화했을 때 사실은 같이 있었어. 지난 일 가지고 뭐라 그러는 사람은 아니야. 세상이 워낙 험하다는 거지. 돈만 가지고 있는 사람은 그런 걱정 안 해. 때로 남자에겐 명예가 인생의 전부일 때가 있잖아.

"아하, 그렇게 대단한 분과 결혼하게 됐다고? 왕가의 후옌가? 처녀성 검사는 안 해?"

나는 내 목소리가 제발 평정심을 잃지 않기를 바랐다.

"떠난 애인이 잘되는 거 남자들이 더 못 본대."

"돌아가서 이렇게 전해 줄래? 잘되고 못되는 거에 관심 없다고. 사진을 찾았기에 돌려주려 했을 뿐이라고."

"그래도 우리 결혼식이 매스컴에 나고 웃고 있는 내 모습을 보면 억하심정이 생길 수가 있대."

"그래서 어쩌란 말이야."

"병원까지 찾아가 난리 친 건 미안해. 그 사람은 자기가 사진을 숨겨 놓았다고 생각해. 만약 그렇다면 그냥 돌려줘. 그 사람은 뭐든지 할 사람이야."

"나도 뭐든지 할 수 있어. 니 사진 프린트해서 결혼식장에 뿌려 줄까?"

윤미의 안색이 눈에 띄게 변했다. 단칼에 목이 잘려 피를 전부 쏟아 버린 듯 푸르고 희게.

"그 사진 안 버렸구나. 가지고 있는 거지? 그렇지? 부탁이야. 자길 위해서라도 돌려줘."

"언제부터 그렇게 날 위했는데. 다시 말하지만 사진은 없어. 가위로 잘라서 쓰레기봉투에 넣어서 대문 밖에 내놓았고 아침에 보니까 봉투는 없었어. 늘 그렇듯이. 구청에 물어봐서 매립지라도 찾아가서 뒤져 볼까?"

윤미는 복잡한 표정으로 한숨을 폭 쉬었다.

"난 자기 말 믿어. 근데 그 사람은 안 믿어. 문제는 그거야."

"그냥 몇 장의 사진일 뿐이야. 웃으며 찍는 바람에 흔들려서 누구 얼굴인지도 알 수 없어. 게다가 필름이 상해서 온통 불그스레한 물감에 적신 것처럼 돼 버렸다고. 그리고 나 지금 그렇게 어렵지 않아. 나, 사진 따위를 미끼로 돈을 요구하는 그런 인간은 아니었잖아?"

윤미의 눈을 들여다보며 한 자 한 자 새기듯 천천히 말해 주었다. 바비 인형처럼 마스카라를 두텁게 칠한 눈이 그동안 네 번쯤 깜박였다.

*

늦은 오후에 검은 양복 넷이 병원 문을 열고 들어섰을 때 나는 자료 봉투를 들고 막 원장실로 가던 참이었다. 컬러 문신이 내게로 슬슬 다가오더니 봉투를 뺏어 열어 보았다.

"이것도 사진은 사진이구마. 위장약 선전에서 보던 거하고 똑같이 생겨 부렀네. 어떤 년 밥통인지 징하게 앙증맞다, 고거."

그러고는 봉투에 도로 담아 얌전히 돌려주었다. 나머지 셋은 출입문 앞에 나란히 섰다. 의자에 앉아 있던 환자들이 겁에 질린 눈빛으로 간호사들을 바라보았다. 또다시 나타날 줄은 생각을 못 했던지 간호사들은 폭력적인 분위기였던 어제보다 더 질린 얼굴을 하고 있었다. 문을 열고 들어서던 아주머니가 고개를 요리조리 돌려 분위기를 살피더니 조용히 문을 닫고 나갔다. 컬러 문신은 책꽂이에서 패션 잡지 하나를 빼 들고 대기실 의자에 앉았다. 의자에서 순서를 기다리던 환자들이 눈을 마주치지 않으려고 고개를 다양한 각도로 비틀었다. 진료실에 들락거리는 최 간호사가 원장에게 얘기했을 텐데 원장은 나와 보지 않았다. 20여 년 의사 노릇 하면서 지켜 온, 어떤 의료사고든 상대방이 구체적인 조건을 요구하기 전에 이쪽에서 먼저 나서지 않아야 한다는 나름의 원칙에 충실한 것이다. 그러니 나로서도 그들의 표적이 나이며 애초의 발단이 빛바랜 몇 장의 사진 때문이라는 장황한 고해를 할 기회가 없었다. 누구도 왜냐고 묻지 않았으니까. 6시에 병원 문을 닫을 때까지 아무런 험악한 일도 일어나지 않았고 문 앞에 서 있던 사내들은 다리 근육을 과시하듯 몸 한번 비틀지 않고 그 자리를 지켜 냈다. 앞장선 컬러 문신을 따라 셋이 문밖으로 사라지자 간호사들은 눈을 동그랗게 뜨고 입을 딱 벌리고는 그동안 참고 있던 수다들을 쏟아 내기 시작했다.

"어머머, 쟤들 생각보다 순진하지 않니? 눈빛이 뜻밖에 순수하더라."

"양복 색깔이 똑같이 검은 것 같아도 원단이 다른 거 니들 알아? 컬러 문신이 입은 게 약간 더 진하고 광택이 있는 거 같애."

"얘는 마지막 숨을 거두는 순간에도 패션, 이러고 죽을 거야."

"문 쪽에 서 있던 앤 어려 보이던데?"

"미스 오 또래걸? 내일 오면 인사나 트고 지내."

"내일 또 온다구? 그랬어?"

"근데 맨날 검은 양복만 입고 다니면서 패션 잡지는 왜 보는 거야?"

"그렇게 궁금하면 내일 오면 물어봐."

나로선 위가 곤두서서, 쪼그리고 앉아 고개만 숙이면 낮에 먹은 오징어덮밥이 그대로 쏟아질 것 같았다. 재잘거리는 목소리들이 아련해졌다. 몸이 안 좋다며 뒷정리를 부탁하고 먼저 나왔다. 식은땀이 셔츠 깃에 배어 차가웠다.

생의 밑그림은 불안과 모호함과 이해받지 못하는 것이란 걸 잠시 잊고 살았다. 어둡고 추운 거리를 오래 걷다 보면 불 켜진 모든 창 안은 순결한 기쁨으로 가득해 보이지.

손톱으로 긁어 내기 전엔 밑그림은 보이지 않아. 육안으로 볼 수 없는 운명의 문신이 내 어깨 어딘가에 새겨져 있고 아무리 발버둥쳐도 그 견고한 지도 바깥으로 나갈 수 없다는 것을 잊고 있었다. 병원 모퉁이에 기대어 서서 윤미에게 전화를 했다.

"나한테 왜 이러는 거니?"

"성민 씨, 나도 이렇게 될 줄은 몰랐어."

그녀의 목소리는 은혜를 갚고 싶어 하는 잉어처럼 선의로 가득했기 때문에 더 이상 따질 수도 없었다.

"너무 가혹하다고 생각하지 않니?"

"사진을 돌려줘 버리면 되잖아."

어제까지의 기억을 지워 버린 사이보그에게 하듯 사진을 없앤 전말을 다시 얘기해야 한단 말인가? 나는 고개를 저었다.

"1년이나 지난 지금 사진 때문에 전화를 했다면 그 사진을 없앴을 리가 없다고 그 사람이 그랬어. 그 사람이 자꾸 그러니까 나도 그렇게 믿어져. 성민 씨가 그런 사람 아니란 건 알고 있으면서도 말이야. 무엇보다도 내가 믿는 건 이제 소용이 없어. 그 사람이 납득하기 전엔."

"어떻게 하면 납득이 되는데?"

"사진이 없다는 건 납득시킬 수가 없게 됐어. 일이 이렇게 될 줄은 정말 몰랐어."

*

다음 날도 달라진 건 없었다. 점심시간이 막 끝나자 찾아온 그들은 오늘도 병원 업무를 조금도 방해하고 싶지 않다는 듯 조심스럽게 문 앞에 도열해 있었고 컬러 문신은 여전히 패션 잡지를 뒤적였다. 눈에 띄게 손님이 줄어든 것은 아니었다. 신고를 하거나 따질 만큼 서투른 원장도 아니었고 피범벅이 된 환자를 예사로 보아 와선지 간호사들도 이젠 겁내는 분위기가 아니었다.

사단은 미스 오로부터 시작되었다. 커피 물을 올리던 미스 오가, 커피 드시겠어요? 하고 물어본 것이다. 문 앞에서 있던 녀석이 안면 근육을 풀며 대답했다. 아니에요. 잡지를 의자에 가만히 내려놓고 컬러 문신이 일어서서는 그 앞에 가서 섰다. 너 지금 놀러 나왔냐? 시방 시시덕거리라고 세워 논 줄 알아? 그렇게 목소리를 높인 것도 화난 기색도 아니었다. 그걸로 끝인 줄 알았다. 그러나 양복을 입은 채로 섀도복싱을 하듯 가볍게 시작된 그의 액션은 시간이 흐르면서 점점 에너지와 가속도가 붙기 시작했다. 나머지는 주먹질에 가세하지도 말리지도 않은 채 부동자세로 서 있었다. 맞으면서 녀석은 단 한 번의 비명도 지르지 않았다. 주먹질은 놈이 바닥에 널브러져 형체를 알아볼 수 없이 피범벅이 된 얼굴을 시멘트 바닥에 대고 더 이상 꿈틀거리기를 그만두었을 때 멈추었다. 가자. 컬러 문신의 말이 떨어지기가 무섭게 둘이서 재빨리 쓰러진 놈을 일으켜 세웠다.

가장 두려울 때란 목이 졸릴 때가 아니라 손이 내 목 가까이 다가올 때다. 끌려 나간 놈이 나는 오히려 부러웠다. 대기실의 고요를 깨고 최 간호사가 먼저 감탄을 했다.

"액션 죽이지 않니? 영화보다 낫다."

"그래서 라이브 라이브 하는 거야."

"남잔 뭐니 뭐니 해도 검은 양복에 흰 셔츠가 제일 섹시한 거 같아."

*

아침에 불을 켜 놓고 나갔구나.

문틈으로 형광등 불빛이 새어 나왔다. 맞은 게 나였던 것처럼 피의 잔상이 눈앞에 어른거렸다. 열쇠를 넣어 보니 문이 잠겨 있지 않았다. 허깨비처럼 사는군. 불은 켜 놓고 문도 안 잠그고 나가다니.

방문을 열었을 때 잡동사니를 넣어 두는 작은 다락문이 열려 있었다. 그 속에서 검은 덩어리가 불쑥 튀어나왔다. 컬러 문신이었다. 새삼스럽게 놀랄 것도 없었다. 열린 쪽문 사이로 흐트러진 내 삶의 찌꺼기들이 널브러져 있었다.

"별걸 다 모아 놓았네요."

뜻밖에 다소곳한 말투였다.

"사진은 없군요."

그의 얼굴이 슬픈 빛을 띠었다. 나는 다락으로 들어가 그의 옆에 앉았다. 커다란 덩치를 감싼, 광택이 유난한 검은 양복도 그의 낙담과 두려움을 감싸 주진 못하는 것 같았다. 사진을 찾아 가지 못했을 때 그가 당할 일이란 미루어 짐작할 수 있었다. 어떤 이유나 설명도 받아들여지지 않을 것이다.

"같이 한번 찾아볼까요? 혹시 다른 사진이 있을지도."

우리는 나란히 앉아 컬러 문신이 일차 심사한 박스들을 새로 뒤지기 시작했다. '인물'이라고 분류된 박스부터 조사를 했다. 누드 사진들도 꽤 있었지만 윤미의 것이라고 우길 만한 건 없었다. 모델들은 지방이 녹아내릴 것처럼 풍만해서 안으면 골반 뼈가 먼저 부딪치는 윤미의 몸매와는 거리가 멀었고 고개를 숙이고 있는 사진조차 얼굴의 윤곽에서 너무 차이가 났다.

"이런 사진 찍을 땐 어지럽지 않아요?"

"처음엔 그랬죠."

"저 박스 속에도 사진이 있어요?"

"저건, 기자재들이죠. 현상액이나 인화지 같은."

"직접 사진을 뽑기도 하나요?"

"뭐, 옛날에 많이 할 때야 그랬지만 요즘은 그냥 맡기죠. 오래된 것들이에요."

"선생도 작품집이 있습니까?"

갑자기 선생이라 불린 내가 눈을 크게 뜨고 쳐다보자 그는 머쓱하게 웃었다. 가까이서 보는 그의 눈이 생각보다 맑아 나는 좀 놀랐다.

"예술가시잖아요. 이것들을 보니까 벗었긴 해도 내가 보는 잡지에 있는 년들 사진과는 뭔가 다른 거 같아요. 차이가 뭔진 잘 모르겠지만."

예술가. 나는 그의 눈을 피해 고개를 숙였다. 이즈음의 나는 인생의 바닥을 떠나왔다고 생각했다. 차갑고 어두운 수면을 벗어나 참았던 들숨을 내뱉으며 이제는 삶이 주는 달콤하고 신선한 공기를 마실 수 있는 날들이 가까웠다고 생각했다. 아니었다. 다락의 바닥에 펼쳐진 내 사진들, 일용할 양식과 바꾸고도 그토록 나를 포만하게 해 주었던, 그러나 이제는 함부로 박스에 처박아 둔 기자재들, 베르나르 포콩이나 맨레이의 사진집들이 붉은 노끈으로 묶여서 쌓여 있는 것들을 바라보았다. 그것들은 지금 내가 그것들과 씨름했던 진창의 시간보다 더 어둡고 끈적이고 가망 없는 밑바닥에 가라앉아 있다는 사실을 아프도록 생생하게 깨우쳐 주었다.

"와, 이건 나무들의 누드네요."

그가 건네준 사진은 숲에서 앵글을 하늘 쪽으로 잡고 찍은, 잎을 모두 떨군 나무들이 다정하게 머리를 맞대고 찍은 사진이었다. 우리는 이제 먼지 풀썩이는 바닥에 엉덩이를 붙이고 앉아 사진 속의 나무처럼 머리를 맞대고 손에 집히는 사진을 품평하기 시작했다.

"콘크리트 건물도 이렇게 사진으로 찍으니 느낌이 다르네요."

"이 사진을 보고 있자니 나도 천천히 하늘로 올라가는 거 같아요."

"이건 어디예요? 어릴 때 내가 살았던 동네 그 골목길 같애. 어느 동네였죠?"

"기억할 수 없어요."

내 대답에 컬러 문신은 아쉬운 표정을 지었다.

"그러니까 사진은 우리가 눈으로 보면서도 사실은 흘려 버리는 것들을 담아 두는 기억의 창고 같은 거군요."

검은 양복을 벗어 버린 그의 팔뚝에 푸른 용 비늘 몇 개가 날리고 있었다.

"그거 지워져요?"

나는 문신을 가리키며 물어보았다.

제 몸을 처음 보듯 찬찬히 살피더니 그는 조심스럽게 말했다.

"어려울 것 같죠?"

그의 얼굴이 좀 침울해졌다.

"나이 들면, 후회하게 될 거 같아요."

"그럴까요?"

"아무래도."

"아까 그 사람은 어떻게 됐어요?"

"걔? 걱정 마세요. 시스템 속에서 걔 역할이 그거니까 불만 같은 거 없어요. 주먹이란 우리들한텐 존재의 증명이니까."

그가 갑자기 쓰는 문자에 나는 속으로 실소했다.

"사진을 못 가져가면 어떻게 되나요?"

"사진."

잊고 있었던 듯 그의 얼굴이 우울해졌다.

"가져가야죠."

나는 고개를 저었다. 윤미의 사진은 한 장도 없었다.

"늘 그 색깔의 양복만 입습니까?"

"일할 때만요. 나도 흰 바지나 주황색 재킷 같은 옷도 있어요."

"그런 걸 입어요?"

"그냥 상징적인 거죠. 옷장에 걸어 놓고 보면 나도 자유의지가 있는 인간처럼 생각되니까요."

"그렇군요."

"아까 돌아가서 어렵겠다고 얘기했어요. 그랬더니 그 사람이 그러더군요. 웃기지 마. 내게 불가능이란 없어."

"정말 그 여자 사진은 없어요."

"이 선생. 정답은 출제자가 가지고 있는 거예요. 그 사람이 원하는 걸 해 줘요."

나는 컬러 문신을 쳐다보았다. 짧게 깎은 머리 아래 배어난 땀방울이 백열등 불빛에 반짝였다. 두려운 것일까.

"그 여잘 불러요. 사진을 돌려주겠다고. 그 여자만 오면 모든 게 다 있잖아요. 카메라도 인화지도 현상액도 모델도. 오면 다리를 벌리게 하고 찍어요. 엎드리게 하고 등을 찍으라고요. 그때 한 걸 지금 못 할 게 뭐예요. 버티면 한두 대만 패면 돼요."

나는 고개를 저었다.

"미치겠네. 그 사람이 원하는 건 사진이 아니에요. 자기 힘의 확인이지, 하찮은 진실 따위가 아니라고요. 얼마나 버틸 수 있다고 생각해요?"

그는 포켓에서 휴대폰을 꺼내 내게 건넸다.

"씨발. 하기 싫은 것도 해야 되는 게 인생이잖아. 안 그래요?"

그의 목소리는 위협적이지 않았다. 슬픔을 띤 간절함이 그 속에 있었다. 피부 바깥으로 터져 나올 것 같은 그의 섬세하고 아름다운 근육이 불빛에 번들거리는데, 누군가 다른 사람이 그의 등 뒤에 숨어 말하듯 목소리는 연약하게 떨려 나왔다.

나는 구석에 밀쳐져 있는 귀퉁이 찢어진 박스를 끌어냈

다. 현상 탱크도 있었고 현상액도 있었다. 그 병을 바라보자 후각과 함께 작업에 대한 내 열망까지 자극하던 시큼한 현상액의 냄새가 코끝을 스치는 듯했다. 유령처럼 흔들거리며 떠오르던 사진들을 바라볼 때의 설레던 느낌도 되살아났다. 흑백 필름으로 찍는다면 이 시스템으로도 가능할 것이다. 제 빛을 잃었던 그 사진을 재현하려면 컬러보다는 흑백으로 찍어서 다시 토닝 처리하는 쪽이 나을 것이다. 박스 속엔 붉은색 토너도 있었고 인화용제, 그리고 픽서로 쓸 수 있는 D76도 보였다. 완벽했다. 나는 컬러 문신을 쳐다보았다.

그랬다. 하기 싫어도 해야 하는 일들로 이루어진 게 인생이었다. 그 말은 발포정처럼 내 머리 속에서 거품을 내며 천천히 풀어졌다. 약효를 기다리는 연약한 환자처럼 나는 잠시 눈을 감았다.

나는 휴대폰을 받아서 번호를 꾹꾹 눌렀다. 컬러 문신이 박스 속에서 카메라를 꺼내 만지작거리고 있었다. 내게 카메라는 이제 보이는 세상을 기록하거나 숨겨진 피부 한 꺼풀 아래의 장기를 찍는 것에서 나아가, 보이지 않는 것과 부딪히고 필살기의 에너지를 방어할 수 있는 테크놀로지가 되어 줄 것이다. 한때는 내 영혼을 성장시켰고 이후엔 더운밥이 되어 주었으며 이제 가파른 벼랑에서 추락하려는 내 생을 붙들어 줄 사진. 생각해 보면 길지도 않은 생에 나는 피사체와 용도가 다른 사진들을 무수히 찍어 왔다. 이제 지난 나의 생을 돌이켜 보려면 그 시절에 내가 찍은 사진들을 기억해 보는 것이 빠를 것이다.

떠나기 전날 밤 윤미는 소리 없이 울면서 나를 안았었다. 섬모처럼 부드러운 손길로 내 몸 구석구석을 더듬었었다. 사랑한다고 말했으며 내가 안고 있는데도 안아 달라고 눈먼 두더지처럼 내 품을 파고들었었다. 그런데도 여자가 다음 날 떠날 거라고 생각하는 페시미스트는 없을 것이다. 우주의 이면에 닿을 수 없는 것처럼, 가장 가까웠던 타인의 경우도 결국 그러하지 않았는가. 윤미 역시 지금 내가 사진을 돌려주겠다고 불러 놓고 그 사진을 다시 찍으리라고는 상상도 못 하고 있을 것이다.

"여보세요?"

윤미의 목소리는 나른하고 달콤했다. 그 나릿빛 사진을 찍던 날 우리는 행복하고 또 행복했었지. 그러고 보면 정말이지 사진만큼 우리에게 추억을 불러일으키는 것도 없지 싶다.

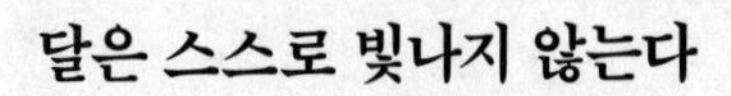

달은 스스로 빛나지 않는다

골목집 풍경

새벽 3시경 생 록의 주민들은 무서운 비명 소리에 잠을 깼다. 비명은 레스파네 부인과 딸 카뮈 레스파네가 살고 있는 모르그가의 집 4층에서, 까지 썼을 때였다. 옆방에서 다투는 소리가 터져 나왔다. 모니터 시계는 10시 30분이었다. 또 시작이야. 나는 차가운 물을 한 모금 마시고 저장 키를 누르고는 눈두덩을 문질렀다.

늘 이 시간이다. 밤에 여자가 돌아오고 10분쯤 지나면 저렇게 다툼이 시작된다. 무슨 내용인지 알아들을 수는 없지만 가끔 낱말 하나가 톡 튀듯이 생생하게 들릴 때도 있다. 두 사람이 싸우는 걸 듣고 있으면 먼 곳에서 켜 놓은 라디오에서 흘러나오는 오페라를 듣는 것 같다. 빠르고 높은 목소리로 여자가 랄랄라 얘기하고 나면 남자는 낮은 음으로 웅얼웅얼했고 때로는 이중창처럼 두 목소리가 동시에 겹쳐지며 흐를 때도 있었다. 남자의 목소리는 거의 일정했지만 여자의 목소리는 시간이 흐를수록 점점 제 감정에 사로잡혀, 이윽고 불성실한 연인을 한탄하는 프리마돈나의 아리아처럼 습한 여름밤의 공기 속으로 아득히 번져 나가곤 했다. 싸움의 끝에 여자는 울기 시작했다. 저렇게 높은 목소리로 우는 걸 보면 여자는 생을 사랑하는 자일 것이다. 대체로 사랑하는 것들에 대해서만 사람들은 우니까.

나는 음악 사이트를 열어 저장해 놓은 앨범을 클릭하고 스피커의 볼륨을 올렸다. 한밤중 빗소리에 섞인 여자 울음소리를 듣고 싶어 하는 사람은 없을 것이다. 대문 열리는 소리가 나면서 이번엔 누군가 방문 앞을 지나가며 노래를 불렀다. 나는 왜 여기 서 있나, 밤이 내 앞에 다시 다가오는데……. 건너편 방에 사는 남자일 것이다. 그는 대문에서 제 방 앞까지 가는 동안 꼭 그 소절만 불러 댔다. 한숨이 나왔다. 나야말로 왜 여기 있나.

누굴 탓해.

여름 한철 지내는 거 우습게 생각하고 복덕방 아저씨 말만 듣고 방을 옮긴 대가는 짐작보다 컸다. 시장 골목의 끝에 자리 잡은 집이 아무래도 시끄러울 것 같아 고개를 갸웃거리자 아저씨는 주로 학생들이 살아 학구적인 분위기라고 우겼다. 전에 살았던, 여기보다 한 블록 위에 있는 다가구주택은 낡긴 했지만 장점이 많았다. 잡풀 우거진 야산에 잇대어 있어 4월부턴 초록 이파리를 볼 수 있었고 무엇보다 조용했다. 입주자들끼리 오가며 얼굴을 부딪칠 일도 없었다. 주인이 바뀌면서 근처의 대학에 다니는 학생들을 겨냥해 원룸 빌딩으로 신축하는 일만 없었다면 여름이 끝날 때까지 거기서 지냈을 것이다.

9월이면 결혼할 텐데 새삼스레 낯선 동네로 가는 게 싫어 두 달치 선불로 주면 보증금 없이 구할 수 있는 방이 있다는 아저씨의 뒤를 따라 들어오면서 느낀 우려는 어김없이 현실로 드러났다. 시장에 연이은 골목에서 나는 소음이 그대로 방으로 쏟아져 들어왔고 문만 열면 누군가와 얼굴을 마주쳐야 했다. 방에 있을 때도 끊임없이 낯선 목소리를 들어야 했다. 그럴 때면 꼭 연극 무대 뒤에 서 있는 기분이 들었다. 다가구주택 사이에 낀 낡은 단층집은 습기와 더위가 빠져나갈 데가 없어 6월인데도 벌써 더운 솥 안에 앉아 있는 기분이었다. 이사 온 첫날 옆방에서 싸우는 소리가 들려올 때만 해도 그게 밤마다 치러지는 행사인 줄은 몰랐다.

집에 들어가는 길이라며 윤조가 전화를 했다.

"이사한 집 어때? 가서 차 한잔 마시고 갈까?"

"여러 가지로 끔찍해. 여기 있는 동안은 오지 마."

"거기 와서 지내라니까 고집 부리더니."

'거기'는 윤조가 마련해 놓은 집이다. 두세 달 지낼 방 구하기가 쉽지 않다 했더니 결혼하면 어차피 들어올 거 미리 와서 지내라고 했지만 윤조의 부모님 보기도 그렇고, 내키지가 않았다. 주말이면 바깥에서 만나기보단 그곳에서 지내다 돌아오긴 했지만 아주 들어가는 건 다른 문제였다.

마당에서 갑자기 우당탕 소리가 나더니 방문이 벌컥 열렸다.

"무슨 일이야?"

수화기 저편에서 윤조가 물었다.

"다시 전화할게."

뛰어 들어온 여자는 얼른 방문을 닫고는 방구석에 가서 서더니 손가락을 제 입에 갖다 댔다. 화장을 지우다 왔는지 클렌징크림이 콧잔등에서 흉하게 번들거렸다. 옆방 여자인 모양이다. 신발을 끌며 따라오던 소리가 방 앞에서 멈추었다. 소리를 지르거나 방문을 벌컥 열기라도 할 줄 알았는데 조용했다. 표정 없는 얼굴로 여자가 내 눈을 쳐다보았다. 괜찮아요? 소리 없이 입 모양으로 물어보았다. 여자는 반쯤 넋이 빠져 입을 벌리고 고개를 끄덕였다.

녹차 티백을 컵에 담아 뜨거운 물을 부어 건네자 여자는 받으면서 살짝 웃었다. 커다란 입의 양끝이 따로 움직이는 듯한 묘한 웃음이었다. 웃음이 나와? 저러니 맞고 살지. 자칫하다간 싸움판 벌어질 때마다 문이 벌컥 열어젖혀질까 봐 여자가 차를 마시는 동안 나는 아무 말도 하지 않았다. 청승스럽게 홀짝홀짝 차를 마시고, 뜨거운 물 좀 더 부어 줄래요, 하며 새로 더운 물 한 컵을 마시고야 여자는 일어났다.

"괜찮겠어요?"

"잠들었을 거예요. 찌를 위인도 못 돼요."

찌를 위인이라니, 칼이라도 휘둘렀단 말인가. 카르멘과 호세가 옆방에 사는 줄은 몰랐다. 나가려던 여자가 핫플레이트를 가리켰다.

"여기서 이러지 말고 우리 부엌 써요."

집에서 밥을 해 먹진 않지만 나는 고개를 크게 끄덕였다. 제발, 빨리 이 상황을 종료시키고 싶었다.

종일 끊임없이 비가 내려 몸도 마음도 습기 먹은 과자처럼 눅진거리긴 했지만 아무래도 더위는 한풀 꺾여 오히려 견딜 만했다. 골목에 떠도는 자잘한 소음들도 빗소리에 묻혀 사라지고 생각보다 일의 속도는 빨랐다. 사무실에는 오늘 안 나간다 전화를 하고 오전 내내 일에 매달렸다. 저녁때 윤조를 만나기 전까진 꼬박 모니터 앞에 앉아 있어야 할 것 같았다.

일 자체가 까다로운 작업은 아니었다. 아동물 출판에선 기획이 90퍼센트다. 시장과 트렌드를 살펴 기획을 하고 필자와 삽화가를 선정해서 일을 맡기면 되는데, 창작물이 아닐 때는 제작비를 줄여 보려고 출판사 내부에서 원고 작업을 할 때가 많았다. 사실은 기획이랄 것도 없다. 어느 분야나 시스템은 비슷해서, 유럽 패션쇼에서 선보이는 유행 패턴과 유행 색에 따라 다음 계절의 국내 트렌드가 결정되는 것처럼, 우리 같은 영세 업체는 대형 출판사의 출판 경향에 따라 벼락 기획을 하고 시간을 다투어 제작을 해서 틈새시장을 노리는 것이다.

그렇다고 남의 열매를 몰래 따먹는 편안함만 있는 건 아니다. 나름대로 독창성에 대한 고민도 해야 하고 조금이라도 출판 경향을 먼저 파악하기 위해 '볼로냐 북 페어'나 '앙굴렘 만화 페스티벌' 같은 해외 도서전 자료도 손 닿는 대로 챙겨 보아야 했다. 작년엔 성인 시장을 휩쓴 추리물 분야에 눈을 돌려 모던한 단색 삽화를 넣은 시리즈를 기획해서 꽤 재미를 보았다. 올 컬러보다 훨씬 적은 비용으로 탁월한 시선 집중 효과를 낼 수 있었던 단색 삽화의 아이디어도 프랑스에 유학 간 친구가 보내 준 철학 만화의 어두운 올리브빛 삽화에서 따온 것이었다. 무슨 수를 쓰든 먼저 시선을 집중시켜야 한다는 절박감에 쫓겨 이즈음은 내용보다 레이아웃이나 색도 선정에 더 치중하게 되는 게 사실이다.

처음 아동 도서 편집 일을 시작할 때의 빛깔 고운 이상 같은 건 이제 깨진 유리컵처럼 발치에 거치적거릴 뿐이다. 상업성에만 치중한 기획이 가끔 마음을 불편하게 할 때도 있지만 신발을 뚫고 들어와 통증을 유발하진 못한다. 편집 회의에서 논의되는 사항은 많지만 이면의 기준은 한 가지였다. 얼마나 많이 팔릴 것인가. 공룡 같은 대형 출판사들의 틈바구니에서 우선 매달의 생존이 문제였으니까.

여름방학 특수를 앞두고 기획한 건 두 가지였다. 작년에 재미를 본 추리소설 시리즈를 작가만 새로 추가해서 내는 것과 위인전의 만화 출간이었다. 추리소설은 기획의 고민이 없었지만 위인전 쪽은 의견이 잘 모아지지 않았다. 요즘 누가 고리타분한 위인전을 읽겠나, 그리고 기왕에 나와 있는 대형 출판사의 시리즈를 뛰어넘는 책을 만들 수 있겠나 하는 패배주의가 투자를 망설이게 했다. 그래도 참신하게 만든다면 방학을 맞아 학습 만화를 고를 엄마들을 유혹할 수 있을 것이라는 데까지만 기본적으로 동의가 이루어져 있었다. 방학은 한 달이 채 남지 않았다. 집에 오면서 일감을 가지고 오지 않을 수가 없었다.

요즘 매달려 있는 건 「모르그가의 살인 사건」이었다. 원고 작업은 까다롭진 않았다. 문장을 매끄럽게 다듬고 필요한 부분엔 약간의 살을 붙이고 시대에 뒤떨어진 지루한 부분은 부드럽게 연결되도록 잘라 내면 되었다. 동화 쪽은 다듬으면서 내용을 살짝 바꿀 때도 있었지만 추리소설은 그럴 수가 없어 오히려 신경이 덜 쓰였다. 작품을 선정할 때 너무 잔혹하지 않은가 싶은 생각도 있었지만, "요즘 애들 좋아하는 컴퓨터 게임 한번 들어가 봐요." 하는 어린 직원의 말에 고개를 끄덕였다.

……몸을 들어 올리는 순간, 목이 아래로 뚝 떨어져졌다. 이미 목이 잘려 있었다.

시체를 찾아내는 장면이다. 추적추적 비는 오는데 굴뚝 속에 거꾸로 처박힌 채 발견된 시체에 대해 쓰고 있자니 뜨거운 커피라도 한잔 마시고 싶었다. 잔혹하다는 느낌은 들지 않았다. 살인이란 영화나 게임의 비주얼에서 지나치게 남발되는 이미지일 뿐 일생 동안 내 곁의 현실에서 부딪칠 일은 아니니까.

"안에 있어요?"

옆방 여자 목소리였다. 똑똑 손 기척을 하고는 뭐라고 대답도 하기 전에 바로 문을 열었다. 완전히 가족적인 분위기야. 나는 노골적으로 얼굴을 찌푸렸다.

"있었네? 이거 좀 먹어 보라고."

접시에 담긴 건 애호박전이었다. 흐린 날 뜨거운 부침개는 확실히 유혹적이었다. 그러고 보니 점심때도 지나 있었다. 여자는 젓가락도 아예 두 벌을 챙겨 와 내 손에 쥐여 주었다.

"맛있네요."

진심이었다. 윤조와 이른 저녁을 먹자 하고 점심을 건너뛰려 했는데 따끈한 전 조각을 입에 넣는 순간 민망할 만큼 맹렬하게 식욕이 솟았다. 여자는 맛있게 먹는 나를 흐뭇한 표정으로 쳐다보았다. 턱선이 가냘픈 얼굴과 달리 얇은 여름 원피스 아래 드러난 여자의 몸은 제법 속살이 쪄 포동했다. 날 보고 살짝 웃을 때도 그대로 눈웃음이다. 화장품 냄새와 섞인 아릿한 살냄새가 여자인 나까지 숨을 크게 들이쉬게 할 만큼 육감적인 데가 있다. 치마를 들추면 레이스 팬티라도 보일 것 같은 분위기다. 나보다 서넛 위일까.

"공부하나 봐?"

"직장 다녀요."

"여기 이래 봬도 공부하는 사람들 많아요. 문간방 총각도 아직 학생이고 연제 학생은 대학원 다녀요. 영원이라고 안채 뒷방에 사는 싸가지 없는 기집애는 졸업반이래. 참, 그날 고마웠어."

여자의 말투는 '그날' 이삿짐이라도 날랐다는 분위기다.

"내일 뭐 해요? 내일 우리 가게 오픈하는데 나와서 밥이나 같이 먹어요. 여기 입구에 정육점 옆. 여태 남의 가게 나갔는데 그냥 조그맣게 시작해 보려고. 분식집이야."

여자의 눈이 다시 살짝 가늘어졌다. 칭찬받고 싶어 하는 초등학생 같은 표정이다. 내일은, 일 때문에……. 나는 갑자기 핑곗거리가 생각나지 않아 더듬거렸다. 여자가 흰자위를 보이며 눈을 흘겼다.

"내일 일요일이잖아. 다들 바빠서 그냥 밤에 하기로 했으니까 꼭 나와. 식구들이랑 저녁때 술이라도 한잔해야지."

식구라니, 난 가족적인 분위기로 가고 싶은 마음이 전혀 없는데.

접시를 챙기며 여자가 물었다.

"몇 살이에요?"

"저요? 서른이에요."

"어머, 나하고 동갑이네!"

여자는 내 무릎을 아프게 찰싹 쳤다.

동갑이라니. 나도 저렇게 나이 들어 보이나?

"우리 친구 해요. 말도 놓고. 응? 이름은 뭐야?"

"이정은요."

"정은 씨. 난 미옥이야. 이미옥. 성도 같네. 내일 꼭 봐, 응?"

애호박전을 게워 내고 싶었다. 정말 이런 물에 손 담그고 싶지 않은데.

누굴 탓해.

“한 달쯤 앞당기면 안 될까?”

“안 될 건 없지만, 누나도 모처럼 귀국이라고 직장 휴가에 비행기 예약까지 끝냈다는데 속도위반한 것처럼 날짜 바꾸는 것도 좀 그렇다. 차라리 자기가 여기 와서 지내는 게 어때? 정 못 견디겠으면 다시 생각해 보자.”

윤조에겐 정서적으로나 물질적으로 결핍 없이 자란 사람의 유연함과 따스함이 있다. 이 순간에 나는 윤조가 ‘네게 과분한 사람’이라는 주위의 평가에 대해 저항하지 않기로 한다. 열정만으로 상대를 선택하기엔 나는 너무 철이 들어 있었다.

여기 와 있어도 된다는 것, 그건 요즘 그 골목집에서 이맛살 찌푸릴 일이 생길 때마다 머릿속에 꺼내 들 수 있는 보험증서 같은 것이었다. 서른이 넘은 아들의 프라이버시를 존중하는 점잖은 시어른들은 내가 여기 와 있다 하더라도 끝내 모르는 척하실 것이다. 포장만 벗겼을 뿐 새것 그대로인 가구와 가전제품들은 어서 누군가의 손때가 묻기를 기다리며 반짝이고 있었고 무엇보다 단지 깊숙이 들어와 있는 이곳은 도로의 차 소리마저 아득할 만큼 조용했다. 비워 놓긴 아까운 작업실이었다. 윤조는 내가 전에 살던 다가구주택이 헐린다고 할 때부터 여기 들어와 지내라고 했지만 내가 기어이 그쪽으로 짐을 옮겨 버린 건 최소한의 자존심이었을 것이다. 이 아파트를 마련해 준 건 시댁이었고 그 속을 채울 건 공식적으로 내가 준비하는 걸로 되어 있었지만 같이 다니며 고른 것들에 대해 지불한 건 윤조였다.

지난봄 결혼식 얘기가 나왔을 때 집안 형편도 그렇고, 하며 얼버무렸던 내 태도에 대해 윤조는 다만 그것만이 결혼을 망설이는 이유의 전부라고 단순하게 받아들였다. 백화점으로 홈시어터와 세탁기와 냉장고를 보러 다니면서 고른 것들을 전부 자기 카드로 계산하면서도 "쇼핑이 내 취미야." 할 만큼 그는 배려가 본능처럼 밴 사람이었다. 물론 세상의 모든 타인이 아니라 욕망하는 한 여자에 대한 배려겠지만.

하긴 여기 와 있으면 내가 안주인이 된 기분이다. 세공이 섬세한 크리스털 컵에 조각 얼음 세 개, 투명한 금빛 럼주를 붓고 차가운 콜라를 가득 채우자 얼음 조각이 탁탁 튀며 잘게 갈라졌다.

"어제 배운 칵테일이야. 쿠바리브레."

컵을 받아 들며 윤조는 내 볼에 입을 맞추었다.

"요즘처럼 행복했던 적이 없어."

피 묻은 사랑니 대신 칵테일 잔을 든 그의 말은 진심일 것이다. 하루 종일, 진료 의자에 누워 고통을 호소하는 목소리를 들어야 하고 에로스의 기관이 아니라 환부로서의 입안을 들여다보며 상한 이의 숫자를 세어야 한다는 것은 고문이라고 해도 엄살이라고 윽박지를 순 없을 것이다. 그 쪽에 소질과 취미는 없지만 요리 학원과 칵테일 단기 과정을 다니며 주말 하루 정도는 배운 메뉴로 그를 행복하게 해 줄 수 있다면 그쯤 못 할 것도 없었다. 얼음을 깨물며 윤조가 물었다.

"직업별 자살률이 최고인 업종이 뭔지 알아?"

"아동물 출판업자?"

윤조는 내 코끝을 살짝 눌렀다.

"치과 의사야."

"하긴, 하루 종일 어둡고 냄새나는 동굴을 탐사해야 한다면 영원히 쉬고 싶다는 생각이 들 때도 있겠어."

"어둡고 냄새나는 동굴도 나름 아닐까."

윤조의 손이 허벅지를 따라 올라왔다. 그의 입술에서 톡 쏘는 콜라 맛의 뒤로 달콤한 사탕수수의 맛이 전해 왔다. 눈을 감으며 생각했다. 우리 결혼 생활의 맛도 대체로 이러할까?

*

분식집 개업에는 뭘 들고 가야 하나. 살다 보니 별 고민을 다 해야 되누나. 투덜거리며 슈퍼에서 부엌용 세제와 커피를 집어 들었다. 그걸 들고 갈 때만 해도 여자의 얼굴만 보고 한번 웃어 주고 나올 생각이었다. 일부러 좀 늦게 나섰는데 파장은커녕 실내는 웃음소리와 왁자한 말소리, 부엌에서 나오는 더운 습기로 흥성했다. 여자는 날 보자 눈을 살짝 흘기며 등을 떠다밀었다.

"기다렸어."

크지 않은 홀에 사람이 그득했다.

"아직 바쁜 시간이네요. 전 이만……."

속삭이며 얼른 몸을 돌리려는데 여자는 내 팔짱을 꽉 끼더니 사람들 사이로 끌고 갔다. 가로가 세로보다 긴 얼굴의 할머니가 돼지 머릿고기를 한 점 입에 넣으며 내게 앉으라고 손짓을 했다.

"옆 가게 정육점 할머니야. 인사해. 할머니, 여기는 새로 이사 온 정은 씨."

할머니는 몇 근이나 되나 저울질하는 눈초리로 나를 아래위로 재빨리 훑어보았다.

가게 안에 가득한 사람들은 전부 이웃인 모양이었다. 한 집에 사는 사람들과도 처음 인사를 했다. 약간 곱슬곱슬한 머리를 짧게 자른 남자 하나가 캠코더 같은 걸 들고 돌아다녔다. 요즘은 분식집 개업식도 비디오로 떠 놓는 모양이네, 생각하고 있는데 여자가 캠코더를 향해 승우 씨, 불렀다.

"여기는 골목 시장의 영화감독 승우 씨, 이쪽은 정은 씨예요."

"처음 뵙겠습니다."

인사하는 목소리를 들으니 밤마다 대문에서 제 방으로 가면서 똑같은 노래 구절을 부르는 그 남자였다. "우리 아저씨"라며 소개한 여자의 남편은 생긴 건 멀쩡했다. 얼굴보다 먼저 손에 눈이 갔는데 살점 없이 뼈마디가 툭툭 불거진 손이 유난히 커 보였다. 밤에 부엌으로 달려가 칼 들고 오게 생기진 않았는데. 여자가 일러 주는 대로 일일이 목례를 하다 보니 골목 안에 사는 사람들은 전부 모인 것 같았다. 결혼 피로연 분위기 아냐, 이거. 짧지 않은 골목을 오가며 이 얼굴들과 부딪칠 때마다 인사를 해야 할 걸 생각하니 끔찍했다.

땀이 밴 이마를 훔치며 여자는 만개한 꽃처럼 웃고 있었다. 누군가 들어올 때마다 어릴 때 헤어진 동생을 만난 듯 깜짝 반가워했다. 여자를 바라보던 정육점 할머니가 소주잔을 입에서 떼며 중얼거렸다.

"저 기운, 누가 풀어 줘야 되는데."

김 오르는 국수 그릇이 내 앞에 놓이고 영화감독이 종이컵에 소주 한 잔을 넘치게 부어 주었다. 소주도 나쁘진 않지만 칵테일 단기 과정을 다니면서 나는 어느새 마티니와 잭콕에 익숙해져 있었다. 그러면서 술뿐만이 아니라 일상도 그 스타일이 편안해지고 있었다. 누군가 "원샷!"을 외쳤고 결정적인 순간에 거절을 못 하는 내 성격에 화가 나 종이컵을 단숨에 기울였다. 한 점 집어 먹은 돼지 막창은 뭔가가 지걱거렸고 얼른 떠 넣은 국수 국물에선 심한 멸치 비린내가 났다. 비애가 확 몰려왔다.

누굴 탓해.

늦게사 겨우 빠져나와 일을 붙들고 앉아 있는데 자정도 넘어 다투는 소리도 없이 여자가 달려 나왔다. 오늘만은 축제 분위기로 마감할 줄 알았는데, 웬일이야. 문을 두드리지도 않고 엎어지듯 기어 들어와서 그 와중에도 잊지 않고 잠금 버튼을 누르고는 벽에 기대선 채 눈을 감은 여자의 왼쪽 눈썹 위가 터져 있었다. 피 흐르는 상처를 뻔히 보며, 괜찮아요? 물어보자니 매우 바보 같은 질문이라는 생각이 들었다. 여자는 눈을 감은 채 고개를 끄덕였다. 나는 왜 여기 서 있나, 밤이 내 앞에 다시 다가오는데……. 바깥에선 노래처럼 느리게 슬리퍼 끄는 소리가 나고 대문 열리는 소리가 삐걱 났다. 비가 그새 그쳤는지 매미들이 쇠톱을 긁어 대듯 울기 시작했다. 저놈의 미친 매미들은 밤낮도 몰라. 여전히 눈을 감은 채 여자가 중얼거리는 소리에 나는 흠칫 놀랐다. 마당에서 들려오는 영화감독의 노랫소리를 들으며 속으로 생각했다. 찍으면 그대로 컬트 무비겠어.

방구석에 앉아 있던 여자가 남편이 잠들었을 거라며 돌아가고 나서 밀쳐 둔 일을 하다 보니 3시가 가까웠다. 저녁이라곤 비린내 나는 국수 몇 가닥 건져 먹은 게 전부라 허기가 졌다. 라면이라도 하나 먹고 싶은데 핫플레이트에 물만 조금 끓여도 방은 한증막처럼 기온이 올라갔다. 제 부엌을 쓰라고 했던 여자의 말이 생각나서 라면 하나를 들고 방을 나섰다. 부엌문은 잠겨 있지 않았다. 벽을 더듬어 스위치를 올리고 나는 좀 놀랐다. 부엌은 지나치게 청결했다. 하루 종일 가게에 나가 있으면서 언제 이렇게 치워 놓고 사나. 바닥에 흘린 밥알을 주워 먹어도 될 만큼 타일은 깨끗이 닦여 있었고 가스레인지 위의 냄비는 쇼윈도 안의 상품처럼 윤이 났다. 냉장고 문을 살짝 열어 보았다. 달걀도 씻어 넣었나 봐. 모든 게 반짝거렸다. 선반엔 깨소금 한 톨 떨어져 있지 않았고 좁은 공간에 달콤한 향내까지 떠돌고 있었다. 싱크대 위, 목이 긴 유리컵에 흰 치자 꽃 가지 하나가 꽂혀 있었다. 마당 가에서 꺾어 온 것일 게다. 물이 끓기를 기다리며 치자 꽃을 오래 바라보았다. 어지러울 만큼 다디단 향을 내뿜는데도 꽃은 어딘가 처연해 보였다. 찢어진 여자의 눈두덩이 떠올랐다. 미옥이라고 했던가. 방을 나가기 전 미안한 듯 살짝 웃던 여자를 닮은 꽃이다.

라면 냄비를 들고 나오는데 마당이 훤했다. 영화감독이 방문을 열어 놓고 담배를 피우며 하늘을 쳐다보고 있었다. 얼핏 돌아보는 남자의 얼굴에서 뭔가가 번쩍였다. 별을 볼 때 안경을 쓰는 감성으로는 어떤 영화를 만들까. 나는 고개를 숙이고 방으로 들어왔다. 누군가의 평범한 일상의 한 컷에서 특별한 의미를 읽어 낸다는 건 위험한 일이다.

퇴근하면서 골목 입구의 철물점에 들러 방충망 재료를 사 들고 왔다. 비가 올 땐 괜찮은데 비가 그치면 날벌레와 모기 때문에 창문을 열어 놓을 수가 없었다. 얼마나 있을지도 모르는데 제대로 된 방충망을 맞추기도 그래서 접착제와 푸른 망으로 된 재료를 사긴 했는데 하도 조잡해 보여 한 달이나 견딜까 싶었다. 그래, 이거 망가지는 날까지만 버텨 보자, 씩씩하게 대문을 넘어서는데, "방충망 하려고요?" 소리가 뒤에서 들렸다. 몸에 붙는 검은 티셔츠와 청바지를 입은 영화감독은 나란히 서고 보니 키가 꽤 컸다.

"벌레가 하도 들어와 사긴 했는데 일회용처럼 보여요."

"작년에 해 봤는데 석 달은 가요."

"다행이네요."

"혼자 하긴 어려울걸요? 지금 하실 거예요?"

"예에."

나는 어정쩡하게 대답했다. 그러고 보니 팔 길이보다 긴 창문에 혼자 설치하긴 어려울 것 같았다.

어깨에 메고 있던 프라다 천의 카메라 가방을 제 방문

앞에 내려놓고 돌아와 영화감독은 방 안을 들여다보았다. 그 의자로는 안 돼요. 창틀 아래 끌어다 놓은 바퀴 달린 의자를 보더니 다시 제 방으로 가서 등받이 없는 원목 의자를 들고 왔다. 접착 시트를 뜯어내고 망을 적당한 크기로 잘라 끼우고 이가 안 맞는 곳을 순간접착제로 발라 가면서 영화감독은 금방 설치를 끝냈다. 나는 옆에서 접착제 바른 곳을 누르고 있거나 망을 팽팽하게 당기는 일을 시키는 대로 했을 뿐이다.

"전문가시네요."

"영화 일이 노가다 판이거든요. 안 해 본 일이 없어요. 이 정도는 일도 아니죠."

말은 그렇게 했지만 짧은 머리칼 아래로 땀이 송송했다. 냉장고에서 얼음을 꺼내 컵에 채우고 콜라 캔을 따서 부어 건넸다.

"어, 이런 과도한 서비스엔 익숙지가 않은데."

쑥스러워하며 컵을 받아 목이 말랐던 듯 코를 찡그리며 단숨에 콜라를 마시고는 방을 둘러보았다.

"학생이세요?"

"출판 일을 해요."

"무슨 출판사예요?"

"얘기해도 모를 거예요. 구멍가게거든요. 영화감독이시라고요?"

"에이, 감독은요. 아직 학교 다니는걸요. 요즘은 어디 출품해 볼까 하고 짤막한 걸 하나 진행하고 있어요."

"어떤 스토리예요?"

"사는 이야기죠 뭐. 삶의 관성이라고 해야 되나. 이 동네서 중학교까지 다녔어요. 작년에 우연히 여길 지나게 됐는데, 이 골목이 그때하고 똑같은 거 있죠. 하나도 변하지 않았다는 거, 그게 충격이었어요. 철물점 간판, 세탁소 앞을 지나면 나는 냄새, 그때 이후로 별로 늙지 않은 정육점 할머니까지. 그냥 기록한다고 생각하며 작업하고 있어요. 미옥 씨나 연제, 정육점 할머니까지 전부 제 배우들이죠. 배우들한텐 불만이 없어요. 카메라 앞에선 전 국민이 연예인이더라고요. 스토리는, 저도 잘 모르겠어요. 어떤 결론이 될지. 그저 찍고 또 찍는 거죠. 그러다 보면 어떤 불꽃 같은 장면이 나와 주리라 기다리면서. 우리 업계에서는 그걸 '야마 신'이라고 부르는데. 살인, 폭력, 배신, 뭐 그런 거 말고도 지독히 일상적인 삶의 풍경 그 자체가 전율을 주는 순간이 있다고 생각해요."

"야마 신이라. 재미있는 말이네요. 근데, 이 골목에서 그런 게 나와 줄까요?"

감독이 내 눈을 빤히 쳐다보았다.

"이 골목이 어때서요?"

웬 공주병? 그런 시선은 아니었지만 조심성 없이 불쑥

뱉은 말이 좀 후회스러웠다.

"졸업하면 영화감독이 되는 건가요?"

"모르겠어요. 영화를 좋아하고 그래서 뒤늦게 시작했지만 이렇게 실험적인 단편 제작과 상업 영화 사이엔 너무 넓은 틈이 있다는 생각을 해요. 다른 기준을 적용해야 하는데 거기에 내가 심정적으로 적응할 수 있을까, 그런 고민이 있어요."

"요즘은 여건이 좋아졌잖아요. 하고 싶은 방향으로 나가면서 인정받는 사람들도 많고."

"인정받는 것과 지속할 수 있는 건 다른 문제거든요. 내가 원하는 작업을 하면서 동시에 지속할 수 있을까, 단순하게 말하자면 돈 문제죠. 이런 작품이야 아르바이트 죽자고 해서 모은 돈으로 어떻게 되는데 시스템 안으로 들어가면 액수의 차원이 달라지니까. 파워를 가진 쪽에 예속될 수밖에 없는, 그런 고민이 있어요. 우선 시작하고 싶은 욕심 때문에 끌려들어 가서는 작가적 욕망과 자본의 욕망 사이에서 끊임없이 부딪치게 되는 거죠."

"뭐, 대중의 취향에 맞는 영화를 만들어서 번 돈으로 정말 내가 하고 싶은 영화를 찍을 수도 있잖아요."

"빠지기 쉬운 함정이죠. 선배들 보면 관객에게 아부해서 대박 나면 그땐 정말 내가 하고 싶은 거 해 보겠다, 하는데 한번 그쪽으로 가면 돌아오기가 쉽지 않은가 봐요. 영화 좋아하세요?"

"취향에 맞는 영화만요."

"우문이었네요."

모니터를 들여다보며 그가 물었다.

"직접 원고를 써요?"

"가끔요. 요즘은 원작이 있는 걸 손보고 있어요."

"이건 뭐예요?"

"앨런 포. 「모르그가의 살인 사건」이에요. 너무 올드 패션이죠?"

"「모르그가의 살인 사건」이라면 19세기에 나온 최초의 추리소설 아닙니까?"

그 말은 나를 확실히 절망시켰다. 19세기라니. 차라리 전래 추리 시리즈라고 이름 붙이는 게 낫지 않을까. 그는 모니터를 들여다보며 남의 속도 모르고 얼음을 오득오득 깨물고 있었다.

"근데, 친구와 술은 몰라도 추리소설은 역시 옛날 게 재미있어요. 추리소설 꽤나 읽었지만 「검은 고양이」만큼 강렬한 인상을 새겨 준 건 없어요. 비슷비슷하게 쏟아져 나오는 판타지류 속에서 오히려 신선한 재미를 줄 수 있을 거라고 보는데."

"그럴까요?"

"확실해요."

우리는 마주 보고 웃었다. 둘 사이의 어떤 막이 웃음 뒤로 사라져 갔다.

"그리고 여기 이 집에 이사 오면, 그날부터 제 배우가 되는 거 알고 있었어요?"

"계약 조건에 그런 건 없었는데. 설마 시중에 상영되는 건 아니죠?"

"그런 영광까지야."

"몰래 카메라도 있나요?"

"아주 둔하지 않은 사람은 대체로 카메라를 의식하게 될 거예요."

나는 방충망을 가리키며 애매하게 웃었다.

"출연료 선불이었어요?"

*

"또 맞은 거야?"

"아니, 멍이 밑으로 내려와서 그래."

이마가 퍼렇던 미옥이 오늘은 눈썹 끝에 멍을 달고 건너왔다. 얼굴의 상처 때문에 가게도 요즘 휴업이었다. 새벽까지 일을 하다 잠시 눈을 붙이고 다시 일어나 앉은 참이었지만 눈두덩이 검푸르게 죽은 채 순대 접시를 들고 나타난 미옥을 밀어낼 수가 없었다. 방충망이 뜯어지기 전에 떠날 거라면, 우리 친구 하자던 이 여자의 말대로, 유한해서 부담 없는 우정을 나누는 것도 괜찮다는 생각을 했다. 여름이 끝나기 전에 나갈 거라는 얘긴 아무에게도 안 했지만. 나는 손가락으로 동그라미를 만들어 눈에 대고 미옥을 놀렸다.

"보아하니 내일은 팬더 되겠다. 도대체 왜 맞았는데?"

"철물점 아저씨한테 너무 다정하게 웃었대."

"그거 병이야."

"알아."

"그럼, 남편 있을 땐 남들한테 웃지도 마."

"내 입이 그렇게 생겼잖아. 말만 해도 웃는 것처럼 보인대. 식기 전에 먹어."

미옥이 순대를 한 점 집어 내 입에 넣어 주고 저도 하나 입에 넣으며 한숨을 쉬었다.

"난 돼지 간이 왜 이렇게 맛있는지 몰라. 그 사람 말이 맞아. 때릴 분위기면 얼른 달아나래. 자기도 어쩔 수 없대."

왜 참고 살아, 하는 말 대신 나는 순대만 꾹꾹 씹었다. 밤새 내리던 빗줄기는 좀 가늘어진 채 끊임없었다. 같이 먹잔 얘기도 없이, 하며 승우가 카메라를 들고 나왔다. 넌더리를 내던 이 집에 익숙해지듯 나는 밤이면 달려오는 미옥에게도, 승우의 카메라에도 어느새 익숙해지고 있었다. 대문 옆에서 승우가 카메라를 만지는 사이 나는 얼른 입에 든 순대를 삼키고 물컵을 집어 들었다. 순대를 먹는 두 여자에게 물어보지도 않고 카메라를 들이대는 사람이나 그러거나 말거나 꾸역꾸역 돼지 간을 밀어 넣는 미옥이나, 참.

순대 냄새를 맡았는지 어느새 방문 앞에 고양이 한 마리가 와서는 간절한 눈길을 보낸다. 골목 바깥에서도 만났다 집 안에서도 보였다 하는 놈이다. 흰 목덜미에 검게 말라붙은 핏자국이 보였다. 순대 하나를 던져 주었더니 잽싸게 물고는 부엌 뒤로 달려갔다.

"주지 마."

미옥이 눈을 흘겼다.

"왜? 불쌍하잖아. 피는 왜 흘렸어?"

"어젯밤에 부엌 앞에서 어떤 놈하고 열나게 하다가 그놈한테 물어뜯겼어. 저것들도 변태가 있나 봐. 비 맞긴 싫은지 부엌 앞에 와서는 저녁내 들러붙어서 염장을 지르데. 복 많은 년. 내가 지금 저한테 순대 주게 생겼어. 고양이 주제에 물어뜯긴 왜 물어뜯어."

미옥은 한숨을 폭 내쉬었다.

"자꾸 염장 지르면 불임 수술시켜 버릴 거야."

"성질 죽여."

나는 승우의 카메라가 자꾸만 신경 쓰이는데 미옥은 카메라를 잊고 있는 사람 같았다.

"우린 안 한 지 오래돼."

순대를 씹으며 미옥이 그랬을 때 나는 하마터면 뭘, 하고 물어볼 뻔했다.

“우리 아저씨 멀쩡해 보이지? 저 사람, 현장 일 다닐 땐 우리도 괜찮았어. 나도 찌개 끓여 놓고 서방님 오기만 목 빠지게 기다리던 시절도 있었지. 똑 이렇게 가랑비가 종일 오는 날이었는데, 점심때도 지났는데, 이상하게 까닭도 없이 불안하더라. 심장 뛰는 게 느껴지고, 왜 그런 때 있잖아. 그러고 있는데 현장감독 전화가 왔어. 2층 비계에서 떨어졌는데 좀 다쳤다고. 놀라서 병원 달려갔는데 괜찮아 보이더라고. 다 멀쩡한데 뇌의 어느 한 부분이 손상됐대. 그러고는 서질 않아. 지 팔자기도 하고 내 팔자기도 하지.”

그런 얘기까지 할 만큼 우리 사이가 가깝다고는 결코 생각하지 않았다. 뭐라고 할 말이 없어 나는 물만 마시고 있었다.

“더 먹어. 나보다는 그 사람이 더 불쌍해.”

마당의 시멘트 파인 곳에 괸 빗물에 더 이상 동심원이 생기지 않는다. 비가 그치자 성급한 햇살이 물웅덩이에 내리꽂힌다. 작은 무지개가 웅덩이에 생겼다. 창고 옆 플라스틱 화분에 핀 치자 꽃이 빗물에 씻겨 환하다. 대문간엔 재활용 쓰레기가 쌓여 있고 노랗게 말라죽은 나무가 꽂혀 있는 플라스틱 화분 몇 개가 담 아래 어지러운데 웬지, 이런 풍경이 눈부실 수도 있구나, 싶다. 햇살보다 진한 꽃향기가 마당에 번진다. 승우가 느닷없이 치자 꽃 한 송이를 꺾어와 미옥의 귀에 꽂아 주며 장난스럽게 말했다.

"누나, 행복해야 해요."

큰 입을 벌려 활짝 웃는 미옥이 그렇게 예쁜 줄 몰랐다. 근거 없는 이 새쭉함이 질투라고는 인정하고 싶지 않다.

*

"여자들 웃기네. 얼마나 친하다고 그런 얘길 다 해?"

성게 알이 얹힌 초밥을 내 입에 넣어 주며 윤조는 재미있어했다. 일 때문에 이번 주엔 요리 학원도 칵테일 스쿨도 빠졌다고, 밖에서 먹고 들어가자 했더니 사 먹는 밥이 지겹다며 윤조는 병원 옆에서 생선 초밥을 주문해 왔다.

"기획한 거 제대로 나가 주면 수익이 어느 정도 돼?"

"근근이 사무실 유지하면 다행이지."

"머리 굶이지 말고 그냥 정리해 버려. 필요한 만큼 용돈 줄게."

"돈이 아니라 영혼의 문제야."

윤조는 눈을 크게 떴다.

"결혼하고도 일 계속하려고?"

"당연하지."

"경제적으로 생각해. 내 뒷바라지나 제대로 해. 심심하면 병원 나와서 사람들 관리라도 해 주든지."

"나 심심해서 이 일 하는 거 아냐."

"결혼해서도 야근하고 나 혼자 밥 먹게 하고 그럴 생각이야?"

대답이 없자 윤조는 오케이 그건 다음에 생각하자, 하며 가파른 분위기를 마무리해 버린다. 일주일 내내 피 묻은 사랑니나 만지작거리다 토요일 밤마저 말다툼으로 보내고 싶진 않겠지 싶어 나도 골목집 얘기로 주제를 바꾸었다. 치매 노인 모시는 사람은 괴로워도 얘기 듣는 사람은 재미있는 것처럼 골목집 얘기가 똑 그랬다. 당할 땐 진절머리가 나던 일들이 윤조에게 얘기를 하다 보면 짜증 끝에 웃음이 나고 사람 사는 냄새가 나는 것 같고 그랬다.

"웃기는 게 아니라 그 얘기 그때 안 하면 미옥이 미쳐 버릴 것 같은, 그런 느낌이 들더라. 웃으면서 그 얘길 하는데, 자꾸만 돼지 간을 입에 밀어 넣는데 오죽했으면 영화감독이 꽃을 꺾어서 바쳤겠어."

윤조는 요즘 골목집 이야기를 듣는 재미에 푹 빠졌다. 밤마다 대문 밖에 다른 남자가 찾아오는 청춘 스타 영원, 간밤에 자기를 죽어라 때린 남자와 깔깔거리며 장난치는 소리가 내 방까지 들려오는 속없는 미옥, 영화를 공부한다는 승우의 이야기를 주말 연속극처럼 즐겁게 들었다.

"영화감독은 어떤 사람이야? 어떻게 생겼어?"

"못생겼어. 눈이 분장한 가부키 배우처럼 가늘게 생겼어. 몇 년 전에 배낭여행을 갔는데 이탈리아 어느 섬으로 가는 배 안에서 에게해의 물빛 같은 눈동자의 소녀가 옆에 와서 손가락으로 그 사람 눈을 가리키며 조용히 묻더래. 아저씨, 그거 가면이죠?"

윤조는 웃음을 터뜨리더니 살짝 눈을 찌푸렸다.

"그런 얘기까지 해? 너무 친한 거 아냐? 몇 살이야?"

"나이는 몰라. 호구조사 할 만큼 가까운 사이는 아니니까 걱정 마."

계속된 수면 부족으로 몸 상태가 안 좋았는데 차가운 초밥을 먹었더니 체한 듯한 느낌이 들면서 기분이 나빠졌다. 드러누워 쉬고 싶었다. 뜨거운 보리차를 끓여 마시고 있는데 윤조가 달려들며 가슴을 더듬었다.

"오늘은 안 돼."

"왜, 마법에 걸린 날이야?"

"아니, 몸이 좀 안 좋아."

못 들은 척, 윤조는 내 등과 다리 밑에 손을 넣어서 번쩍 들고는 침대로 갔다.

"하고 싶지 않아."

나는 고개까지 저었다.

"가만있어. 다리만 벌리고 있으면 되잖아."

"그럴 기분이 아니라니까."

멈칫하더니 윤조는 기어이 팬티를 끌어 내렸다. 사랑해, 얼마나 하고 싶었는데. 귓바퀴를 아프게 깨물며 속삭이는

데 나는 도무지 내키질 않았다. 그의 몸은 뜨거웠고 내 건 차가웠다.

"다리 좀 올려 봐."

채 열리지 않은 몸속으로 들어온 페니스는 날 우울하게 했다. 나는 눈을 감고 가만히 누워 있었다. 차가운 몸이 낡은 목선(木船)처럼 무용하게 흔들리는 동안 난 우리 사이에 일상의 언어와 욕정의 언어 외에 다른 공통의 언어가 결핍되어 있음을 깨달았다. 빨리 끝내고 싶은 생각에 나는 허리를 약간 비틀었다. 한순간 윤조의 손이 내 엉덩이를 아프게 쥐었다. 가슴에 얼굴을 파묻고 엎드려 있던 윤조가 내 몸에서 떨어져 나가 옆에 누웠을 때 골목집의 내 방에서 혼자 있고 싶다는 생각이 들었다. 윤조를 만난 후 처음이었다.

"가 봐야 돼. 내일까지 마무리할 게 있어서."

"왜 혼자서 일을 다 하려고 그래. 힘들면 남에게 맡길 줄도 알아야지."

투덜거리긴 했지만 섹스를 끝낸 수컷이 으레 그렇듯 더 이상 붙잡지 않고 윤조는 제 차로 골목 앞까지 데려다주었다. 브레이크를 밟은 채 윤조는 손가락으로 제 볼을 가리켰다. 나는 떼쓰는 아이 달래듯 볼에 입술을 갖다 댔다. 미지근하고 축축했다. 요리하지 않은 날고기처럼 그 뺨은 내 입술에, 혀에, 아무런 행복감을 주지 못했다. 나는 에스

키모가 아니야. 그의 살이 내 혀끝에 떨림을 주지 못하는 건 다만 그래서야.

어두운 골목을 걸어오는데 마른기침이 났다. 목이 아프고 진땀이 나면서 오싹 한기가 들었다. 지금 아프면 안 되는데, 혼자 중얼거리며 대문 앞에 서서 핸드백 속에 손을 넣고 키를 찾고 있는데 발자국 소리가 등 뒤에서 멈췄다.

"키 여기 있어요."

승우였다. 옆으로 비켜서자 허리를 굽혀 열쇠를 꽂으며 물어보았다.

"주말엔, 늘 어디 가세요? 집에 가시나 봐요?"

"네. 집에 가요."

그가 말하는 집이란 내 부모의 집일 것이다. 내가 말하는 건 내 미래의 집이다. 이럴 때의 언어란 모호해서 편하다.

"아픈 거 같아요. 아파 보여요."

"좀 아파요."

좀이 아니었다. 내키지 않는 섹스가 위태롭게 버티던 몸의 균형을 깨 버렸다.

"감기?"

"몸살인가 봐요."

"새벽까지 늘 불이 켜져 있더니. 배터리도 완전히 방전되면 충전이 어려운 거 알잖아요."

집 안은 조용했다. 미옥의 방도 불이 꺼져 있었다. 오늘은 별일 없이 잠들었을까. 나도 없었는데. 잡동사니를 넣어 두는 서랍 속엔 아스피린 한 알도 없었다. 뜨거운 물이라도 마시고 싶어 포트를 꽂아 놓고 컴퓨터를 켜고 있는데 누가 문을 두드렸다. 승우였다. 쑥 들어오더니 머그잔과 아스피린 두 알을 책상에 올려놓으며 모니터를 들여다보았다.

"아프다면서 또 일해요? 이거 탱고차이예요. 뜨거울 때 훌훌 불면서 마셔요."

"탱고차이?"

"홍차에 끓인 우유와 꿀을 탄 거예요. 인도에 갔을 때 배웠는데 아플 때 마시면 괜찮아요. 잠도 잘 오고. 이건, 탱고를 들려주면서 끓인 차이예요. 마시고 나면 머리에 붉은 꽃을 꽂은 탱고 무용수처럼 에너지가 펄펄 넘칠 거예요."

뜨거운 걸 삼키자 목이 아프면서도 시원했다.

"맛있네요. 영화는 잘돼 가고 있어요?"

"한번 볼래요? 모니터 화면으로 볼 수 있어요."

눈을 반짝이며 대답도 듣지 않고 승우는 제 방으로 달려가서 카메라를 들고 왔다.

"완성되지 않은 필름, 누구에게 보여 주긴 첨이에요."

"나도 완성되지 않은 영화, 봐 주긴 처음이에요."

귀를 긁으며 웃는 그의 작은 눈이 더 가늘어진다. 콘센트를 찾아 꽂고 버튼을 누르는 표정이 지독하게 심각해 나는 재미있어하며 지켜보았다. 바닥에 앉아 벽에 등을 기대고 나란히 앉았는데 바퀴벌레 한 마리가 책상 아래서 나오더니 재빨리 방문 쪽으로 달려갔다. 어머, 손가락으로 가리키자 승우는 몸을 날려 손바닥으로 쳐서는 죽었나 확인하고 화장지로 싸서 쓰레기통에 넣고는 책상 위에 있던 머그잔을 들고 와 건넸다. "그 손으로!" 하고 비명을 지르자 그제야 손바닥을 제 청바지에 쓱 문지르고는 장을 열어 베개를 하나 꺼내 내 등에 받쳐 주었다. 그러느라 처음 화면을 놓쳐 다시 되감기를 해야 했다.

"역시 영화는 극장에서 봐야 해."

마무리되지 않은 제 영화를 보여 주는 마음이 좀 쑥스러운 것이다. 그 마음이 말에 묻어났다. 머리는 여전히 지끈거렸지만 뜨거운 차이를 마셔서인지 오한은 사라지고 팔다리가 나른했다.

늘 지나다니는 긴 골목이 화면 속에선 다른 장소처럼 보였다. 분식집 개업 때 보았던 동네 사람들이 손바닥만 한 화면 속에서 걸어 다니고, 웃고, 화를 내고, 무언가를 먹고 마시고 있었다. 별 뚜렷한 스토리도, 반전도 없었다. 영화라기보단 다큐멘터리 필름처럼 느껴졌다. 귀에 치자꽃을 꽂은 채 활짝 웃는 미옥의 옆에 있는, 어딘가 약간 긴장한 듯한 내 얼굴이 내겐 가장 낯설었다.

"자기 영화를 관객이 어떤 관점에서 받아들이길 원해

요?"

"글쎄요. 누군가의 일기장을 들여다보는 듯한, 그런."

"덧칠하지 않은 진실을 말하는 건가요?"

"그렇게 들려요? 느낌을 말해 줄 수 있어요?"

"솔직히 좀 밋밋하네요."

"편집하고 음악 들어가면 좀 달라질 거예요."

그 말은 변명, 혹은 오만처럼 들렸다. 마당에서 절벅거리는 물소리와 노랫소리가 들려왔다. 이젠 잊어야만 하는 아픈 기억이, 별이 되어 반짝이며 나를 흔드네. 연제였다.

"저 자식, 또 여자 하나 울린 모양이네. 연애가 끝나면 꼭 저 노래를 부르거든요."

카메라를 들고 일어서며 승우는 내 눈을 쳐다보았다.

"눈이 참 예쁘네요."

그 말을 해 놓고는 금방 후회하는 표정을 지었다. 그의 눈빛에서 카메라 렌즈의 욕망이 아닌, 다른 욕망을 언뜻 보았다고 생각했지만 그는 무슨 말인가를 덧붙이려다 고개를 숙이고는 돌아갔다. 빈방에서 나야말로 후회를 했다. 밋밋하다는 말을 뭐 하러 했을까, 어차피 15분짜리 단편이라면 요란한 기승전결이 더 웃길 텐데.

*

"아침 안 먹었지?"

미옥이 사각 쟁반을 들고 들어섰다.

"안 돼. 나 밥 먹을 시간 없어."

"미쳤어. 다 먹고살려고 하는 짓인데. 어서 내려와."

냄비에 담긴 건 먹다 남은 동태찌개였는데 부서진 대가리하고 물러 터진 무 조각뿐이었다. 얘는 아무리 그래도 먹던 걸 가져오냐? 깨작거리고 있었더니 숟가락을 뺏어서는 삽 쥐듯 거꾸로 쥐여 준다. 그렇게 조금씩 먹으면 맛있게 보일 거 같아? 푹푹 떠먹어, 혼을 내면서. 찌개는 보기엔 심란했는데 먹어 보니 얼큰한 게 속이 다 시원했다. 밥 한 공기를 비워 가는데 승우가 카메라를 들고 방문을 열어젖혔다. 미옥이 눈을 흘겼다.

"먹을 땐 개도 안 건드린다잖아."

"누난 개가 아니에요."

"누나, 누나, 하지 마. 생일 두 달 빠르다고 누나 소리 듣기 징그러워."

미옥은 입에 밥을 넣은 채 국물을 후루룩 삼키며, 난 먹다 남은 찌개 데운 게 왜 이렇게 맛있는지 몰라, 처음 끓인 것보다 이게 맛있어, 했다. 잘리지 않은 부추 가닥이 미옥의 입가에 초록 수염처럼 길게 삐어 나와 있다. 그게 점점 짧아지다 크고 육감적인, 양끝이 따로 움직이는 듯한 입술 속으로 사라질 때까지 쳐다보고 있자 왜, 하고 물었다.

"그렇게 맛있어?"

"응."

멍이 내려와 눈이 드디어 팬더처럼 된 미옥이 졸아든 국물을 맛있게 먹는 걸 보자 어쩐지 가슴이 싸했다.

"뭐 하고 있었어?"

"「인어 공주」. 고민이야. 끝을 어떻게 할까. 그냥 원작대로 갈까, 아니면 디즈니 만화처럼 해피엔딩으로 끝낼까."

미옥이 밥풀 묻은 숟가락을 내 얼굴에 대고 휘저었다.

"해피엔딩으로 해. 왕자님하고 사랑하고 뽀뽀도 하게 해."

"원작이 낫지 않아? 어릴 때 난 「인어 공주」 읽고 오랫동안 마음이 징하게 아팠어. 거품이 되는 사랑, 아프지만 그게 더 진짜 인생을 닮았잖아. 해피엔딩은 너무 달콤하기만 한 사탕 같아서 재미없어."

미옥은 뜻밖에 완강했다.

"사는 것도 지랄 맞은데 동화마저 아파야 돼? 무조건 해피엔딩이라야 해. 난 우울한 동화 싫어. 구박받다 죽어서 귀신이 되어서야 한을 푸는 「장화 홍련」도 싫고, 부모도 없는 어린 것들이 썩은 동아줄 타고 올라가다 줄은 왜 끊어지는데. 수수밭에 떨어져 피범벅이 돼서 죽는 거 정말 엽기 아냐? 난 수수팥떡 먹을 때마다 그 애들 생각나서 목이 메더라. 「슈렉」도 짜증 나. 예뻤다가도 나이 들면 미워지는 게 여잔데 꼭 그렇게 미리 못나게 변신해야 해? 「인어 공주」든 「장화 홍련」이든 무조건 행복하게 해 줘. 왕자님과 궁합도 잘 맞게 해 줘."

서질 않아. 지 팔자고 내 팔자지. 기름기 없이 처연하던 목소리가 떠올라 국물 한 숟갈을 얼른 떠먹었다. 하얀 눈깔 두 개만 냄비 바닥에 남았다. 우리를 쳐다보는 것 같다. 하긴 누가 누구에게 이 생을 거짓 없이, 착각 없이, 헛된 사랑 없이, 백일몽 없이도 살 수 있다고 말해 줄 수 있을까. 그렇게 살아야 한다고 강요할 수 있을까. 미옥의 말마따나 무슨 좋은 끝을 보겠다고.

곡예사의 아들

"아무래도 오늘은 일 때문에 못 갈 것 같아."

전화했을 때 윤조는 잠시 침묵했다. 화난 목소리를 내기 싫어서일 것이다.

"너무 무리하지 말고, 앞으론 그렇게 일 만들지 마."

전화를 끊고 나자 낮고 느린 목소리보다는 울컥 화를 내는 게 나을지도 모르겠다는 생각이 들었다. '쿨'하다는 건 제 외로움도 남의 마음의 서걱거림도 읽을 줄 모르는 불치의 병을 이르는 것일 뿐. 난 좀 더 끈적이며 질펵이며 절룩거리며 걷고 싶어. 나는 이 골목집에 조금씩 감염되고 있는 것 같아.

사실은 조금 무리하면 아파트에 가지 못할 정도는 아니었다. 감기 기운도 어지간했다. 오늘은 여기서 쉬고 싶다는 생각이 떠오른 건, 그랬다, 시멘트 바닥에 하염없이 떨어지는 빗소리, 마당을 가로질러 가며 부르는 승우의 노랫소리, 새로 촬영한 부분을 보여 주며 가끔 복잡하게 헝클어지는 그의 눈빛, 시도 때도 없이 먹을 걸 들고 와서는 나는 이게 왜 이렇게 맛있는지 몰라, 한숨처럼 내뱉는 미옥의 목소리에 나는 조금씩 중독되고 있었다. 여름이 끝날 때까지만, 방충망이 뜯어질 때까지만, 그런 마음이었다. 그런 한시적인 허용이 남루하고 짜증스러운 풍경 속에서, 사금파리처럼 무용하게 반짝이는 것의 아름다움과 이상한 생기를 발견하게 한다고 생각했다. 그것뿐이다.

주말 저녁은 늘 이렇게 적막한가. 미옥은 저녁 손님들이 모두 돌아가야 올 테고 승우의 방도 불이 꺼져 있었다. 나는 둘 중의 누군가를 기다리고 있었다. 더 솔직하자면 승우를 기다리고 있었다. 그가 끓여 주는 차이가 마시고 싶었고 차이를 건네주는 그와 나 사이의 이름 붙일 수 없는 아슬아슬한 정서가 그리웠다. 승우와 나누는 얘기는 늘 즐거웠다. 그에게는 일상을 보는 시각의 독특함이 있었다. 그의 카메라 속에서는 늘 보는 골목과 얼굴들이 다른 색깔과 표정을 입고 살아 움직였다. 조명 없이 문턱에 앉은 연제를 찍은 컷은 지난 세기에 죽은 철학자의 흑백사진처럼 보였고, 정육점 할머니의 얼굴에선 전쟁의 한가운데서도 소멸되지 않을 듯한 지독한 낙천성이 비눗방울처럼 퐁퐁 피어나고 있었다. 큰 입을 활짝 벌리고 하늘을 쳐다보며 웃는 미옥은 전성기를 지난 베아트리스 달을 닮아 있었다.

그 얘길 해 주었을 때 승우는 지나치게 수줍어했다. 그래요? 아버지가 서커스 곡예사였어요. 어릴 때부터 사람과 사물에 대해 남다른 시각을 가지게 됐다면 그 때문일 거예요. 고개를 허공으로 치켜든 관객들 틈에 끼어 앉아 그들이 환호와 박수를 보낼 때, 나는 늘 누군가 내 심장을 움켜쥐어 버린 듯한 조바심에 사로잡혀 바닥만 노려보고 있었어요. 그러다가 아버지가 실수해서 그물에 떨어지기라도 하면, 사람들의 비명 속에서, 걱정하는 듯하면서 사실은 즐기고 있는 그 비명 속에 숨어서, 나는 비로소 안심하고 아버지를 부끄러워했어요. 대체로 사람들이 무심히 지나치는 게 내 눈에는 들어오고 사람들에게 기쁨을 주는 것들이 내겐 이상한 슬픔을 불러일으켜요. 사람들이 아프게 겪는 일들이 내겐 대체로 무덤덤해요. 그게 인생이지, 하는 걸 아주 어릴 때 알아 버린 거 같아요. 승우가 그 얘기를 할 때, 곱슬머리에 눈이 작은, 마르고 키가 큰 소년이 내 가슴에 들어와 앉았다.

말하자면 나는 독특함 외에는 별 미각적 강렬함이 없는

아스파라거스 스튜와 쿠바리브레를 마시며 윤조와 뻔한 코스 요리 같은 주말을 지내기보다는 뜨거운 차이를 마시며 의자에 올려놓은 카메라의 모니터 앞에서 어디로 튈지 모르는 수다를 떨고 싶었다. 토요일마다 이렇게 늦는 것일까. 건성으로 작업을 하면서 몇 번이나 모니터 시계를 확인했다. 9시가 넘으면서 나는 승우가 약속이라도 어긴 듯 짜증이 나기 시작했다. 승우에 대한 내 감정이 어떤 것인지 나도 알 수가 없다. 다만 요즈음 일상에 무척 예민해져 있는 나를 본다. 내 신경이나 피부, 뇌의 전두엽은 각질을 벗겨 버린 것처럼 사소한 것에 예민하게 반응했다. 사무실에서 기획 회의를 하다 별것 아닌 얘기에 가장 큰 소리로 웃어 동료들을 놀라게 했고 지하철 바닥을 기어가는 장애인에게 기어이 1000원짜리를 두 장이나 찾아 건네주었다. 재미있는 일이 있으면 승우에게 얘기해 줘야지, 하는 생각부터 하고 있었다. 퇴근을 하고 시장 골목을 걸어 들어올 때면 살갗을 스치는 뜨거운 바람에서도 묘한 쾌감을 느꼈다. 분장한 가부키 배우 같은 승우의 작은 눈을 보면서 객관적 미의 기준이란 게 얼마나 웃기는 것인지, 하는 생각도 했다. 다르게 말하자면 요즈음 내가 진짜 살아 있는 것 같은 느낌이라고 할까.

오늘 밤엔 수많은 별이, 기억들이 내 앞에 다시 춤을 추는데…….

축축한 밤의 공기 속으로 승우의 노래가 골목에서 들려왔다. 낮은 목소리가 젖은 꽃잎처럼 내 살갗에 점점이 들러붙는다. 인간의 욕망은 풍선과 같은 것이라는 걸 밤에 보았다. 나는 허공에 뜬 것 같았고 누군가 터뜨려 주기를 기다리고 있었다. 대문이 열리기 전에 나는 방문을 살짝 열어 놓았다.

"어? 오늘 집에 안 갔어요?"

가방을 문턱에 내려놓으며 승우가 안을 들여다보았다. 얼굴은 말짱한데 술 냄새가 엷게 났다. 나는 그 술기운에 살짝 기댄다.

"차이가 마시고 싶어서."

"우와. 일찍 들어올걸 그랬네. 잠깐만 기다려요. 금방 만들어서 올게요."

돌아서는 그를 불러 세웠다.

"아니에요. 들어와요. 차가운 콜라 줄게요. 주말은 술 마시는 날?"

신발을 벗으며 승우는 마른 코를 훌쩍했다.

"그건 아니고, 외로워서요. 토요일엔 들어와 봤자 아무도 없고."

콜라를 마시며 승우는 책상 위에 쌓인 편집 자료들을 뒤적거렸다.

"삽화 들어갈 것들이에요?"

"한번 봐요. 전체적인 레이아웃 같은 거. 시각적인 관점에선 어떤지."

"추리소설 삽화는 괜찮네요. 색채나 선도 고급스럽고. 이 정도면 국제 도서전에 내놔도 손색이 없겠어요. 근데 이 위인전 삽화는 이거 누구예요? 유관순? 에이, 유관순 누나야 이게? 이건 정육점 할머니 40대 때 얼굴이지. 우리 기왕 그려 주는 거 예쁘게 가자구요. 아니, 프랑스 놈들 봐요. 지금은 없어졌지만 프랑화에 잔 다르크 얼마나 예쁘고 섹시하고 발랄하게 그려 놨는데. 노 브라에 가슴을 드러낸 채 긴 머리를 휘날리는 잔 다르크. 난 배낭여행 가서 프랑화 보고 잔 다르크에 홀딱 반했어요. 그 돈 지금도 한 장 가지고 있어요. 왜 유관순은 뚱뚱하고 화난 아줌마처럼 그려야 해요? 이러면 독립운동밖엔 할 게 없었던 여자처럼 보이잖아. 연애도 하고 싶고 예쁘게도 보이고 싶은 이팔청춘인데 그런 개인적 욕망을 다 버리고 독립운동 하는 게 더 근사해 보이지 않겠어요?"

"젖가슴 드러낸 유관순 그려 놓으면 순국선열에 대한 모독이라고 나 돌 맞아요."

"피도 눈물도 있는 순국선열이 더 가깝게 느껴져요."

"그럴까? 그런 승우 씨 필름은 왜 그리 잔잔해. 좀 예쁘고 섹시하고 발랄한 여배우도 쓰고 그러지."

"밋밋하다고 말해도 돼요."

승우는 내 얼굴을 빤히 들여다보며 덧붙였다.

"더 이상 예쁜 여배우를 어디서 구해요?"

"농담이 아니라, 영화는 시각예술이니까 시선을 끄는 것도 중요하잖아요."

"저도 농담 아니에요."

승우의 시선이 부담스러운데 골목에서부터 왁자지껄한 고함 소리가 들렸다. 누가 또 하필 이 앞에서 싸우나 싶었는데 대문이 부서져라 열어젖혀졌다. 승우가 달려 나갔다. 대문 앞 빗물 고인 시멘트 바닥에 머리카락이 쥐어뜯긴 미옥이 다친 개처럼 팔다리를 한군데로 모은 채 널브러져 있었다. 가쁜 숨을 몰아 쉬는 남자의 팔을 정육점 할머니가 꽉 틀어쥐고 있었다.

"왜 이래. 이 사람아. 말로 해."

"말로 해서는 이년이 안 듣잖아."

남자는 미옥을 씹어 먹어 버리고 싶은 얼굴로 노려보았다. 엎드려 있던 미옥이 고개를 치켜들고 악을 썼다.

"야, 이 새끼야. 미쳤어? 내가 연제하고 하는 거 봤어?"

남자는 이성을 잃고 있었다. 이년이 끝까지. 남자는 억장이 무너지는 건 자기라는 듯 제 가슴을 퍽퍽 치며 둘러선 나와 승우와 정육점 할머니와 주인아주머니를 휘휘 둘러보았다. 연제는 보이지 않았다.

"이년이, 아, 난, 비어 있는 줄 알았어요. 문 닫고 들어간 줄 알았다고요. 혹시나 하고 가게 문을 열고 스위치를 올리는데, 두 연놈이 어둠 속에서 머리는 다 헝클어져 갖고. 얼굴이 시뻘게서는…….”

남자는 말을 잇지 못하고 풀무처럼 헐떡거렸다.

“마침 불 끄고 나가려던 참에 들어온 거야.”

미옥이 신파극 배우처럼 고음으로 악을 썼다.

“썅년, 머리는 왜 그렇게 헝클어져 있었는데?”

정육점 할머니에게 붙들린 남자가 몸부림을 쳤다.

“더운데 저녁 손님은 밀려들지 거울 볼 틈이 어딨어. 연제가 지나가다 의자 정리해 주고 불 끄고 막 나오려던 참이었는데. 종일 놀면서 언제 한번 가게 나와서 뒷정리해 준 적 있어? 난 이렇게 억울한 소리 듣곤 못 살아. 차라리 죽여.”

악쓰듯 시작한 미옥의 목소리는 점점 낮아졌다. 정육점 할머니가 남자의 등을 마구 후려쳤다. 그만 패. 그만 패. 싸워도 살려 놓고 싸워. 등을 몇 대 맞은 남자는 느닷없이 으흐흐 울음을 터뜨렸다. 승우가 미옥을 일으켜 세워서는 방으로 데리고 들어갔다. 마당이 조용해졌다. 싸움은 끝나는 분위기였다. 한창 좋을 나이에 왜들 이래. 들어가서 잘못했다고 그래, 어서. 남자가 할머니에게 등을 떠밀려 들어가고서는 방은 뜻밖에 조용했다. 미옥의 방 동태를 살피던 할머니는 별 소란이 없자 애꿎은 승우를 아래위로 흘기고는, 꼭 못난 놈들이, 중얼거리며 돌아갔다.

내가 맞은 것처럼 기운이 하나도 없었다. 방으로 들어와 승우가 조용히 물었다.

"누구 말이 맞는 거 같아요?"

"설마, 미옥 씨가. 볼이 붉다고 터무니없는 누명을 씌우면 되겠어요?"

"처음이 아니에요."

처음이 아니라는 게 이런 일로 소란을 피운 걸 말하는지 미옥이 치정 사건을 일으킨 걸 말하는지 나는 물어보지 않았다. 어느 쪽이라 한들 나로선 그녀가 십계명을 지켜야 한다고 강요하고 싶진 않았다. 미옥이 카르멘인지 데스데모나인지를 따지기보단 그녀가 큰 입을 벌려 활짝 웃는 걸 보고 싶을 뿐이야. 모니터 속에서처럼.

싸운 사람처럼 우리 둘도 모니터만 들여다보고 있었다. 화면 속에 등장할 때마다 나는 얼굴이 잘 보이지 않게 고개를 뒤쪽으로 살짝 돌리고 있었다. 비겁하긴. 속으로 중얼거리는데 악, 짧고 절박한 비명이 단도처럼 빗소리를 잘랐다. 질긴 천이 단숨에 찢어지는 듯한 소리였다. 나와 눈이 마주친 순간 승우가 방을 뛰어나갔다. 미옥의 방문 앞에서 승우가 나를 돌아보았다. 또 무슨 일이야, 슬리퍼를 끌고 승우 옆으로 갔다. 방바닥에 미옥이 누워 있었다. 미옥의 남편은 어떤 알리바이도 주장하지 않겠다는 눈빛으로 나를 쳐다보았다. 방 안으로 뛰어 들어갔던 승우가 문간에 서 있는 날 돌아보며 들어오지 말라고 손을 저었다. 원목 무늬의 장판 위로 너무 많은 피가 흘러나와 있었다. 산 사람이 미옥에게 해 줄 수 있는 일은 더 이상 없어 보였다. 지난 세기의 추리소설 속 시신보다 미옥의 굳은 몸은 더 현실감이 없었다. 꿈도 아니고, 무슨 이런 일이 있어. 보고 있는데 남자가 푹 주저앉았다. 알맹이를 빼 버린 자루처럼 접힌 채 남자가 가쁜 숨을 쉬듯 울기 시작했다. 열어젖혀진 쪽문 사이로 지나치게 청결한 부엌이 들여다보였다. 나는 떨리는 손으로 휴대폰을 승우에게 건네주었다. 꿈속에서처럼 몸을 움직일 수가 없었다. 승우가 내 등을 밀어 제 방문 앞의 쪽마루 위에 앉히고는 전화를 했다. 말도 안 돼, 나는 맥없이 중얼거리고만 있었다.

가까운 곳에서 사이렌 소리가 들려왔다. 들락거리는 경찰과 어느새 모여든 동네 사람들로 좁은 마당이 금세 그득했다. 그 무리들 뒤에 멀찍이 서서 카메라를 들고 있는 승우를 아무도 쳐다보고 있지 않았다. 나는 방 쪽을 쳐다보지 않으려 애쓰며 다가갔다.

"그러지 말아요. 승우 씨. 어떻게……."

겨우 들릴 만큼 작은 목소리였지만 못 듣진 않았을 것이다.

"왜, 이 순간에. 정말 그러지 마요."

승우는 날 쳐다보지도, 카메라를 내리지도 않았다.

달은 스스로 빛나지 않는다

"차이 한잔 마실 수 있어요?"

컴퓨터와 책과 여름 옷가지 외엔 풀지를 않았던 터라 새삼스레 쌀 짐도 별로 없었다. 짐을 싸 놓고 보니 여기저기 놓인 박스 때문에 방은 더 좁아 보였다. 차이가 마시고 싶어서라기보단 방문 앞에서 물끄러미 안을 들여다보는 승우에게 달리 할 말이 없어서 던진 말이었다. 늘 어깨에 매달고 다니던 커다란 카메라 가방을 본 지도 오래되었다. 그날 이후로 우리는 서로를 외면했다. 더러운 죄의 공범자가 된 듯한 자책감이 가슴 밑바닥에 고여 있었다. 그날 밤 미옥을 제 방으로 돌려보내지 않았다 한들 언젠가는 일어날 일이었다는 생각은 끝내 나 스스로를 납득시키지 못했다.

제 방으로 간 승우는 꽤 시간이 지나서야 머그잔 두 개와 쇼핑백 하나를 들고 왔다. 우유를 너무 끓였는지 위에 얇게 응고된 막이 떠 있었다. 승우가 쇼핑백을 박스 옆으로 내려놓았다.

"뭐예요?"

"필름이에요."

"마지막, 반전을 넣을 건가요?"

나는 목소리에 비난하는 느낌을 담지 않으려 애썼다. 쇼핑백을 눈으로 가리키며 승우가 말했다.

"저거, 가지고 가서, 버려 줘요."

"무슨 말이에요?"

그 말엔 대답을 않고 승우는 새삼스레 방을 둘러보았다.

"오래, 버틴다 싶었어요. 다음 날로 달아날 줄 알았는데."

끔찍하고 무서운 걸 견디지 못해 끝내 방을 옮기는 거라 승우는 생각하고 있었다. 나도 처음엔 무서울 줄 알았는데 아니었다. 악몽 한번 꾸지 않았다. 내 무의식은 밤마다 옆방에서 이어지던 오페라의 마지막을 예감하고 있었는지도 모르겠다.

"필름, 왜요?"

"내가 원했던 건 이런 엔딩이 아니에요. 처음 여기 왔을 땐 늘 멍 자국을 달고도 커다랗게 웃는 미옥 씨를 종(種)이 다른 생물처럼 경멸했어요. 그런데 영화를 찍어 가면서, 어떤 고통으로도 파괴할 수 없는 일상의 잔인한 영속성을 미옥 씨에게서 보았어요. 그걸 기록하고 싶었어요……. 그런데, 이건 아니에요. 내가 원했던 건, 이처럼 일순에 삶을 뒤엎어 버리는 가짜 같은 드라마가 아니었어요."

"산다는 건, 싸구려 픽션보다 더한 굴곡을 늘 이면에 감추고 있을 뿐이에요. 승우 씨나 나 역시 마찬가지고, 그것까지가 삶이에요."

승우는 고개를 저었다. 오랫동안 렌즈를 통해 미옥을 보아 왔으면서 그 이면의 고통에 무심했던 것, 자신이 보고 싶었던 풍경만 보았던 것, 헤퍼 보이는 웃음 뒤에 아파하는 심장이 뛰고 있는 걸 외면했던 것, 그러고는 치자 꽃 향기만을 담으려 했던 것이 못내 괴로운 것일까.

"그래서, 찍은 필름 다 버리고 영화, 그만둘 거예요?"

"당분간은. 허튼짓 그만하고 웨딩 비디오 찍사나 할까 해요. 삶이 가장 빛나는 순간, 피사체가 뼛속 깊이 행복한 순간. 거기까지만."

내 결혼식 날, 난 뼛속 깊이 행복한 피사체일 수 있을까. 승우 씬 아직 인생을 몰라, 하는 말을 차이 한 모금과 함께 꿀꺽 삼켰다.

"마지막으로 필름 한번 보여 줄래요?"

카메라를 포장된 박스 위에 올려놓고 버튼을 누르고는 승우는 말없이 내 옆에 앉았다. 몇 번이나 본 필름이었는데 어쩐지 그 화면들은 처음 보는 것처럼 눈길을 붙들었다. 치자 꽃을 귀에 꽂은 미옥의 얼굴이 클로즈업된 장면에서 나는 울기 시작했다. 그녀가 살아 있는 동안 알지 못했던, 표지석처럼 저토록 뚜렷했으나 내가 보지 못했던 아픔의 프로필이 거기 있었다. 누군가를 완전히 잃어버리기 전엔 보지 못하는 것이 거기 있었다.

"나 미옥 씨한테 물어볼 게 있었는데. 왜 이렇게 맛있는지 모르겠어, 하던 것들 중에 뭐가 제일 맛있었는지. 두 번째 데운 찌개를 먹을 때마다, 바싹 구운 삼겹살을 먹을 때마다, 싸구려 순대를 먹을 때마다, 풋복숭아를 먹을 때마다 미옥 씨 웃음소리가 들릴 거 같아."

나는 울면서 차이를 마셨다.

"이건, 탱고차이가 아니네. 아주 슬픈 노래를 들려줬나 봐."

*

"필름, 내가 가지고 있을게요. 참, 제목이 뭐예요?"

두고 가면 버릴 것 같아서, 라는 말은 삼켜 버렸다.

"달은 스스로 빛나지 않는다."

"무슨 뜻이에요?"

"대부분의 우린, 별이 아니라, 스스로는 빛나지 못하는 차갑고 검은 덩어리예요. 존재란 스스로는 빛날 수 없는 것. 누군가의 시선 속에서, 타인과의 관계 속에서 만월도 되고 때론 그믐도 되고, 그런 거 같아요."

형광 주황색 조끼를 입은 남자 둘이 카트에 짐을 싣고 골목을 몇 번 오가지 않아 방은 텅 비었다. 아직은 멀쩡한 방충망의 조잡한 푸른색이 내 눈길을 잠시 붙들었다. 마지막 카트가 대문을 나갈 때 승우는 골목 끝을 아득히 쳐다보며 내 이름을 불렀다.

"이정은 씨."

새삼스럽긴. 올려다보니 면도를 안 했는지 수염이 쑥 자라 있었다.

"우리는, 서로를 비추어 줄 수 있을까요?"

방충망이 뜯어진 후에, 겨울바람을 막을 비닐 막까지 쳐 달라고 얘기할 미래는 없었다. 승우를 만나면서, 내가 윤조와의 관계에서 뜻밖에 교집합이 없다는 걸 깨달았다 해서 가방을 싸 들고 윤조에게서 나올 생각은 없다. 끊임없이 비가 내리던 날들, 소란한 골목집에서 보냈던 날들이 내 인생의 야마 신이라 한들, 결코 아니라고 부인할 수 없다 한들, 삶은 두 시간이면 끝나는 영화가 아니니까. 그런데. 그렇긴 한데. 나는 방금 물이 빠진 갯벌 위에 선 것처럼 자꾸만 내 발바닥을 지그시 잡아당기는 어떤 힘에서 발을 빼내듯 겨우 대답했다.

"모르겠어요."

내가 대문을 나설 때 승우는 땅바닥을 내려다보고 있었다. 서커스 곡예사의 아들이었던 어린 시절처럼 그는 내가 돌아선 순간에야 안심하고 고개를 들어 내 뒷모습을 쳐다볼 것이다. 돌아서는데, 높지도 않은 구두 굽이 삐끗,

하고 헷갈렸다. 나는 고개를 저었다. 그러지 마. 철없이.

아픔 대신, 뜬금없이, 다시는 동화를 쓸 수 없을 거야, 하는 생각이 스쳤다. 나는 이제 빛나지 못할 것이며 저녁의 그림자처럼 사라질 거야. 너와 나의 틈 사이, 거기 희미한 빛이 있었을 뿐.

어둠의 편에서 보는 빛의 자리

강유정(문학평론가)

1 삶과 소설

덫이 된 세상에서의 글쓰기가 소설이라면, 정미경의 소설은 밀란 쿤데라의 이 오래된 농담이 가장 잘 어울리는 세계일 테다. 정미경의 소설집 『나의 피투성이 연인』은 삶에 대한 질기고 독한 농담으로 가득하다. 농담의 소재는 가늠할 수 없고, 주제는 넓다. 화자는 남성과 여성을 가리지 않고, 이별 같은 낯익은 사건부터 협박과 살인 같은 일탈적 상황까지 펼쳐진다.

눈길을 끄는 것은 이러한 일련의 상황들이 시종일관 건조하고 냉정하게 전개된다는 사실이다. 사랑하는 여인의 부드러운 등을 떠올리는 순간과 오랜 세월 함께 살아온 남자의 커피에 독을 타는 여성의 손길을 묘사하는 호흡이 일정하다. 정미경 소설 속 문장의 온도는 언제나 체온보다 조금 낮아 서늘하다. 사랑의 절정을 묘사할 때도, 배신을 목격할 때도, 심지어 파국 직전의 스스로를 묘사할 때도 그렇다. 그것은 아마 '침착하다'는 형용사가 주는 느낌과 닮아 있을 것이다.

침착한 냉정은 정미경의 소설 전반에 스며 있는 태도이다. 이는 한편 정미경이 세상을 보는 태도이기도 하다. 그렇게 차분한 온도로 정미경은 삶의 표면에서 뒷면 너머까지를 그려 낸다. 표제작인 「나의 피투성이 연인」의 경우도 그렇다. 소설가였던 남편이 갑작스럽게 죽는다. "김주현 씨…… 사망입니다." 비문과 명령문 사이에 갇힌 사망이라는 단어는, 어떤 기의에 정확히 꽂히지 않는 죽음의 형편을 고스란히 보여 준다.

'사망입니다'는 죽음의 보고이다. 하지만 그 죽음을 받아들여야만 하는 이에게 죽음은 상태의 보고일 수만은 없다. 그건 거대한 수수께끼이자 비밀이며 책망이자 후회이다. 그러나 '사망입니다'가 지칭하는 바는 죽음의 최소공약수이자 의사소통이 가능한 가장 작은 단위의 기표에 불과하다. 결국 우리는 어떤 사람의 마지막을 상태 보고로 받아들일 수밖에 없는 것이다. 최소한, 아니 최대한. 슬픔, 위로, 공감, 원망과 같은 켜켜이 쌓인 추상어에 앞서 죽음은 일차적 보고로 형상화된다.

이야기는 갑작스러운 통보의 수신자가 된 아내 유선을 통해 전달된다. 남편인 소설가 김주현은 유서 한 장 남기지 못했다. 그의 죽음 앞에서 아내 유선은 '미움과 부끄러움'을 느낀다. 황망스럽게 달려간 병원의 통유리창에 비친 자신의 모습을 보며 남루한 옷차림을 후회하고, 누군가 건네준 음료를 마시면서 미망인이 뭔가 마셔도 될까, 남의 눈을 의식한다. 죽음의 사후 처리 과정에는 슬픔처럼 오래된 관념어가 들어설 자리가 없다. 그리고 마침내 그가 남겨 놓은 컴퓨터 비밀 문서함 속의 기록을 마주하고 절망한다. 암호는 어떤 진실을 가리고 있으며, 암호가 필사적으로 지키고 싶어 했던 열망의 대상이 자신이 아닌 것이 확실하기 때문이다. 남편이 죽고 나서, 유선에게 남은 것은 결국 미움과 부끄러움 그리고 남편이 다른 누군가를 사랑했었다는 불편한 확인이다.

갑작스럽게 세상을 떠난 소설가와 그가 남겨 놓은 기록들. 공교롭게도 「나의 피투성이 연인」은 여러모로 실존의 작가 정미경에 대한 기시감을 준다. 젊은 나이 갑작스럽게 세상을 떠난 김주현이라는 인물이 작가이기 때문이다. 여기에 또 정미경 소설의 특징이 있다. 「나의 피투성이 연인」은 갑작스레 세상을 떠난 작가 김주현의 내면을 따라가는 작품이 아니라 갑작스럽게 남겨진 아내, 살아남은 자를 들여다보는 작품이다. 언제나 그랬다. 정미경은 어떤 사건이나 상황을 제시하고는 그 인물에서 출발하지만 마침내 그 곁의 사람들에게로 스미는 서사를 써 왔다. 죽음 역시 사건이라면 삶은 그럼에도 불구하고 계속된다. 그리고 소설은 그렇게 삶을 살아가야 하는 남은 자들의 이야기이기도 하다. 정미경 작가가 말하는 삶이란 이해할 수 없는 질문 하나쯤은 끌어안고 가야 하는 불완전하고 고통스러운 장소이다.

정미경의 소설집 『나의 피투성이 연인』은 마치 아주 오래된 과거의 미래 같다. 보르헤스의 소설 「에이프릴, 마치」의 3월보다 4월이 빨리 오는 세계처럼 아주 오래전에 오래된 미래를 예견하고 소설로 써낸 듯하기 때문이다. 갑작스럽게 세상을 떠난 작가와 남겨진 사람의 이야기는 너무나도 사실적이고 구체적이다. 이 구체성을 통해 독자는 죽음과 죽음 이후 남겨질 작품에 대한 작가의 깊은 고민을 알게 된다. 오래된 미래 가운데 작가 정미경의 죽음을 미리 바라본 것이다. 지독하고, 차분하게, 하나도 호들갑스럽지 않게.

스스로의 삶조차 죽음 너머로 보내 놓고 상상할 수 있는 작가에게 일희일비하는 세상이란 얼마나 안타까운 소란이었을까? 정미경의 소설을 읽다 잔인한 반전에 흠칫 놀라게 되는 이유도 여기에 있다. 독자는 모르고 있지만, 작가 정미경은 이미 알고 있다. 세상은 알지 못할 일들투성이이며, 거짓이 진실이 될 때도 있고, 가짜가 진짜보다 가치 있을 때도 있으며, 그럼에도 불구하고 세상은 한 치도 기울지 않으리라는 사실을 말이다.

그래서 정미경은 차분하고, 냉정하게 써 나간다. 정미경의 공간 안에서는 주어진 삶에 헌신적이던 여성이 바로 그 삶에 대한 맹목적 적의로 살인을 저지르거나(「비소 여인」), 삶의 온기가 서로 기분 좋게 충돌하던 골목이 치정 살인의 현장으로 바뀌는 일(「달은 스스로 빛나지 않는다」) 따위가 일어난다. 삶이 허방으로 떨어지는 듯한 이런 순간에도 작가는 침착과 냉정을 잃지 않는다. 몰랐냐는 듯이, 삶은 언제나 그렇게 예상치 못한 덫을 발밑에 숨겨 두고 있는 걸 정말 몰랐냐는 듯이, 성숙한 눈빛으로 차분하게 독자를 돌아보는 것이다.

어쩌면 작가 정미경이 너무나 빨리, 마치 반전처럼 예기치 못한 순간 세상을 떠난 것은, 그녀가 아마도 너무 자주 그리고 너무도 당당히 세상 저편을 투시했기 때문이 아닐까? 대개의 사람들이 속물성과 허위, 모순과 역설에 몸서리칠 때, 그게 삶의 본질이라는 듯 점잖게 이미 먼 곳의 시선에서 이곳을 비춰 봤기 때문은 아닐까? 생의 가격(加擊)에 당황하지 않고, 그게 삶의 이치라는 것을, 정미경의 소설은 처음부터 마지막까지 보여 주고 알려 준다. 마치 생의 이면에서 온 전령처럼 삶의 이면에 대해 끊임없이 보고, 그리고, 증언해 왔던 것이다. 생의 비밀을 너무 많이, 깊이, 알고 있는 자에 대한 긴급 소환이랄까? 장르 영화 속 뛰어난 인물이 언제나 내부의 모순과 위험을 가장 먼저 알아차리듯이, 어쩌면 정미경은 삶의 이치를 너무 많이, 제대로, 깊이 알았기 때문에 삶의 저편에 빠르게 호출되어 간 것일지도 모르겠다. 삶에 대해 너무 많이 안 내부자는 생을 낭비하거나 냉소하거나 허무주의자가 되기 쉽다. 그러나 정미경은 비밀을 밝히는 내부 고발자처럼 비의의 세계를 소설의 세상으로 품었다.

『나의 피투성이 연인』은 그런 의미에서, 정미경 소설의 모태이자 정미경 소설의 모든 것이 그 맹아로 담겨 있는 작품집이라고 할 수 있다. 그것은 때로 가까운 미래에 대한 예언이기도 하며, 정미경의 고백이자 작가적 출사표이며 커밍아웃이다. 우리는 이 작품집에서 이후 정미경의 소설에서 보게 될 것의 거의 모든 씨앗을 발견할 수 있다. 단정함과 서늘함, 냉정함 가운데서의 연민과 동경 그리고 간단없는 세상 앞에서의 겸허와 허무 같은 것들 말이다.

2　고통의 개별 사용법

작가 정미경은 곧잘 삶과 죽음의 무게를 달아 보곤 한

다. 이를테면, 「성스러운 봄」의 보험 조사관처럼 말이다. 그는 흐드러지게 피어 있는 개나리를 보고 "지나친 집중을 요구하는 노랑이 징그럽다는 생각"을 하는 인물이다. 그는 "살아 있는 모든 것들에 진저리"내며, "모든 빛나는 것"을 불안하게 여긴다. 그에게 살아 있다는 것은 불안이다. 반짝거리며 빛나는 것이 꺼질 수 있고, 미치도록 집중을 요구해서 발을 헛딛게 할 수도 있고, 그래 놓고 결국 어느 순간 갑자기 떠나 버릴 수 있는 것, 그게 바로 살아 있는 것들의 속성이다.

그러기에 그에게 살아 있다는 것은 고통의 연장이다. 딸아이도 그랬다. 병원에 입원해서 카테터를 갈아 끼우며 잇는 생은 고통을 수신하기 위해 존재하는 것처럼 보인다. 살아서 고통스러운 게 아니라 살아 있음을 고통으로 확인할 수밖에 없기 때문이다. 생명이 붙어 있음을 증명하는 심전도 모니터, 신음…… 왜 고통의 시그널을 통해 삶을 확인해야 하는지 그는 납득할 수 없다. 삶을 연장하기 위해서라지만 치료는 고통의 구매이다. 차라리 죽음이 더 평화롭게 여겨지는 이유도 여기에 있다. 적어도 죽고 나면 고통은 없다. 그에게 주어진 선택권으로 그는 치료의 구매를 거절하고, 아이의 고통을 거둔다. 그건 겉으로 보면 아이를 포기하는 것이지만 사실 아이를 고통에서 구하는 일이다.

세상엔 고통이 가득하다. 하지만 고통의 무게와 값은 모두 다르다. 아이를 보내고 난 그는 세상에 흔해 빠진 고통이라는 단어에 무감해진다. 사람들은 저마다 다른 고통을 호소한다. 하지만 너무 많이 쓴 신체 기관이 감각을 잃어버리듯 그의 정서적 통각은 사라지고 만다. 눈길을 끄는 것은 딸아이를 잃은 고통이 빚의 압박으로 구체화되는 순간이다. 아이가 치른 고통의 대가로 아버지는 빚을 얻는다. 이제 아이는 존재하지 않지만 빚은 남아 있다. 아이가 살아 있는 내내, 살아 있기 때문에 느껴야 했던 통증처럼 그 역시 살아남아 있기에 빚의 고통에 시달린다. 고통은 모습을 바꿀 뿐, 없앨 수는 없다. 삶과 고통은 동일한 감각이다.

정미경은 살아간다는 것이란 이처럼 각기 다른 고통을 다른 방식으로 견디는 것이라고 말한다. 병에 걸린 아이가 육체적 고통에 시달리듯이 아버지는 빚의 고통에 시달리고, 사고를 낸 의대 교수는 불륜이 들통날지 모른다는 불안에 고통스러워한다. 모두 다 고통이라는 말을 사용하지만 그 깊이와 정도, 밀도는 다르다. 남자는 이 다양한 고통들을 고통이라는 단어 하나에 압축할 수 밖에 없는 상황이 어이없다. 이 불가해함은 작가 정미경에게도 마찬가지이다.

작가는 이토록 다양한 고통이 모두 다르다는 것을 감지하고 목격할 수는 있지만 답을 주거나 해결책을 줄 수는 없다. 다만 할 수 있는 것은 그토록 다양한 고통의 존재를 각기 다른 무게와 질감으로 고스란히 드러내는 것, 그려 내는 일일 테다. 톨스토이가 대개 행복한 가정이 비슷한 이유로 행복하고 불행한 가정은 다양한 이유로 불행하다고 말했다면, 톨스토이에겐 불행이 곧 소설적 탐구의 대상이다. 같은 맥락에서 정미경에게 있어 고통이야말로 소설적 탐구의 대상이 된다. 고통이란 단어는 하나이지만 똑같은 고통은 없다.

중요한 것은 그럼에도 불구하고, 고통이야말로 살아 있음의 증거이자 삶의 감각이라는 역설이다. 고통이 삶의 필수 요건이면 살아 있는 존재는 작든, 크든 고통을 갖고 살아갈 수밖에 없다. 아무리 행복하고 완벽해 보이는 사람도 고통을 느끼지 않을 수 없다. 고통을 느끼지 못하는 신체는 죽은 신체뿐이다. 아이러니하게도 우리는 살아 있기 때문에 고통을 느낄 수 있다. 고통은 삶의 증거인 셈이다. 이러한 깊은 역설은 정미경 소설 전반에 자리 잡고 있다. 역설이 정미경 소설의 문체라면 반전은 낮은 포복으로 정체를 감춘 삶에 대한 태도로서의 플롯이다.

그런 의미에서, 「비소 여인」은 역설과 반전의 미학을 잘 보여 준다. 일생을 외롭게 살았던 남자가 어느 날 한 여자를 만나 가정을 꾸리게 된다. 놀랍도록 차분하고, 다정한 그녀는 지금껏 만나 왔던 다른 여성들처럼 그를 저울에 올려 비교하거나 힘들게 하지도, 그가 절대로 줄 수 없는 무엇을 갈구하지도 않는다. 그에게 그녀는 생애 다시없는 선물처럼 느껴진다. 하지만 그녀는 애초부터 타인에 대한 갈망이나 의존, 다정한 공존으로부터 거리가 먼 사람이었음이 점점 드러난다.

그녀는 사실상 원하는 것을 절제하는 게 아닌, 아무것도 원하는 게 없는 여자이다. 그녀는 세상에 대한 적의를 비소에 담아 검은 콜타르처럼 진한 커피로 내민다. 그녀는 그녀 주변에 그녀를 가장 사랑하고 믿는 존재들부터 하나 둘씩 중독시킨 후 서서히 살해한다. 보험금은 알리바이에 불과하다. 어쩌면 그녀는 돈이 아니라 관계의 말소 행위에 중독되어 있는 사람에 더 가까울지도 모를 일이다.

예기치 못한 습격이라 부를 수 있을 반전은, 정미경이 생각하는 삶의 속성 중 하나이다. 「달은 스스로 빛나지 않는다」에 그려진, 장삼이사의 훈훈한 골목길 풍경의 마지막이 핏빛 치정 살인으로 끝나는 이유도 여기에 있다. 냉정하고 차분하게 최대한 타인과 거리를 두고 사는 것이 삶에 대한 배려라고 여겼던 한 여성이 문만 열면 골목 사람들 모두와 대화를 나눌 수 있는 곳으로 이사를 가며 이야기는 시작된다.

그녀는 아무 때나 문을 열고, 친절을 가장해 일상을 침범하는 이웃들이 불편하고, 당혹스럽다. 먹다 남은 찌개를 함께 먹자며 내미는, 남편의 폭력에 이미 무뎌질 대로 무뎌진 이웃 미옥이 특히 그렇다. 영화를 찍는다는 승우도 어딘가 늘 나의 삶을 살피는 기색이 불편하긴 마찬가지이다. 하지만 그녀는 점점 그들과의 끈적한 접촉에 익숙해지고, 아무렇지 않게 음식을 나눠 먹고, 술 한잔, 차 한잔을 함께하며 가까워진다. 이토록 아름다운, 대도시 속 작은 목가가 완성될 즈음 미옥이 남편에게 살해된다.

미옥은 접촉을 모르고 살던 그녀에게 체온의 메신저 역할을 했던 인물이다. 인간애 넘치던 골목은 영화감독을 꿈꾸던 승우가 언제나 말해 왔던, 비개연적이리만치 극적인 '야마,' 개연성을 넘어선 강렬한 사건의 장소가 되어 버린다. 동시에 휴먼 드라마 장르는 잔혹 스릴러로 뒤바뀐다. 영화에서라면 억지라고 비판받을 만한 돌발적인 사태가 평범한 골목길을 극적 장소로 바꿔 놓는다. 언제나 그렇듯 삶은 늘 소설보다 독하고, 예측 불허하며, 개연성이 떨어진다. 어쩌면 우리는 이렇듯 이해되지 않는 세상을 그나마 견디기 위해 소설을 쓰고, 읽는 것일 지도 모르겠다. 세상에는 선후 관계는 있지만 인과관계는 없다. 잘 짜여진, 정미경식의 웰메이드 비극은 그런 점에서, 이미 덫이 되어 버린 세상에 가장 적합한 서사의 양식이라 할 만하다.

3 자본이라는 세상의 굴레

소설집 『나의 피투성이 연인』에는 앞으로 전개될 정미경 소설의 맹아들이 담겨 있다. 정미경은 워낙 자본주의 사회의 기호적 욕망, 속물성과 위선, 삶의 양면성 등을 잘 다루기로 정평이 났다. 전문적 직업 세계에 있어서의 꼼꼼함과 정밀함은 정미경 특유의 개성을 이룬다. 정미경이라는 작가를 떠올릴 때, 중산층 지식인의 허위와 부조리, 그것에 대한 냉담한 반성과 같은 평가가 따르는 이유이기도 하다. 정미경의 작품 중에는 중산층이거나 지식인인 인물이 등장하는 작품이 많다. 방송작가, 금융업 종사자, 판사, 의사, 영화감독과 같은 상당한 교육 수준과 세련된 교양을 갖춘 인물들이 등장하는 경우가 많은 것이다. 하지만 제한된 중산층 전문가의 세계가 정미경 소설의 전부라고 규정하는 것은 실례이며, 게으름이다. 중산층이나 지식인만을 선별해, 집중적으로 탐구한 것은 아니란 의미이다. 『나의 피투성이 연인』은 그런 점에서 정미경의 소설적 관심의 스펙트럼이 넓게 구현된 작품집이라는 데에 의미가 있다. 첫 작품집이지만 정미경이 탐구하게 될 세상의 초안들이 거의 다 담겨 있어 더욱 그렇다.

작품집을 읽다 보면, 정미경 작가는 우리가 곧 만성적으로 앓게 될 후기 자본주의 사회의 핵심적 문제들을 직감

하고 있음을 알 수 있다. 카산드라의 예언처럼 그것은 옳지만 믿고 싶지 않은 미래의 모습이기도 하다. 「호텔 유로, 1203」의 '여자'처럼 말이다. 소설에 그려진 현실은 여러모로 가까운 미래에 도래할 곤란을 묘사한다. 상품이 자존감을 지켜 주는 후기 자본주의 사회, 소비를 통한 존재 증명에 매달리는 불쌍한 욕망 기계들의 삶이 고스란히 드러나 있기 때문이다.

시를 쓰고 싶지만 라디오 방송 대본을 쓰며 살아가는 주인공의 세계는 두 개로 나뉘어 있다. 하나는 이상적 자아가 바라는 세계이지만 교환가치가 없는 시적 언어의 공간이며 다른 하나는 교환가치는 있으나 얻은 것이 모두 다 허상에 불과한 방송 언어의 세계이다. 이 두 세계는 본질 자체가 다르다. 시가 기호를 사용해 본질에 닿으려는 시도라면 방송은 언어로 실체를 포장해 화려한 이미지를 부풀리는 세계이다. 방송 언어의 장식과 포즈는 바로 우리가 쫓고 있는 후기 자본주의적 욕망의 민낯이다.

그녀는 검약이나 성실과 같은 문구에 염증을 느낀다. 초라하고 남루한 엄마의 생애를 관통하는 단어들이기 때문이다. 구청 소속의 환경미화원으로 평생 성실히 살아왔지만 엄마에게 남은 것은 만성 관절염뿐이다. 그녀는 적어도 자신이 번 돈을 이용해 '멋진 신세계의 순환 시스템'에 동참하고자 한다. 초라한 부모 세대의 삶으로부터 이탈해

'주변'이 아닌 중심의 삶에 도착하고 싶은 것이다.

그녀가 도착하고 싶은 곳은 '윤미예'라는 이름에 압축되어 있다. 화려한 상품 가치를 가진 이미지, 그녀는 '윤미예'처럼 되고 싶다. 윤미예가 걸친 옷, 장신구, 화장품, 향기처럼 그녀를 꾸미고 있는 그 무엇을 공유함으로써 여자는 윤미예의 이미지를 복제하고자 한다. 그녀는 똑같은 상품을 구매하고 치장함으로써 원하는 이미지의 여자가 되고자 한다. 문제는 너무 많은 돈이 필요하다는 점이다. 아니, 엄밀히 말해, 똑같은 상품을 구매한다 해도 그녀는 윤미예가 될 수 없다. 아무리 열심히 일해도 '만성 관절염'만 얻었던 엄마처럼, 아무리 똑같이 입고 화장해도 빚으로는 감당이 안 된다. 양극화된 부의 세계에서 구매의 자유가 곧 동등한 가능성을 의미하는 것은 아니기 때문이다.

후기 자본주의 사회의 비극은 이미지의 복제로 본질을 바꿀 수 있다는 믿음에서 비롯된다. 돈만 있으면 누구나 다 원하는 이미지를 가질 수 있다고 유혹한다. 하지만 구매의 욕망은 끝이 없고 능력은 제한적이다. 그녀는 주변에서 벗어나 중심으로 가기 위해 끊임없이 베끼고, 복제한다. 하지만 복제하면 할수록 점점 더 주변으로 밀려날 뿐이다. 급기야 신용 불량자가 될 위기에 몰리자 그녀는, 교환 가능한 마지막 상품을 시장에 내놓는다. 자기 스스로를 매물로 제공하는 것이다. 1920년대 사실주의 소설 속 주인공이 '감자'를 위해 자기 몸을 거래했다면, 2000년대의 인물은 아케이드의 명품 옷을 구매하기 위해 스스로를 상품화한다.

문제적인 것은 이 말도 안 되는 거래에 깔려 있는 현대적 의미의 불안이다. 알랭 드 보통이 말하듯 불안은 세상으로부터 인정받고자 하는 바람과 그것에 대한 거절의 고통이다. 그녀는 존재감을 확신하고, 타자의 인정을 얻고 싶다. 그녀는 '윤미예'처럼 이름을 가진 존재로 살아가고 싶은 것이다. 이름 없는 존재로 지워지고 싶지 않기에, 원하는 이미지로 포장하기 위해, 윤미예와 같은 물건을 구매한다. 그 물건이 평등과 동등을 선사해 줄 것만 같다. 허약한 자기 정체성을 구매자의 지위로 보상받고자 하는 것이다. 이런 식의 불안은 후기 자본주의 사회를 살아가고 있는 우리 모두가 조금씩 공유하는 불안이다. 고객님을 부르는 명랑한 목소리에 세상으로부터의 존재감을 확인받는다. 하지만 영혼의 허기가 채워지는 것은 아니다. 본질이 이미지보다 중요하다고 믿고 싶지만 어느새 우리는 이미지가 본질을 규정하는 세상에 살고 있다.

「나릿빛 사진의 추억」의 그가 처한 상황도 크게 다르지 않다. 여자 친구와 헤어진 지 1년이 지나 현상하지 못했던 필름을 찾은 그는 뒤늦게 사진을 인화한다. 인화된 사진 속 그녀는 행복하게 웃고 있다. 그녀에게 전화를 걸어 사진을 전해 주고자 하지만 여자는 그냥 없애 달라고 부탁한다. 남자는 사진뿐만 아니라 필름까지 조각조각 잘라 쓰레기통에 버린다. 상황은 그녀가 갑자기 사진을 돌려달라고 요구하면서 어긋난다. 남자는 버렸다고 말하지만 여자는 난처해한다. 여자의 새로운 남자 친구가, 절대로 그럴 리가 없다며, 무조건 사진과 필름을 찾아와야 한다고 말했기 때문이다. 급기야 여자의 새로운 애인은 깡패를 동원해 그를 압박하기 시작한다. 정말로 버렸다고 아무리 말해도 소용이 없다. 결국 용역 깡패 책임자는 이런 제안을 한다. "그 여잘 불러요. 사진을 돌려주겠다고. 그 여자만 오면 모든 게 다 있잖아요. 버티면 한두 대만 패면 돼요." 그는, "그 사람이 원하는 건 사진이 아니에요. 자기 힘의 확인이지. 하찮은 진실 따위가 아니라고요."라고 덧붙이며 그 역시 사실이나 진실을 찾는 게 중요하지 않음을 확인시켜 준다. 문제는 실재하는 위험이 아니라 그 위험이 실재하리라는 믿음이다. 이미지가 실재보다 중요하다.

「나릿빛 사진의 추억」 속에 그려진 웃지도, 울지도 못하는 상황은 「유로 호텔, 1203」의 여자가 처한 상황과 엇비슷하다. 세상이 진실보다 이미지를 요구하는 것이나 여자가 본질보다 이미지를 추구하는 것 사이에는 역설적 교감이 작용한다. 우리가 진실이라고 믿고 있는 것 역시 진실이 아니라 그것의 반영이자 이미지에 불과할지도 모른다. 진실과 거리가 먼 이미지들. 하지만 우리는 가짜와 허위를 통해서라도 진실의 사실감을 추구한다. 진실이 사실적인 어떤 구체적 실감을 가지기를 요구하는 것이다. 그것이 사진이든 옷이든 귀걸이든 간에. 사라진 사진의 재현이든 복사본이든 간에. 구체적 실재를 손에 쥠으로써 그것을 진실이라고 믿고 싶어 한다.

4 서늘하되 차갑지 않게

정미경의 소설 중에서 「파견근무」(『프랑스식 세탁소』 수록작, 창비, 2013)를 가장 좋아한다. 법의 저울을 쥐고 사는 판사가 크고 작음으로 승패가 결정되는 노름에 중독되어 있다. 그는 타인의 운명을 이분법으로 나누며 살아가지만 정작 자신의 삶은 확률과 운에 맡겨 버린다. 「파견 근무」에 등장하는 지방법원 판사는 지금껏 정미경의 어느 소설에서 보았던 인물보다도 냉정하다. 그는 세상에 대해선 애초에 관심을 거뒀고 심지어 자기 자신조차 사랑하지 않는 인물이다. 자기 자신을 냉정하게 버리는 인물을 작가 정미경은 서늘하되, 흔들림 없는 음성으로 그려 냈다. 그건 삶을 중계하는 중립자의 목소리, 이미 세상 밖에서 세상을 내려다보는 어떤 존재의 목소리와 닮아 있었다. 감정을 이입하지 않고, 인물을 바라보는 것, 중립성이란 세상과의 거리를 의미하기 때문이다.

정미경은 소설 속 인물들을 사랑하되 동정하지 않는다. 그것은 정미경이 세상을 보는 태도이기도 하다. 마치 곤경 중의 우리 삶에 개입하지 않는 어떤 존재처럼, 정미경은 소설 속 세상을 만들어 놓고, 격렬히 이끌거나 흔들지 않는다. 정미경 소설에서 성숙한 어른의 태도를 보았다면 이런 것 때문이었을 것이다. 정미경은 삶을 사랑하지만 함부로 손을 내밀어 세상이 달라지지 않는다는 것을 알고 있었다.

하지만 얼마나 아팠을까? 묘사와 관심은 곧 사랑이거늘, 안달하거나 흥분하지 않고, 거리를 두고 그 사랑하는 세상을 냉정히 그려 낼 때 말이다. 소설의 행간, 행간에는 그 안타까운 절제의 신음이 낮게 숨죽여 있다. 그래서 독자는 정미경의 소설을 읽고, 잠깐은 서늘해지지만 더 뜨겁게 삶을 포옹하게 된다. 질문만 있고 대답은 없는 세상에서, 덫이 되어 버린 이 세상에서, 정미경의 소설은 하나의 길이 되어 준다. 어둠 속에서 바라보는 빛이란 아마도 이런 것이리라. 『나의 피투성이 연인』에 담긴 소설들은 정미경 세계의 압축이자 예언이다. 서늘하되 차갑지 않게. 정미경의 소설은 세상을 살고, 보고, 읽고, 써냈다.

오늘의 작가 총서 30

나의 피투성이 연인

정미경 소설

1판 1쇄 펴냄 2004년 6월 25일
2판 1쇄 펴냄 2020년 5월 19일
2판 2쇄 펴냄 2023년 11월 27일

지은이 정미경
발행인 박근섭·박상준
펴낸곳 (주)민음사

출판등록 1966. 5. 19 제16-490호
주소 서울시 강남구 도산대로1길 62(신사동)
강남출판문화센터 5층(06027)
대표전화 02-515-2000
팩시밀리 02-515-2007
홈페이지 www.minumsa.com

ISBN 978-89-374-2051-1 (04810)
ISBN 978-89-374-2050-4 (세트)

* 잘못 만들어진 책은 구입처에서 교환해 드립니다.